VANESSA FURCHERT

Un jour mon prince viendra... OU PAS !

Black Ink Editions

Nom de l'ouvrage : Un jour mon prince viendra
Auteure : Vanessa FURCHERT
Suivi éditorial : Marie Delpech

Dépôt légal novembre 2023

Réalisation : Juliette Bernaz
Crédit photo : Istock
Graphismes intérieurs et maquette: Farah Anah
ISBN 978-2-37993-496-4

Black Ink Éditions
27 rue Vivonne - 17220 La Jarne
Numéro SIRET 840 658 587 00026

Contact : editions.blackink@gmail.com
Site Internet : www.blackinkeditions.com

Pour toutes les jolies princesses du royaume désenchanté (et pour les moches aussi)...

Soyez les héroïnes de votre propre histoire.

Pour toi, Prince charmant, t'es mignon, mais je suis maquée.

On reste potes?

PROLOGUE

Il était une fois…

24 DÉCEMBRE

Nom d'un chien ! Ça caille !

Le blizzard siffle et le froid s'invite sous les pans de mon manteau. Je pousse le chariot plein à ras bord et presse le pas en direction de ma voiture garée tout au bout du parking du supermarché. Même si mes doigts sont gelés et que je ne sens pratiquement plus mes orteils, en dépit de l'épaisseur de mes UGG, je souris. C'est exactement l'idée que je me fais de Noël. Un peu de neige sur le balcon, un feu de cheminée dans le salon, des biscuits à la cannelle, un bon chocolat chaud et des pauses coquines sous le plaid avec mon chéri.

J'ai hâte d'être à ce soir. Cet instant festif nous fera du bien. Je l'ai compris, il est préoccupé ces derniers temps. Son nouveau job, ses fréquents déplacements professionnels et la pression de son patron… Il fait face et porte le poids de toutes ces responsabilités, sans jamais se plaindre. Mon cœur se gonfle de fierté. C'est mon homme depuis deux ans. Depuis ce fameux jour où son sourire a séché mes larmes de tristesse et réchauffé mon âme esseulée. Ma rencontre avec Thomas, peu de temps après la crise cardiaque de mon père, a marqué la fin d'un deuil douloureux et le début d'une belle histoire d'amour. Deux ans de moments à deux et de plaisirs simples. Le mois dernier, le jour de mes vingt-cinq ans, j'ai dit oui à l'homme de ma vie. Je soupire d'aise et affiche un sourire satisfait. Je compte bien le chouchouter, mon mari, en cette veille de Noël.

Le reste de la journée se déroule dans les poêles et les casseroles. Si j'ai hérité de la couleur singulière et cuivrée des cheveux de ma mère, mes dons culinaires, je les tiens de mon père. J'ai passé la première partie de ma vie dans les tabliers de ce grand chef qui m'a offert, en plus d'un savoir-faire unique et exceptionnel, la plus belle, la plus magique des enfances. Malgré l'absence de ma mère, je n'ai manqué de rien. Ni d'amour, ni de tendresse, ni de douceur. Aujourd'hui, pour lui, je continue de vivre un rêve éveillé.

Je réserve mes talents au service de mon adorable petit mari pour qui j'ai choisi de mettre mes ambitions professionnelles de côté. Les glaçages au sucre vanillé, les craquants à la nougatine et mes fameux gâteaux de Noël, lui sont entièrement destinés. Ce soir, j'ai tapé fort. Je revisite la recette de la bûche pâtissière, version cupcake.

Quand la porte d'entrée s'ouvre, dévoilant un grand blond à la beauté ravageuse, j'enfourne tout juste ma première tournée de feuilletés au chèvre. Je suis agréablement étonnée et ne me prive pas de le lui montrer en lui délivrant un baiser sur le coin de ses lèvres. Trois jours qu'il est parti, trois jours de manque de lui, trois jours trop longs !

— Heyyy ! m'écrié-je, enthousiaste. Quelle belle surprise ! Je ne t'attendais pas avant 19 heures !

— J'ai pu prendre le train précédent, répond-il en ôtant son manteau.

— Alors, tu as ramené de la moutarde ?

Il arque un sourcil.

— Pardon ?

— Tu n’étais pas à Dijon ?

— Si. Mais j’y étais pour le boulot. Pas pour faire du tourisme.

— Quand même ! Ils auraient pu vous laisser un peu de temps libre entre deux réunions !

D’ailleurs, je trouve qu’ils les enchaînent beaucoup, en ce moment, les réunions.

Il se contente de hausser les épaules en balayant la pièce du regard. Je jubile et frétille d’impatience. Les guirlandes lumineuses et le sapin fraîchement décoré en jettent un max. Il ne le dit pas, mais je suis sûre qu’il est impressionné. Je profite de l’instant où il dénoue sa cravate pour lancer ma playlist « Dîner romantique » et file en cuisine pour lui servir un demi de Gewurztraminer, son vin préféré. Il me rejoint, accepte le verre et le boit d’une traite.

Mon Dieu, il doit être épuisé !

— C’est chouette que tu aies réussi à te libérer plus tôt, commencé-je en lui proposant un second canon. On va pouvoir profiter d’une soirée en amoureux. Ainsi que de toute la journée de demain !

Je pense à la petite boîte carrée au nœud doré que j’ai malencontreusement découverte dans son tiroir à slips et peine à camoufler mon excitation (parce que j’ai aussi malencontreusement ouvert ladite boîte…). Les boucles d’oreilles sont magnifiques et je brûle déjà d’impatience de les mettre.

— Princy…

— Oui, parce que Lise a décommandé pour demain midi. Elle a prétexté une vilaine gastro, mais je parierais plutôt sur un nouveau Jules.

— Princy…

— Bon, en même temps, ce n'est pas plus mal. Je suis au courant que tu ne portes pas ma belle-mère dans ton cœur. Tu peux me le dire, tu sais, je comprends…

Enfin, belle-mère est un bien grand mot ! C'est une mangeuse d'hommes, plus spécifiquement de veufs, qui n'avait pas prévu de partager mon père avec une seconde femme, jusqu'à ce qu'il nous présente l'une à l'autre deux mois avant leur mariage… Une marâtre mannequin de seulement huit ans mon aînée, qui ne jure que par les tailles 36 et n'ingère que du liquide hypocalorique à l'odeur douteuse. Même si mon père avait l'air heureux du temps de leur union, le courant n'est jamais vraiment passé entre elle et moi. Et depuis la mort de papa, elle change de mecs comme de Louboutin. Je ris amèrement.

— Tu imagines bien que manger de la dinde de Noël avec son boulet de belle-fille et son mari, ce n'est pas…

— PRINCESSE !

Je sursaute et manque renverser mon verre sur le plan de travail. Surprise, je détaille l'homme qui vient de se lever brutalement de son siège et qui me fusille du regard. Il ne s'énerve jamais.

— Tommy ?

— Arrête de m'appeler comme ça ! s'emporte-t-il. Je n'ai pas cinq ans, merde !

Je déglutis. Ça fait plus de deux ans que je l'appelle comme ça… Il doit vraiment être fatigué.

— Quelque chose ne va pas ? demandé-je prudemment.

Il me dévisage longuement, une expression indéchiffrable sur le visage. J'ai envie de le prendre dans mes bras, mais la tension qui émane de lui m'en empêche. Dans un geste brusque, il se ressert un verre, le boit d'une traite et le pose sur le plan de travail.

— Je ne reste pas, annonce-t-il, laconique.

Il faut que je remette une autre bouteille au frais. Je n'ai pas bien compris. Quoi ?

— Pardon ?

Il ferme brièvement les yeux. Lorsqu'il les rouvre et qu'il plante son regard dans le mien, je frémis. Ce que j'y devine atomise mon cerveau.

— Je ne reste pas.

Ces quatre mots s'impriment dans mon esprit et annihilent toute pensée cohérente. Comme un fait exprès, le four sonne la fin de cuisson de mes petits feuilletés apéritifs. Ça sent le fromage dans l'appartement. J'ai envie de gerber.

— Mais… pourquoi ? articulé-je, la bouche soudainement sèche.

Il soupire, passe une main nerveuse dans ses cheveux et pince ses lèvres.

— Ce n'est pas toi, commence-t-il doucement. C'est moi. J'ai besoin d'air, de savoir qui je suis réellement.

Il continue à parler, mais je ne l'entends plus. Les larmes me montent aux yeux et mes tympans bourdonnent. Ce n'est pas possible, c'est un cauchemar. Je vais me réveiller dans ses bras, mes lobes d'oreilles seront parés de boucles en or blanc serties de diamants éclatants, nous danserons sur *When I Fall In Love* de Michael Bublé, nous bruncherons les pancakes que je lui aurai préparés et…

— Princy ! Ça brûle !

Incapable de réagir, je fixe Thomas qui se précipite sur le torchon de cuisine, extrait mes feuilletés cramés du four et se rince maintenant la main en jurant. La sonnerie stridente continue de hurler, la fumée envahit la pièce et je reste seule devant mon verre pendant qu'il part dans la salle de bains, chercher de quoi soigner sa brûlure.

Ce n'est pas toi, c'est moi…

Ce n'est pas possible. Ça ne peut pas m'arriver, à moi! Tout allait si bien… D'un coup mes rêves, mes projets de vie s'envolent et se mélangent avec la fumée de mes petits fours trop cuits. Il va revenir, il m'offrira un sourire rassurant et il me dira que c'est une blague. Une blague de merde, certes, mais juste une blague.

J'ai besoin d'air…

Je cligne des yeux comme pour me connecter avec la réalité, j'avale le contenu de mon verre en deux gorgées et me dirige machinalement vers le dressing de l'entrée. Tremblante, je fouille dans les plis de sa veste de costume, son attaché-case puis la poche intérieure de son manteau. Pourquoi je fais ça? Aucune idée. Guidée par un drôle de pressentiment, je continue à chercher quelque chose, un truc, du vent. Et puis, ma main se referme instinctivement sur son téléphone. Sans réfléchir, je le déverrouille en tapant sa date de naissance et entre dans sa messagerie.

— Princy…

Je ne prends pas la peine de cacher ce que je fais ni de justifier mon geste. Je me retourne face à lui et lui montre l'écran de son téléphone. Son visage se décompose alors que le mien reste étonnamment calme.

— C'est qui *mon p'tit cul*?

Sa pomme d'Adam remonte lentement et redescend d'un coup. Mes doigts écrasent le boîtier maudit et ma voix vire dans les aigus.

— Tommy? C'est qui *mon p'tit cul*?

Il lève sa main bandée de gaze en l'air et avance d'un pas.

— Il faut qu'on parle…

Je n'aime pas cette phrase. Ma tête se vide de son sang au fur et à mesure qu'il approche. Avec la sensation d'avoir un énorme malabar sans goût dans la bouche, j'articule péniblement.

— Réponds-moi !

Il n'a pas l'intention de le faire. Je le vois dans le regard navré qu'il m'adresse et aussi parce qu'il tourne la tête de gauche à droite.

— Ça n'est pas une bonne idée…

Mes yeux me piquent. Fichus feuilletés. Fichues lentilles de contact. Ma patience me quitte définitivement.

— OK. Tu ne veux pas me répondre ? Alors, je vais en avoir le cœur net.

Sans réfléchir, j'appuie sur le numéro qui correspond au doux nom de *mon p'tit cul* et mets le haut-parleur.

— Princesse ! Ne fais pas ça !

Thomas devient livide. Ma curiosité malsaine s'intensifie. Il s'avance pour m'enlever le téléphone des mains, mais je suis plus rapide. Je recule dans les toilettes et ferme la porte à double tour. Ses supplications passent sous le seuil et m'écorchent les oreilles.

— Ne fais pas ça… Écoute… je suis désolé…

La première sonnerie retentit. Les coups résonnent sur le battant et les gémissements redoublent d'intensité.

Je n'entends plus ce qu'il me raconte. Mon esprit reste focalisé sur l'écran lumineux.

Deuxième sonnerie.

Mon cœur s'affole et l'envie de vomir me prend aux tripes. Je ne suis pas dans le bon sens, mais je m'en fiche. Assise sur la cuvette des toilettes, je fixe maladivement *mon p'tit cul* qui me nargue en clignotant.

Et puis, son p'tit cul décroche et le mur d'en face trinque au Gewurztraminer partiellement digéré.

- ☑ Me faire larguer, un 24 décembre
- ☑ Brûler mes feuilletés au chèvre
- ☑ Être humiliée parce qu'il me quitte pour une autre
- ☑ Réaliser que mon p'tit cul n'est autre que celui de ma belle-mère

CHAPITRE 1

Bibbidi – Bobbidi **WTF !**

Dix mois plus tard

— Chaud devant chaud !

D'un coup d'épaule, j'ouvre la porte à battants et entre dans l'arène. Dans une main, le plateau contenant les muffins tout juste sortis du four, dans l'autre un pichet de jus d'orange, fraîchement pressé, je tente de garder le diadème en plastique de la princesse des mers coincé dans ma perruque rose bonbon.

— Ariel ! Table neuf ! hurle Cendrillon à mon attention.

Je la foudroie du regard en espérant qu'elle se torde la cheville avec ses escarpins à strass. Depuis qu'elle est montée en grade, en couchant avec le prince-charmant-patron, elle se prend pour la reine mère. Je suis dégoûtée. De tous les costumes, j'ai hérité du plus moche. Legging vert à écailles, noix de Saint-Jacques en guise de bustier et perruque rose, parce que la rouge était déjà prise par Mérida, la princesse rebelle. Je pince les lèvres en réprimant mon envie d'étrangler Cendrillon avec ses gants de lycra et slalome entre les mioches qui courent partout, les mamans qui discutent en plein milieu du passage et les autres employées, héroïnes Disney, qui n'attendent qu'une chose depuis le début de la journée : le shot de rhum de la fin de service. Oui, je sais.

C'est moche une princesse qui boit. Mais parfois, c'est le secret du bonheur.

Avec un sourire digne d'un conte de fées, je pose le plateau sur la table et commence à répartir les assiettes des dix enfants en manque évident de sucres rapides, impatients d'ouvrir leurs cadeaux.

— T'as mangé tes amis pour te faire des vêtements ?

Je me retourne vers le nain brun qui se tient près de moi et que je n'ai pas vu arriver. La petite fille, parfait sosie de Mercredi Addams, fixe les coquilles Saint-Jacques qui me servent de cache-seins.

— Que veux-tu… c'est la crise ! Faut bien manger.

L'enfant me dévisage sans expression. C'est flippant. J'espère que je ne l'ai pas trop choquée et qu'elle ne va pas aller se plaindre auprès de sa mère. Même si je déteste ce job, il me permet de garder un pied dans le monde des vivants. *Il est hors de question que je me fasse virer !*

La fillette s'acharne.

— Tu sais que, économiquement parlant, il vaut mieux manger les écrevisses que les crevettes ?

Perplexe, je la regarde sans comprendre.

— Pardon ?

— Bah oui, les écrevisses sont des nuisibles. Elles se reproduisent en masse et anéantissent tout leur environnement. Même tes potes, les poissons, ajoute-t-elle sérieusement.

— Tu m'impressionnes ! lâché-je en répartissant les verres en forme de goutte sur la table.

Et je le suis, vraiment. Elle a quoi… quatre… cinq ans ? Alors que ce génie miniature croque à pleine bouche dans son muffin à la myrtille et continue à m'expliquer comment ces crevardes d'écrevisses briment ces ignares de truites, ses camarades se paient littéralement sa tête. La fillette blonde du bout de table, visiblement chef de bande, lui sourit cruellement.

— C'est toi, la crevette ! Une crevette sans dents !

Ses copines s'esclaffent et surenchérissent.

— Nan ! C'est Médusa ! Regardez, elle ne sait pas manger !

La petite au menton barbouillé ne réagit pas aux commentaires et aux blagues graveleuses des autres. Elle s'installe sur une chaise et se contente de terminer sa pâtisserie en attendant que l'orage passe. Stratégie qui paie puisque, lassées de son indifférence, les enfants se détournent d'elle pour s'attaquer à la charlotte aux fraises que Baptiste (alias Polochon, assistant intérimaire affublé d'un costume plus grotesque que le mien) dépose sur la table. Dépitée, je secoue ma perruque de gauche à droite et jette un coup d'œil aux mamans qui, plongées dans leurs cancaneries et dans leur cocktail spécial détox, ne relèvent pas l'incident.

Alors, c'est donc vrai ? La cruauté est-elle héréditaire ? Tout comme la connerie humaine ? L'indifférence est-elle réellement la réponse à tout ? Est-ce que Baptiste est obligé de retirer l'intégralité de son costume s'il veut pisser ? Comment Ilan réagira-t-il quand il apprendra que Chani a passé la nuit avec Bryan ?

— Ariel !!! Table onze !

Cendrillon s'égosille à l'autre bout de la salle. Je chasse les sujets de bac de philo de ma tête et me concentre sur ma mission. Faut vraiment que j'arrête de tout analyser.

Faut aussi que j'arrête de comater devant les *Anges*[1], le soir. J'abandonne la desserte des lolitas et me dirige vers celle des futurs Mbappé.

Mon service à peine entamé, déjà, mes pieds me demandent grâce. Je multiplie les allers-retours entre les cuisines en ébullition et les consoles des mioches surexcités en cette veille d'Halloween. Le restaurant spécialisé dans l'évènementiel accueille aujourd'hui douze tables de dix enfants chacune. Soit, cent vingt gamins. Ouais, je sais, ça envoie du lourd. Sans compter que Noël est dans moins de deux mois et qu'à ce stade avancé du calendrier, le chantage au bonhomme rouge et blanc ne fonctionne plus. S'ajoute à cela, le coin des mamans, également enthousiastes de ne pas avoir à gérer la périlleuse journée phare de leur progéniture… J'inspire un bon coup et replonge dans l'arène.

Aussi difficile soit-il, ce job, j'en ai besoin. En découvrant la vie de célibataire, je me suis rendue à l'évidence. De nos jours, vivre seule et convenablement relève du parcours du combattant. Je l'avais oublié en habitant avec Thomas. À deux, tout est plus facile à supporter. Les galères, les frais, les charges, les courses, les vacances… En solo, c'est beaucoup plus corsé. Alors, je m'accroche. Parce que le temps des larmes est révolu. En attendant d'avoir enfin le courage de concrétiser mon projet fou, je réalise une partie des desserts pour le restaurant et enchaîne les services. En gros, je suis multitâche et surtout très exploitée. Outre l'aspect pécuniaire, cette hyperactivité possède tout de même un avantage. Je

1 Émission de téléréalité française : le principe est de faire cohabiter d'anciens candidats d'émissions de téléréalité dans une villa située dans une ville ou une région mythique d'un pays étranger, qui varie chaque saison. Le but des candidats est de percer dans leurs milieux professionnels grâce aux multiples contacts du parrain des Anges.

ne pense plus à Thomas. Ni à l'humiliation cuisante qu'il ne m'a pas épargnée. Ni au fait qu'il se soit acoquiné avec ma belle-mère. Ni à la douleur qui m'a frappée de plein fouet quand il m'a larguée comme une vieille chaussette.

Bon OK, j'y pense tout le temps. Surtout le soir, lorsque je passe le seuil de ma porte. La solitude me nargue sur mon canapé, sur ma table à manger ou dans mon lit. Cette solitude, alliée à la rancœur, au silence et à l'approche des fêtes de fin d'année, fait partie de mon quotidien depuis dix mois. Dix mois en mode automatique à cumuler les heures, les rendez-vous chez le banquier, les services et les sourires Ultra Brite…

Les enfants ont terminé de goûter, les cadeaux ont été ouverts et accueillis plus ou moins bien. Franchement, qui offre un décapsuleur-catapulte à un gamin de huit ans ? DJ Shrek lance la musique et invite les rois du jour à venir bouger sur scène. C'est le moment pour nous, les princesses, de débarrasser le capharnaüm. En ramassant les verres renversés, les bonbons collés sous les chaises et les traînées de gâteaux crémeux sur la table, j'aurais aimé que la fiction dépasse la réalité et que nos amis les oiseaux, les souris ou même les cafards nous filent un petit coup de main. À quatre pattes, la perruque de travers et les coquilles Saint-Jacques divergentes, je rassemble les confettis de papiers cadeaux, négligemment jetés par les enfants. Lorsque des doigts minuscules entrent dans mon champ de vision et me tendent un morceau de ficelle qui traîne au sol, je reconnais la fillette brune de tout à l'heure. Visiblement, le clown de Soprano et les chorégraphies de Shrek ne l'inspirent pas plus que ça.

— Tu as du plastique dans ton corps ?

Je la regarde, circonspecte, et relève un sourcil. Elle veut savoir si j'ai fait refaire mes seins ? C'est vrai qu'ils sont microscopiques, mais quand même ! Je peux vous assurer qu'ils sont 100 % naturels !

— Non. Je n'ai pas de plastique ni autre substance illicite dans mon corps.

Elle me dévisage longuement et finit par s'asseoir à même le sol, sous la table.

— Ah. Par contre, Sébastien, je suis sûre qu'il en a, lui.

Sébastien…

— Tu parles du crabe ?

— Bah oui ! Sébastien[2] ! Le plastique provient des sacs et bouteilles jetables qui sont balancés dans les océans. Les coquillages et crustacés ne sont pas épargnés, j'imagine que les sirènes non plus. Tu savais que les amateurs de mollusques de mer peuvent ingérer jusqu'à onze mille morceaux de microplastique par an !

Je lorgne le contenu de mon sac-poubelle tout en l'écoutant énumérer les différentes espèces animales des océans. *Onze mille morceaux…* Ça fait beaucoup de papier cadeau ! Si je ne sais pas où elle a appris tout ça, je devine facilement ce qu'elle fait : tout comme moi, elle se cache et refuse d'affronter le monde. Elle fuit. Je lui souris tristement, j'attrape le dernier muffin survivant dans un exercice de contorsion de corps relativement étrange et le lui tends. C'est bien connu. Le sucre apaise toujours les cœurs malheureux. Ses lèvres s'étirent doucement. Et puis, la nappe se soulève brusquement. Les autres filles sont revenues. La blonde snobe la brunette et agite sa baguette de sorcière vers moi.

2 Sébastien est un personnage de fiction figurant dans le dessin animé Disney, la Petite Sirène.

— Tu chantes *partir là-bas*[3] ?

Je la dévisage, blasée.

— Euh… non.

— Pourquoi ?

Parce que ça n'est pas dans mon contrat. Parce que je chante faux et que je ne connais même pas les paroles. Parce que t'es moche, capricieuse et pas du tout sympathique. Je sors de sous la table pour lui faire face et, tout en époussetant mon affreux legging à écailles, cherche une excuse politiquement correcte.

— Eh bien, je ne peux plus chanter. Si tu as bien suivi, tu dois savoir que j'ai perdu ma voix à cause de l'abominable sorcière des mers.

La blonde tord son visage de poupée et se met à brailler dans les aigus.

— Tu mens. C'est mon anniversaire, je veux une chanson !

Ses pleurnicheries sonnent aussi faux que sa robe doit être coûteuse. Je crispe les mâchoires et plisse les yeux.

— Écoute, je suis occupée là, alors, si tu pouvais aller tirer sur la tresse de Pocahontas, ça m'arrangerait !

Évidemment, ses piaillements redoublent d'intensité, perforent mes tympans et ameutent la table des mamans qui m'ont entendue, forcément. Une grande blonde filiforme, parfumée à outrance, certainement la mère de l'enfant geignarde, me fusille du regard.

— Mais chantez-lui une chanson, bon sang ! Vous êtes payée pour ça, non ?

Bon.

Quid existentiel.

Je braille ou je me fais virer ? Je pousse la mélodie ou je lui fracasse le crâne avec mes Saint-Jacques ?

3 Partir là-bas : chanson du dessin animé Disney, la Petite Sirène.

La réponse arrive, comme par enchantement. Le tintement familier du grelot accroché au-dessus de la porte d'entrée s'agite soudainement, annonçant gaiement la venue d'un client.

Merci petite fée clochette.

Merci d'avoir brisé ce moment d'extrême solitude avec ton « tingtingtingtingting » joyeux.

Merci d'avoir étouffé ma réplique qui tombera à jamais dans l'oubli des injures à faible portée.

Merci d'avoir détourné l'attention de moi et de m'avoir reléguée au second plan d'un passage à rebondissement.

Parce que, franchement, qui rivaliserait avec un costume trois-pièces taillé sur un corps à se damner, un regard gris acier et un bon mètre quatre-vingt-dix de testostérone qui franchit le seuil de la porte et qui attire la centaine de paires d'yeux de TOUTES les femmes de la salle ?

CHAPITRE 2

Mâté mes écailles !

L'homme, que dis-je, le mâle alpha, se dirige, d'un pas assuré, vers la Belle au bois dormant qui, croyez-moi, n'a pas du tout l'air d'avoir envie de pioncer. Il lui adresse un sourire et quelques mots que je n'entends pas de là où je suis. Elle rougit, tord sa bouche bizarrement puis ricane dans sa main.

Près de moi, on s'agite, on murmure, on fait des pronostics.

— Mais, qui est-ce ?

— Je pense que c'est le papa d'une des copines de Fiona…

— Ah bon ? Mais, il ne me semble pas l'avoir vu à la sortie de l'école… C'est le père de quel enfant ?

— Celui de la petite Anna.

— Ah…

Un blanc s'installe. Je me retourne. La mère de la blonde capricieuse et les autres mamans dévisagent la brunette toujours cachée sous la table. Pour la première fois depuis le début de l'après-midi, elles semblent lui prêter attention. Les regards qu'elles lui envoient mélangent convoitise et luxure. J'ai bien l'impression qu'Anna risque d'être plus souvent invitée aux anniversaires maintenant que l'on connaît le papa. Je soupire de dépit face à cette situation grotesque et lève les yeux au ciel. Pauvre enfant. Victime de l'aura charismatique et dévastatrice de son père. Les femmes le scrutent avec avidité. Attirées comme des mouches sur un morceau de viande.

Bon, OK, plutôt pas mal, le steak… Surtout, quand il avance maintenant vers nous, un sourire à tomber plaqué sur le visage.

— Papa, t'es venu me chercher !!! s'écrie la petite fille qui se jette dans ses bras dès qu'elle l'aperçoit.

Il étire ses lèvres. Des fossettes apparaissent et se creusent. Des soupirs alanguis font écho autour de moi. La mère de Fiona intervient d'une tout autre voix que tout à l'heure. Cette fois, toute trace d'agacement et de condescendance a disparu de son visage.

— Bonjour, je suis Éva Madison, la maman de Fiona.

Il hoche la tête en direction de la grande blonde à l'air faussement angélique et lui sourit poliment.

Retour des fossettes. Retour des soupirs alanguis.

— Enchanté, Éva. Mark. Merci pour l'invitation.

Au son du timbre incroyablement grave de son interlocuteur, la maman s'emballe et se met à piailler. C'est pathétique.

— Oh, mais de rien ! C'est tout à fait normal… D'autant plus que Fiona et Anna s'entendent vraiment très bien.

D'une voix doucereuse, elle s'adresse à la fillette toujours nichée dans les bras, sacrément musclés, de son père.

— Alors, j'espère que tu t'es bien amusée ?

La petite hausse les épaules.

— Bof.

Le sourire d'Éva vacille. Un spectacle grandeur nature. Je me mords la joue pour ne pas rire. Enfin un peu d'action. Amenez-moi du pop-corn, je sens que ça va se corser… Le grand brun fronce les sourcils et réprimande doucement sa fille.

— Anna, c'est très malpoli. C'est surtout très blessant pour ta copine qui t'a gentiment invitée.

— Mais papa, ce n'est pas ma copine ! Elle est méchante ! Elle a voulu forcer la petite sirène à chanter alors qu'elle ne peut pas et qu'elle a trop de plastique dans le corps !

Ah ben pour le coup, j'en perds mes cordes vocales.

Son père lève un sourcil, jette un regard furtif dans ma direction et revient vers sa fille. S'il ne comprend rien, il ne le montre pas. Tant mieux, je n'ai pas ma place dans cette histoire et n'ai pas tellement envie de me justifier sur mes seins 100 % naturels… Fiona la capricieuse, bien décidée à se défendre, pointe son doigt boudiné vers Anna.

— N'importe quoi ! C'est toi qui es trop bizarre ! Et puis, d'abord, elle (cette fois, c'est moi qu'elle désigne) c'est même pas une vraie sirène ! C'est une moche, habillée en moche pour faire des trucs de servante !

Ma vie résumée par une mioche de cinq ans, ceinture noire de l'uppercut. *Mais laissez-moi tranquille !* Je suis partagée entre l'envie de faire une révérence digne de mon prénom et celle d'étouffer la blondinette avec mon sac-poubelle. Mais le regard embué de la petite Anna dégonfle ma rancœur comme un ballon de baudruche. Devant les airs réprobateurs des mamans et ceux, moqueurs, de ses camarades, la brunette ne se laisse pourtant pas démonter.

— Ouais bah, *elle*, au moins elle est gentille ! Et puis, je suis sûre qu'elle ne cache pas son ami canard dans le tiroir de sa table de nuit !

La mère de Fiona devient écarlate et ses copines étouffent des hoquets embarrassés. Il se pourrait bien qu'Anna ait passé un long moment trop près du coin des mamans… Mark reprend sévèrement sa fille.

— Je crois qu'il est temps de rentrer, mademoiselle.

L'air fermé, il remercie une Éva au visage couleur framboise écrasée et invite Anna à le suivre. Cette dernière m'adresse un petit signe de main et un sourire en coin avant de se retourner, ce qui n'échappe pas aux autres femmes alentour. Leur départ laisse un goût amer de gêne et de frustration dans l'atmosphère. Les visages des mamans redeviennent condescendants, les enfants surexcités après leur après-midi se transforment en monstres sur pattes et mes collègues exténués frôlent le burn-out.

Heureusement, la journée touche à sa fin et c'est avec un soupir commun et orgasmique que les autres princesses et moi levons nos shots de rhum dans l'arrière-cuisine du restaurant. Assise à même le sol entre Perrine-Aurore et Cynthia-Blanche-Neige, j'avale cul sec le contenu de mon verre et arrache la perruque de ma tête. Je m'arrête sur l'image hirsute que je dois renvoyer à cet instant. Coupe de cheveux anarchique, sweat usé sur legging à écailles et maquillage tendant plus vers l'effet «camion volé» que l'effet «smoky eyes». Mais, je suis tellement exténuée que je relègue ce détail aux oubliettes. Les douze coups de minuit ont sonné, annonçant la fin du service, et les princesses sont redevenues des femmes ordinaires avec leur excès de sébum, leurs cheveux gras et leurs cernes.

Lionel, le prince-charmant-patron, entre dans la pièce en desserrant son plastron. Dans l'ordre, il me jette un regard noir, adresse un sourire lubrique à Corine-Cendrillon et fronce les sourcils devant les cheveux électriques d'Anissa-Mulan. Il est passé maître dans l'art de la transition d'expressions de visage. *Il est fort.* Tous les yeux convergent vers le sacro-saint-patron, maintenant perché sur son tabouret haut et qui balaie l'assemblée d'un regard mi-las, mi-autoritaire. *Très fort.*

— Bon, les filles… Il va vraiment falloir faire un effort avec la clientèle du samedi et mettre vos egos de côté.

Cette fois-ci, c'est moi qu'il fixe avec insistance. Je pince les lèvres et attends le coup d'éclat.

— Ce que je veux dire, reprend-il en détachant chaque mot comme s'il s'adressait à une demeurée, c'est que je ne tolérerai aucun autre écart de conduite. Je viens de raccrocher avec un parent qui s'est plaint de l'incompétence de l'une de nos salariées, qu'il n'a pas été très difficile d'identifier…

Mes épaules s'affaissent un peu plus sous le poids des regards accusateurs. Je tente de me défendre comme je peux.

— Je chante faux…

— On s'en fout ! s'emporte-t-il. Un enfant mécontent, c'est un parent qui se plaint, une réputation de merde, de l'argent en moins dans ma caisse et donc un emploi qui saute !

Je déglutis. Lorsque j'ai passé le seuil de son commerce, il y a onze mois, j'étais au fond du gouffre. Faute d'avoir un vrai poste de pâtissière à m'offrir, Lionel m'a vendu celui de salariée polyvalente. J'ai accepté, trop heureuse d'avoir un pied dans le milieu et de pouvoir profiter d'une cuisine professionnelle afin de proposer de nouveaux desserts… Même à un public de moins de dix ans.

Mais aujourd'hui, force est de constater que le temporaire est devenu permanent. Mon projet fou stagne au point mort. Tout est prêt pourtant… J'ai l'aval de mon banquier, mon business plan est peaufiné dans les moindres détails et les démarches administratives sont bouclées depuis plusieurs semaines. Mais je suis tenaillée par la peur de me lancer. Une angoisse de l'inconnu qui m'empêche d'avancer. La porte est grande ouverte, mais je reste figée sur le palier, préférant la sécurité d'un emploi sous-payé, paralysée par l'avenir. Aujourd'hui, je réalise avec dépit que je suis tombée dans une sorte de routine morbide. Ce travail, je m'y accroche assidûment. C'est l'unique chose stable qu'il me reste. Je suis seule, je n'ai plus de famille et plus personne sur qui compter. Ma gorge se serre d'amertume et de frustration intense. Je ravale mes larmes, ma fierté, encaisse les reproches de Lionel et lui promets de faire des efforts. Il accepte de me laisser une autre chance, mais je sais qu'à la prochaine incartade, je saute.

J'enfonce mon bonnet jusqu'aux oreilles, j'enfile mon manteau, mon écharpe et mes moufles puis m'engouffre dans la jungle urbaine lyonnaise. À cette heure tardive, je décide de rentrer à pied afin d'apaiser cette frustration qui gronde en moi. Le soir est tombé et les commerçants du centre-ville ont déjà fermé leur porte. Bientôt, les guirlandes lumineuses clignoteront jour et nuit sur les devantures des magasins. Bobby Helms, Mariah Carey, Dean Martin et leurs comparses rivaliseront en vocalises dans les haut-parleurs du marché de Noël que je serai forcée de traverser pour atteindre mon immeuble. J'imagine qu'un grand sapin sera décoré à outrance au milieu de la place et que la cahute du bonhomme en rouge et blanc, certainement installée à coté, regorgera de cadeaux et de boîtes à bonbons. C'est certain, toute cette agitation, les regards émerveillés des enfants et les odeurs sucrées de pain d'épice me donneront la nausée. S'il y a dix mois, j'aurais sautillé comme une gamine devant les vendeurs de marrons chauds, demain, je n'aurai qu'une envie : leur faire ravaler leurs sourires trop bienveillants pour être réels. Cette année, je ne fêterai pas Noël.

Plus tard, dans mon petit appartement, j'ai le cœur en miettes et le moral à zéro. Même le dernier épisode des *Anges* n'arrive pas à capter mon attention. J'erre dans mon minuscule logement, boulotte des cochonneries et passe une partie de la nuit à regarder des vidéos de chats mignons ou de chutes ridicules sur les réseaux sociaux. Tout ça, c'est de la faute de Thomas. En plus d'avoir gâché mon dernier Noël, il a emporté mes rêves et mon âme d'enfant. Je ne ris plus. Même pas devant l'autodérision de l'humoriste Paul Mirabel…

Sans vraiment le vouloir et poussée par un instinct cruel et ô combien sadomaso, je clique sur le profil Instagram de Lise. En plus d'avoir quitté la capitale il y a dix mois, je me suis désabonnée de tous ses comptes, évitant ainsi tout contact avec elle et Thomas. Mais, ce soir, la curiosité se fait trop forte. L'accablement s'est installé depuis que mon patron a clairement menacé de me virer.

Engoncée dans mon plaid, les yeux rivés à l'écran, je clique, image après image, et visionne les dix derniers mois de mon ex-belle-mère. Évidemment, la vie qu'elle affiche est comme sa plastique… parfaite. Elle a quelques années de plus que moi, mais elle en fait dix de moins. La coiffure toujours impeccable, des dents aussi blanches que longues et une silhouette de top model… tout semble lui réussir.

Les clichés sont, comme leur propriétaire, faussement naturels.

Lise est cool près de sa piscine. *Lise* est émue à son anniversaire. *Lise* est festive avec ses copines en boîte de nuit. *Lise* est motivée avec son *personal trainer*. *Lise* est amoureuse de son *boyfriend*…

Malgré moi, mon ventre se noue de frustration, de jalousie et de colère. Elle m'a volé mon père, mon mec, ma vie.

Mon cœur monte dans les tours et s'emballe. Impuissante et stupéfaite, je clique sur la miniature de la dernière image postée. Mes doigts tremblants zooment sur le fameux sourire radieux de Thomas. Je le reconnais bien celui-là. Il signifie «j'ai été bon, elle a gémi mon nom. Deux fois». Je frôle la tachycardie et continue à m'autoflageller en détaillant scrupuleusement la photo. Les bras de mon ex enveloppent amoureusement la taille de ma belle-mère. Cette dernière affiche un sourire victorieux ainsi que les boucles d'oreilles qui auraient dû être les miennes. Mon visage se crispe devant l'énorme pierre qui orne son annulaire.

Lise a dit oui. *Cœurs-Cœurs-Cœurs. #LaVieEstMerveilleuse*

La vie est vache.

C'en est trop. Je ferme Instagram et ouvre un volet sur Google.

Il est temps de reprendre mon destin en main et de tourner la page.

Et vite.

CHAPITRE 3

Supercalifragi… aheutchioux ! *(Mary Poppins et Jean-Michel à peu près)*

La salle d'attente est aussi luxueuse que la fille de l'accueil est soporifique. Moulures au plafond, moquette rouge, mobilier acajou, tableaux d'art abstrait aux murs et huisseries argentées. Engoncée dans un fauteuil en cuir, à côté d'un homme grisonnant à lunettes qui comme moi patiente et se perd dans la décoration, je fixe la pendule. 8 h 51. J'espère que mon rendez-vous est ponctuel. Je ne peux pas me permettre d'arriver en retard au travail. Pas après la dernière mise en garde de Lionel. Je serre mon sac contre moi.

L'une des portes au bout du long corridor s'ouvre. Il est 8 h 57. Pile à l'heure. Raide comme un i sur ma chaise, j'attends que l'on m'appelle. À 8 h 58 précises, presque au ralenti, une femme élégante, maîtrisant manifestement l'usage régulier d'escarpins à talons vertigineux, passe le seuil de la porte. À sa démarche gracile, son port de tête altier, la blondeur de ses cheveux et la finesse de sa carrure soulignée par un tailleur ajusté certainement hors de prix, j'imagine une horde de soupirants transis frappant désespérément à sa fenêtre, dans l'attente d'un regard, d'un mot ou d'une brève attention… J'entends déjà Maître Gims fredonner :

« *J'aimerais devenir la chaise sur laquelle elle s'assied, ou moins que ça, un moins que rien juste une pierre sur son chemin…* »

Ouh là, faut vraiment que je dorme la nuit ! Je me ressaisis et chasse le rappeur de mon esprit quand elle arrive au niveau de la salle d'attente. Un sourire *parfait* s'affiche sur son visage *parfait* alors qu'elle passe devant moi et invite, d'une voix suave, l'homme à lunettes à la suivre. Visiblement tout excité d'être l'*élu*, il se lève maladroitement, serre la main qu'elle lui tend en bafouillant une succession de mots sans queue ni tête et s'éloigne avec l'elfe blond, dont les effluves de parfum flottent dans l'air, même après qu'ils ont disparu derrière la porte de son bureau. Par automatisme, je chasse du revers de la main une poussière imaginaire sur mon pantalon de laine noir, aussi banal que bon marché. Je me gifle mentalement en reluquant mes vieilles Converse grises. Autrefois elles étaient blanches. Je regrette maintenant mes petites bottines vernies certes inconfortables, mais plus adaptées pour un entretien. Et puis, j'aurais gagné quelques centimètres d'assurance du haut de mon mètre soixante… Je soupire de contrariété et ferme les boutons de ma veste noire cintrée, dissimulant ainsi les bouloches de mon sous-pull. Pathétique.

Je reporte mon attention sur la pendule de la pièce. 8 h 59. Une voix fluette se matérialise près de moi sans que je n'aie vu arriver sa propriétaire.

— Tu veux divorcer ?

Je tique sur le timbre familier et doucereux que je reconnais rapidement. La petite brune à couettes de l'autre jour se tient devant moi. Un peu étonnée de la trouver ici, je balaie la salle d'attente du regard. Apparemment, elle est sortie de nulle part et elle est seule. Je cligne des yeux plusieurs fois pour essayer de comprendre.

— Alors ? Tu veux divorcer ? insiste-t-elle.

— Euh, non… C'est déjà fait…

Elle plisse le nez et détaille ma coiffure. Je suis loin du rose et du volume nec plus ultra de samedi dernier. Mes cheveux longs sont sagement tirés en queue de cheval et j'ai troqué mes lentilles de contact contre mes vieilles lunettes de vue. Oui, je suis myope ascendant Scorpion. *Et alors ?*

— Tu savais qu'au Moyen Âge les rousses étaient considérées comme des sorcières ?

Ou des prostituées… Je suis au courant. Comme je sais que les roux ne dégagent pas d'odeurs pestilentielles quand il pleut, qu'ils ne viennent pas *tous* d'Irlande et qu'ils peuvent *aussi* bronzer. Je croise les bras et arque un sourcil.

— Et tu y crois, toi ?

Ses lèvres s'étirent, dévoilant une dentition quelque peu déroutante.

— P't-être bien. Mais ça voudrait dire que les sorcières existent… et… elles n'existent pas. Pas vrai ?

Mon deuxième sourcil ne met pas longtemps à rejoindre le premier. Je réponds du tac au tac.

— Bien sûr qu'elles existent ! Mais, elles ne sont pas rousses ou pas naturellement. Elles se cachent derrière des tonnes de maquillage, des effets *wavy* et des gaines amincissantes. Elles prennent parfois l'apparence de gentilles belle-mères et se transforment, le soir venu, en créatures sulfureuses, voleuses de père, de mec et de boucles d'oreilles !

— Anna !

Associée à cette voix grave sortie d'on ne sait où, une silhouette haute et un regard gris acier entrent dans mon champ de vision. Je comprends rapidement que le géniteur de la petite curieuse et monsieur Miller, mon rendez-vous de ce matin, ne font qu'un. Il est 9 heures.

Il est pile à l'heure.

Et il est encore plus impressionnant que le week-end dernier.

Peut-être parce qu'il se tient debout, bras croisés, affichant un air réprobateur tandis que, moi, je suis toujours assise et je papote « belles-mères démoniaques » avec sa progéniture. Devant ses billes couleur ouragan, l'enfant rentre le cou dans ses épaules et baisse la tête. Par reflexe, je fais pareil.

— Je t'ai déjà dit de ne pas sortir du petit salon et de laisser les clients tranquilles, gronde son père. Retourne là-bas tout de suite !

La fillette m'adresse un coup d'œil résigné et prend la direction du couloir.

— C'est pas une cliente. C'est une femme poisson déguisée en Mary Poppins, marmonne-t-elle avant de disparaître.

Je retiens un rire (parce qu'elle est franchement drôle, la gamine) et me lève pour être au même niveau que l'homme. Mon regard atterrit droit devant, sur son nœud de cravate parfaitement symétrique. Je relève le menton afin de prendre contenance et, surtout, de paraître moins petite.

Le visage grave, il me tend déjà la main. *Apparemment, l'option humour n'est pas comprise dans son catalogue.*

— Mark Miller. Vous êtes mademoiselle Laurie, j'imagine ?

Sa paume est ferme, chaude et incroyablement douce. Je me demande s'il utilise de la crème à la graisse de phoque. Si tel est cas, je le maudis sur plusieurs générations. On.Ne. Touche.Pas.Aux.Animaux. Je n'ai pas le temps d'approfondir la question, le contact est rapide, bref et déjà fini.

Pitié, faites qu'il n'ait pas entendu mon pamphlet sur les sorcières caméléons…

— Oui. Merci de me recevoir aussi vite, réponds-je poliment.

Il balaie mon intervention d'un geste de la main, comme s'il *swipait* un profil inintéressant sur Tinder et m'invite à le suivre dans son bureau. J'obtempère et marche docilement dans ses pas en évitant de me focaliser sur sa silhouette athlétique et sur son côté fesses carrément dément. Nous longeons le corridor, passons devant la porte close de l'elfe blond, Maître Mc Doty, et entrons dans l'antre de Maître Miller, avocat spécialisé en droit de la famille et du divorce.

Sans surprise, l'endroit est à l'image du propriétaire. Immense, ordonné et très masculin. Un peu mal à l'aise d'être plongée dans ce décor austère et intimidant, je m'assieds, du bout des fesses, sur le fauteuil qu'il me désigne. Pendant qu'il s'installe de l'autre côté de la table en marbre, mon regard balaie la pièce et s'arrête près du portemanteau, sur le seul objet insolite de ce bureau parfaitement rangé. Un petit sac rose nonchalamment éventré, regorgeant de stylos-feutres pailletés et de dessins colorés. L'avocat capte mon coup d'œil et pince les lèvres.

— Je suis désolé. Ce sont les vacances scolaires et ma baby-sitter vient encore de me lâcher.

Je devine l'agacement de ce papa, a priori solo, et la journée ô combien ennuyeuse de sa progéniture, obligée de rester discrète pour laisser travailler son père. Un peu embarrassée d'être spectatrice de cette intimité, j'érige un sourire crispé. En retour, il fronce les sourcils et me dévisage gravement. Mauvais présage. Une drôle de sensation m'étourdit et je me surprends, un court instant, à prier pour que toutes traces de sommeil, quelles qu'elles soient, aient disparu de mon visage.

— On se connaît ? demande-t-il au bout d'un certain temps.

— Euh… Pas vraiment. On s'est croisés samedi dernier au *Chat qui pète et qui sourit*.

Ne cherchez pas. Moi non plus, je n'ai jamais compris le nom du resto. Son expression reste indéchiffrable. Peut-être réfléchit-il, lui aussi, à la signification de ce nom ridicule ? Ou alors, il tente de me situer. Un peu gênée (vexée ?) qu'il ne me reconnaisse pas, je soulève mes lunettes et affiche un sourire étincelant.

— Je suis la Petite Sirène !

Lorsque je remets la lourde monture sur mon nez, j'ai le temps d'apercevoir une lueur moqueuse traverser ses iris.

— Ah oui. L'anniversaire… Vous êtes la dame aux écailles, ma fille m'a parlé de vous.

Soulagée de ne pas être celle au plastique dans le corps, mais aussi un peu perplexe sur ce qu'elle a bien pu lui raconter, j'acquiesce et souris à nouveau. Son regard tranchant me perturbe légèrement et le rouge me monte aux joues involontairement. Heureusement, il ne semble pas le remarquer. Il attrape un carnet puis un stylo et griffonne dessus.

— Et donc, vous êtes intéressée pour louer mon local ?

— Exact. Je suis passée devant avant d'entrer dans cet immeuble. J'ai vu une vieille enseigne sur la façade. C'était un restaurant ?

— Une épicerie italienne. L'occupant est parti le mois dernier.

— Ah. Qu'est-il arrivé ?

Il relève la tête vers moi.

— Eh bien, Mika avait beau être charmant, il était trop porté sur les recettes expérimentales. Sa focaccia aux crevettes-chocolat et son tiramisu au pastis n'ont pas fait l'unanimité auprès de la communauté environnante.

Je grimace. *Crevettes-chocolat ? Tiramisu-pastis ?*

— Ma secrétaire m'a dit que vous souhaitiez vous lancer dans le service traiteur ?

Je peine à contenir mon excitation.

— Oui. Je suis pâtissière de formation et dans l'âme. Mon poste actuel au restaurant est temporaire. J'aimerais me mettre à mon compte et proposer mes créations au public. La période des fêtes de fin d'année approchant, c'est le moment idéal pour me faire connaître et lancer mon activité…

Tout en parlant, je sors *mon précieux*. Le livre de recettes à reliure dorée, commencé par mon père, que j'alimente quotidiennement d'idées, de photos et de méthodes novatrices. Ce carnet est une bible pour tout pâtissier qui se respecte, car nonobstant sa valeur sentimentale, les astuces et ingrédients secrets que mon père y a inscrits, il possède également un très bel intérêt marchand. J'ouvre le livre sur mes dernières œuvres et le lui tends.

Il l'accepte et plonge dans mon univers, les sourcils froncés et l'air sérieux. Pendant qu'il le feuillette attentivement, je lui expose mon projet.

— Mon père me disait souvent (je mime des guillemets avec mes doigts) : « la pâtisserie est un cadeau à partager. » En plus de son savoir-faire et de son éternel optimisme, il m'a légué une petite somme d'argent. Le côté financier n'est pas un problème. Je conserve mon poste au restaurant, pour quelque temps encore, et m'assure ainsi des revenus mensuels réguliers. Grâce au pécule de mon père, j'ai suffisamment pour lancer mon activité. J'ai les idées, de l'énergie à revendre et une motivation infaillible. Il ne me manque plus qu'un endroit bien situé, équipé d'une cuisine professionnelle… Alors quand je suis tombée sur votre petite annonce qui répondait à tous ces critères, j'y ai vu comme un signe.

Il relève la tête de mon cahier et plonge ses yeux dans les miens. L'acier de ses billes me transperce l'échine et me coupe net. *J'avais plus d'assurance, ce week-end, devant mon PC…*

— Un signe ?

Son ton est ironique et l'expression grave de son visage me déstabilise. J'imagine cet homme charismatique plaider devant un juge obtus et plier son auditoire par la seule force de son regard. Hypnotisée par la couleur atypique de ses iris, je m'efforce de ne pas baisser les yeux et m'entends répondre d'une voix un peu trop aiguë.

— Vous ne croyez pas aux signes, monsieur Miller ?

L'acier s'assombrit et devient tempête.

— Je ne crois ni aux signes, ni au hasard et encore moins au chant des sirènes, mademoiselle Laurie.

Je déglutis. OK. Je laisse tomber *partir là-bas* et je passe directement au plan B.

CHAPITRE 4

Un gâteau ou un sort ?

— Ça tombe bien, je chante faux.

Bon, là c'est sûr… Vu l'expression sérieuse de son visage, l'humour ne fait pas partie de sa palette d'émotions. Je sors de mon sac la boîte contenant mon autre précieux et souris intérieurement en pensant à la fillette. Finalement, elle n'avait pas tout à fait tort… Aujourd'hui, je suis Mary Poppins. J'ouvre le petit carton, en extrais précautionneusement le fond et dépose fièrement ma dernière innovation sur la table. L'expression de l'avocat devient dubitative.

— Qu'est-ce que c'est ?

— C'est la version miniature de mon gâteau de Noël. C'est encore une ébauche qui mérite certainement quelques ajustements, mais concrètement, c'est une bûche fondante, légère et parfumée, façon Tatin.

Il m'observe, sans un mot. Le temps s'arrête. Je garde le sourire et la conviction dans mes zygomatiques. Malgré son hésitation, je pousse doucement vers lui l'assiette en carton où repose fièrement mon œuvre.

— Je sais qu'il est encore un peu tôt pour manger de la bûche, mais j'insiste vraiment sur le côté léger…

— Je suis allergique aux pommes.

Mon sourire vacille. Mes épaules et mes zygomatiques me lâchent. Oh, merde. Je n'ai pas prévu de plan C. J'ai passé la nuit sur ce dessert. J'ai mis toutes les chances de mon côté pour tenter de convaincre le propriétaire de cet endroit tant convoité. Lorsque hier, au téléphone, la secrétaire m'a indiqué que je n'étais pas seule sur le coup, j'ai mis les bouchées doubles. Mais le sort et le malheur continuent à s'acharner contre moi. Allergique aux pommes ? C'est possible ?

Devant mon visage décomposé, il s'adoucit un peu.

— Je suis désolé. Ce dessert m'a l'air très bon et assez original pour… une bûche de Noël. Mais en toute franchise, depuis le départ de Mika, je suis frileux en ce qui concerne les expériences culinaires novatrices et ne souhaite pas changer de locataire tous les mois. J'ai un travail très prenant et je n'ai pas de temps à perdre.

— Mes expériences culinaires sont novatrices certes, mais elles restent néanmoins traditionnelles et sont excellentes, monsieur Miller. Je peux vous préparer autre chose pour vous le prouver.

Il secoue la tête négativement.

— C'est inutile.

— J'ai un bon dossier financier, insisté-je. Je suis déclarée à la chambre de commerce et mon business plan a été validé par mon banquier.

— Je sais. Je l'ai étudié ce matin. Mais, les autres propositions sont également très solides.

Je n'ai plus d'arguments. Dépitée, je regarde mes rêves s'envoler et se dissoudre dans le gris sombre de ses yeux. Je mords l'intérieur de ma joue pour ne pas pleurer, parce que, là, en plus d'être ridicule, je perdrais toute la crédibilité qu'il me reste. Je compte jusqu'à cinq dans ma tête et tente le tout pour le tout.

— Écoutez… Je ne prétends pas être la meilleure. Mais je suis passionnée et j'aime voir les gens heureux. J'ai toujours associé la pâtisserie au bonheur. Parce qu'il n'y a rien de plus communicatif et chaleureux que le sourire d'une bouche pleine de sucre. Ajoutez à cela un peu de fleur d'oranger, une dose de vanille des îles, un soupçon de caramel et vous êtes au paradis…

Ses traits se détendent un peu. Pas de fossettes en vue certes, mais plus de froncement de sourcils. *C'est déjà ça…* Je pointe du doigt ma bûche aux pommes craquantes et plante mon regard dans le sien.

— Je vous propose un deal. Je vous mets au défi de trouver quelqu'un qui ne sourira pas en mangeant ce gâteau. Auquel cas, je me retire et vous laisse tranquille. Sinon, le local est pour moi.

Il croise les bras, plisse les yeux et m'étudie silencieusement. Je tiens bon et soutiens son regard, aussi intrigant soit-il. Enfin, il se lève, se dirige vers la porte de son bureau et l'ouvre en grand, signifiant clairement la fin de l'entrevue. C'est ce qui s'appelle se prendre un vent. Je soupire de dépit et m'apprête à décoller mes fesses du fauteuil lorsque sa voix grave et ferme résonne dans l'immense pièce et stoppe mon élan.

— Défi relevé. Attendez-moi ici.

Oh bah merde !

Il sort et me laisse seule. Les battements de mon cœur redoublent d'intensité et un doute affreux prend le pas sur ma déception. Qu'est-ce qu'il se passe, là ? Avec cette impression de bientôt me faire bouffer toute crue, je déglutis d'appréhension. Mon temps d'attente me paraît durer des heures. Toutes sortes de scénarios défilent dans mon esprit.

J'imagine Cyril Lignac débarquer en tablier de cuisine dans le bureau de l'avocat et pointer du doigt le manque de gourmand, de croquant ou, que sais-je, de conviction… J'entends déjà Denis Brogniart m'annoncer que la sentence est irrévocable… Au bout de cinq minutes d'autoflagellation mentale, Mark Miller est de retour. J'étouffe un soupir de soulagement quand la petite Anna passe également le seuil de la porte.

Dix minutes plus tard, je me retrouve dans l'ascenseur entre un homme aux traits aussi imperturbables que singuliers et une jeune fille qui n'a pas pris le temps d'essuyer sa bouche avant d'enfiler son manteau. Dans cette cabine pourtant vaste, les effluves de parfum masculin, de pommes, de caramel et de bois ciré me parviennent jusqu'aux narines. Une nouvelle idée de recette germe dans mon esprit en ébullition. J'élargis mon sourire. Évidemment que mon dessert a fait mouche ! Sous l'œil médusé de son père, la cheffe Anna Etchebest n'en a pas laissé une miette. Entre nous, je crois qu'il se serait bien passé de « je vous l'avais bien dit ! ». Comme si sa fille ne souriait jamais… c'était presque trop facile ! *Prends ça dans les dents Cyril Lignac, je continue l'aventure sur l'île de Koh-Gâteau !* Je jubile intérieurement et retiens un cri de victoire lorsque nous traversons la rue et arrivons devant la façade de la boutique. D'un geste souple, il remonte la grille en fer et insère la clé dans la serrure de la porte vitrée.

— L'endroit est resté tel quel après le départ de Mika. À vous de le redécorer à votre convenance.

Il me jette un regard suspicieux.

— Évitez les couleurs trop criardes, tout de même…

Je hoche la tête sérieusement, un peu vexée qu'il m'associe au mauvais goût.

— Pour l'instant, cela restera une cuisine fermée au public, le rassuré-je. J'ai déjà l'utilitaire pour mes futures livraisons et…

Je m'interromps et balaie l'endroit d'un œil émerveillé.

— Mais… C'est beaucoup plus grand que sur les photos de l'annonce !

En découvrant la chambre froide, le four pâtissier et la cuisinière à gaz six feux, toute ma retenue s'envole. Mes yeux brillent comme au matin de Noël. Je virevolte, alternant les *wow*, les *aahhh* et les *ohh*, entre le plan de travail en inox, la baie vitrée transparente qui laisse entrer la lumière du jour et les multiples tiroirs de rangement de la cuisine. Tout ceci est à ma disposition désormais. Mon rêve et celui de mon père se concrétisent. Un air nouveau souffle en moi. Ma vie prend un tournant décisif et cela commence maintenant. Ici, dans ce local, près de la place Bellecour. J'inspire à fond, cheveux au vent, poings serrés et menton levé…

— Tu vas faire des muffins ?

Je reviens à la réalité d'un seul coup. Je me retourne vers l'enfant et son père qui m'observent silencieusement depuis le palier de la porte. L'une avec amusement, l'autre avec scepticisme. Je me reprends (un peu) et réponds au sourire édenté de ma bonne petite fée.

— Oh oui ! Et pas que des muffins… Bientôt, cet endroit regorgera de babas au rhum, d'entremets au chocolat, de craquants à la nougatine, de macarons à la pistache, de millefeuilles à la vanille et surtout, de biscuits de Noël !

— Je pourrai t'aider ? Je suis très forte pour beurrer les tartines !

— Eh bien, si ton papa est d'accord, je ne vois pas d'inconvénients à ce que tu…

— Certainement pas, coupe Mister Iceberg, visiblement irrité. Il est temps de remonter au cabinet, mon prochain client devrait arriver d'ici peu et je suis sûr que mademoiselle Laurie est débordée. Je vous apporterai le contrat de location dès que j'aurai un moment de disponible.

Il me lance un dernier regard noir et entraîne sa fille désenchantée à l'extérieur.

OK.

Je ne sais pas quelle mouche l'a piqué, mais une chose est certaine : il manque sérieusement de fantaisie et de sucre ! Je secoue la main en direction d'Anna qui jette un œil par-dessus son épaule et le bras directif de son père. Son petit air coquin revient. Je vous le disais…

Il n'y a rien de plus communicatif et chaleureux que le sourire d'une bouche pleine de sucre.

C'est avec ce même sourire que je ferme *mon* local, avec *ma* clé et que je quitte *ma* boutique. Malgré la perspective d'un planning très chargé, j'avance d'un pas léger et guilleret en direction du *Chat qui pète et qui sourit.* Rien, absolument rien, ne fera vaciller mon humeur.

CHAPITRE 5

Rêve ta vie en couleur (Peter Pan)

— Arieeeelll ! Table quatre !

Je cligne des yeux et fais un bond de dix jours dans le temps. C'est reparti pour un tour. Il est 17 heures, nous sommes mercredi 9 novembre. Les vacances scolaires viennent tout juste de se terminer que déjà celles de Noël se dessinent au loin. Les mioches sont aussi agités que les Gremlins, petites créatures malfaisantes dans une piscine après minuit, et visiblement, Cendrillon a passé un sale week-end. J'adresse un regard compatissant à Astrid, alias Edna des Indestructibles, qui n'a de sévère que le déguisement, et qui vient de se ramasser en plein milieu du passage sous les rires moqueurs et amusés des enfants, un immense vase rempli de M&M's entre les mains…

De toutes mes collègues, elle est la seule que je trouve sympathique. Il faut dire qu'entre déguisements moches, on s'entend… Grosses lunettes rondes, perruque stricte et tailleur plus-vieillot-tu-meurs, elle détonne un peu à côté des robes colorées et bouffantes de nos comparses. Astrid est une extra que Lionel s'autorise à appeler les jours de grande affluence, comme aujourd'hui. Le reste du temps, cette trentenaire, aussi gentille que timide, enseigne le russe, sa langue natale, à domicile et effectue quelques travaux de comptabilité pour le compte de petites entreprises. En attendant de trouver un poste fixe et régulier, elle cumule les boulots précaires.

— Ednaaaaaa ! En cuisine ! s'égosille Cendrillon, indifférente à l'arc-en-ciel chocolat qui macule la moquette collante et les semelles des enfants.

Alpaguée par une table de tortues Ninja miniatures, j'observe, impuissante, la pauvre Astrid subir les foudres du prince-pas-charmant-pour-un-sou. Mais quel con ! Pas capable de se baisser pour aider la malheureuse, il se contente de la houspiller, les bras croisés. C'en est trop. Sous les regards réprobateurs de mes autres collègues, j'ignore les verres vides tendus vers moi, pose le pichet de jus d'orange sur la table et me dirige, écailles hérissées et Saint-Jacques cliquetantes, droit vers lui.

— Est-ce donc vrai ?

Lorsqu'il m'entend, Lionel se retourne sans cacher son irritation.

— Quoi donc ?

Je plisse les yeux et le fixe avec défi.

— Que la galanterie est une seconde nature chez vous ?

Comme par magie, les tables à proximité plongent dans un étrange silence et les gamins nous dévisagent avec curiosité. Nota bene pour plus tard : créer un sentiment de malaise extrême et titiller l'ego du prince charmant afin de clouer le bec à bon nombre d'enfants surexcités. La dernière fois que cela est arrivé remonte à cet instant où… ben non, je crois que ça n'est jamais arrivé. En tout cas, pas depuis que je suis ici.

Le sourire de Lionel n'atteint pas ses yeux. Ceux-là mêmes qui me foudroient sur place. Je déglutis, jette un rapide coup d'œil vers Astrid, livide, qui secoue négativement la tête à mon attention, puis je reviens vers le Prince charmant. C'est le calme annonciateur de tempête. Il serait plus simple que je me taise. Mais, je vous l'ai affirmé : un vent nouveau souffle en moi et je ne veux plus me laisser marcher sur les pieds. Je n'aime ni les cons, ni l'injustice, ni l'émoticône pouce levé.

— Tu as quelque chose à dire, Ariel, *petite* princesse aphone ?

— Eh bien, figurez-vous que oui !

Grand moment de solitude où tu invoques, à cet instant précis, les forces divines pour qu'une catastrophe naturelle fasse diversion et couvre la première réplique ridicule qui s'échappe d'entre mes lèvres.

— On ne laisse pas bébé dans un coin4.

Évidemment, personne ne rivalise avec Johnny Castle5 et nous sommes trop loin de la mer pour qu'un tsunami vienne dévaster le restaurant du centre-ville. Circonspect, Lionel soulève un sourcil. Puis un autre. Je déglutis. Toute l'attention est tournée vers moi. C'est le moment ou jamais de remettre mon patron en place et de reprendre les rênes de ma vie en main ! Je ferme les yeux et m'arme de courage…

Puis, je me vois monter sur la table… Je me visualise également relever le menton et parler d'une voix sans faille…

— Prince ! ô, prince charmant à l'attitude chevaleresque, à la coiffure toujours impeccable et à la bravoure légendaire ! Vous, qui combattez les dragons des fourneaux, les dangers des primes de fin d'année et le congé mat' de Pimprenelle d'une main de maître. Vous qui organisez régulièrement et généreusement des bals dans le plus gigantesque des châteaux. Vous qui ne vous contentez que d'un chaste baiser

4 Réplique du film Dirty Dancing

5 Ai-je vraiment besoin de présenter Johnny Castle ?

avec Cendrillon à l'arrière de votre Twingo, et nous honorez quotidiennement d'une haleine – bouchez vos oreilles, les enfants – à vous faire prendre en levrette. Vous, qui ne râlez jamais, n'aimez pas vous curer le nez en public et souriez à longueur de journée… Vous êtes notre soleil. Notre mentor. Celui pour lequel, nous, pauvres petites princesses un peu bébêtes, nous nous affublons de ces merveilleuses parures, pas du tout encombrantes, et chantonnons gaiement au milieu d'oisillons innocents et si peu bruyants. Alors, aujourd'hui, au nom de toutes les princesses du royaume, je tenais à vous dire merci. Merci d'être notre source éclatante d'encouragements.

Ça, c'est ce que j'aurais adoré dire.

C'est aussi ce que je me répète en boucle devant le petit miroir de ma minuscule salle de bains, le soir même. Je suis très forte pour refaire les scénarios ratés de ma vie, trois heures après. Princesse, la reine des clashs à retardement. C'est moi. Non, en réalité, ma prestation n'a rien de glorieux. Je n'ai jamais atteint la table. Je me suis vautrée sur un Lego et j'ai écopé, en plus du rire persifleur de mon chef, d'un superbe coquard en guise de trophée… Puis, j'ai enchaîné mon service avec une paupière tombante et l'envie cuisante de m'enterrer vivante. Et ce, malgré le sourire compatissant d'Astrid et la proposition perfide de Baptiste-Polochon, d'échanger nos costumes.

Je soupire de désespoir. Je ressemble à un demi-panda aux yeux verts. Ma peau blanche, parsemée de petites taches de rousseurs, contraste sévèrement avec le noir de la contusion. L'œil touché n'a plus vraiment la forme d'une amande, comme son alter ego, et ressemble carrément au derrière boursouflé du chat siamois de ma voisine. Je chausse mes lunettes de vue, dans l'espoir de camoufler le désastre de mon humiliation et délaisse le miroir qui me renvoie une image peu glorieuse. J'ai encore un long chemin à parcourir pour reprendre confiance en moi. Remettre en place mon idiot de patron fait partie de mon processus de changement. Mais, je ne désespère pas, un jour j'y arriverai et quand ce jour viendra, je le regarderai droit dans les yeux, sans flancher, sans trémolos dans la voix ni Lego sur ma route et je lui dirai d'aller se faire voir en chantant. Je pense que ce jour-là, je sabrerai le champagne. En attendant, je me suis promis que rien ne pourrait gâcher le bonheur de lancer mon projet fou.

Jusqu'à présent, j'ai tenu bon. J'ai jonglé, pendant ces dix derniers jours, entre mes services au restaurant, les démarches administratives et l'aménagement de ma cuisine professionnelle avec entrain et motivation. Alors, j'inspire franchement, je garde le cap et je chasse ce mauvais souvenir de ma tête. Je n'ai pas le temps de m'apitoyer sur mon sort, ce soir, je rentre dans le cœur du sujet. J'ai des biscuits de Noël à préparer et une entreprise à lancer. Je charge mon plein de courses et le matériel dont j'ai besoin dans ma camionnette, garée en bas de chez moi, et prends la direction de mon local. C'est le moment que j'attends depuis une semaine.

Dès que je franchis le seuil de ma cuisine, ma fatigue s'efface et l'enthousiasme revient. Il me faut plus d'une heure pour tout décharger de mon coffre. Puis, emportée par mon excitation euphorique, je lance ma playlist « cuisiner en chantant », j'ouvre mon précieux livre de recettes et j'enfile ma blouse de pâtissier blanche. Puis, la magie opère.

Très vite, les ingrédients s'amalgament. Mes mains s'immergent dans la texture de ma mixture. Le pâton se transforme sous mes doigts. Les effluves de miel et de cannelle embaument la cuisine et se mélangent avec la voix suave de Norah Jones. Mon caramel frémit sur les plaques de cuisson. Le four monte lentement en température et dore mes petits trésors. Mes papilles gustatives testent, expérimentent, évaluent et approuvent. Mon sourire ne me quitte pas. À l'extérieur, dans la rue éclairée par les devantures des magasins, quelques flocons virevoltent, se posent sur le trottoir avant de fondre doucement. Même si la neige ne tient pas encore, c'est magique. Presque féérique. Dans cette ambiance chaleureuse et joyeuse, je retrouve une certaine sérénité qui m'a tant manquée ces derniers temps. Finalement, Thomas et Lise n'ont pas réussi à détruire ce qui comptait réellement pour moi. Il a suffi d'un cliché et du hashtag de trop pour que je comprenne, au bout de dix mois à déambuler en mode automatique, qu'il était temps de prendre ma vie en main. Désormais, mon destin ne dépendra de personne d'autre que de moi.

Qu'ils profitent de leurs fiançailles sur leur île paradisiaque et qu'ils s'étouffent avec les brochettes de fruits sur leur cocktail ! Je suis enfin en paix avec moi-même. Aujourd'hui, je vise un avenir meilleur. Quand je regarde l'heure pour la première fois depuis mon arrivée, il est presque minuit. Je pince les lèvres et ôte la farine de ma joue avec mon épaule. Je dois rentrer dormir un peu si je veux tenir dans la durée. J'enveloppe mes biscuits dans plusieurs boîtes en carton que j'annote. Puis, je range, nettoie et me prépare pour affronter le froid de la nuit. J'enfile mon bonnet lorsqu'on frappe trois coups secs sur la baie vitrée. Je sursaute devant l'ombre imposante qui me toise de l'extérieur de la boutique, mais je reconnais rapidement le regard gris qui perce dans la pénombre de la rue.

— Bonsoir ! m'écrié-je en ouvrant la porte sur l'avocat.

À cette heure avancée de la nuit, les devantures des magasins sont éteintes et la chaussée est faiblement éclairée. Je plisse les yeux. Je ne distingue pas grand-chose d'autre qu'une haute silhouette sombre assortie d'une voix grave.

— Bonsoir. Je sais qu'il est tard, mais j'ai vu de la lumière en sortant du cabinet. Je vous apporte le contrat de location.

Je tique un temps sur l'heure à laquelle il termine sa journée de travail et m'efface pour lui ouvrir la voie.

— Ah oui, le contrat… Entrez, je vous en prie !

Il s'exécute, plonge une main dans ses cheveux épais, incroyablement souples et parsemés de petits flocons de neige. La fatigue, les émotions, les heures passées trop près du four et l'éclairage de la boutique qui dévoile les traits de mon interlocuteur… tout se mélange et je bugge un instant sur la beauté presque irréelle de son visage. Le silence règne pendant qu'il évalue furtivement du regard l'environnement et qu'il s'arrête sur moi.

— Qu'est-il arrivé à votre œil ? demande-t-il dans un froncement de sourcils.

Je réajuste ma monture, comme si ça changeait quelque chose.

— Oh ! Ce n'est rien… J'ai défendu l'honneur d'une petite mamie. Je me suis battue à six contre un.

— Impressionnant.

Je lâche un rire désabusé.

— Oh non ! Ce n'est rien ! Si vous voyiez l'état des autres !

Il ne répond pas tout de suite et considère un instant l'ampleur des dégâts.

— Vous devriez mettre de la glace.

— Oui, je sais… mais je n'ai pas eu le temps avec cette bande de scélérats ! Il a fallu que je les course sur huit cents mètres avant de les rattraper et de récupérer le sac à main de la pauvre mamie éplorée…

Mais qu'est-ce que je raconte, bordel ?! J'ai trop sniffé de sucre en poudre.

— Vous en avez ?

— Euh… de quoi ?

— De la glace ?

Je hausse les épaules et croise les bras.

— Évidemment ! Toute cuisinière qui se respecte a dans… hé ! Mais vous faites quoi, là ?

Sans un mot, Mark me contourne, se dirige vers la chambre froide, s'empare d'un pic à glace (Sharon Stone, tu peux te rhabiller), d'un peu de glace pilée, l'enveloppe dans un torchon de cuisine et s'approche de moi.

— Enlevez vos lunettes.

Parce que son ton n'autorise aucune rébellion et que le pic à glace n'est pas loin, j'obtempère docilement. Sans se soucier de mon malaise grandissant et du rouge cuisant mes joues, il avance plus près, plonge ses billes argentées dans les miennes et pose délicatement le linge froid sur ma paupière. Le contact est doux, presque tendre et très agréable. Le contraste entre la glace sur ma peau et l'ébullition de mes pommettes est saisissant. Étrange sensation.

— Vous avez pris option « œil au beurre noir » à la fac de droit ? lancé-je d'une voix que je souhaite nonchalante

Il sourit légèrement.

— Non, juste option « papa de petite tête brûlée ».

Je mordille mes lèvres, ravalant ma curiosité subite. Où se trouve sa fille à cette heure tardive ? A-t-il résolu son problème de baby-sitter ? Certainement. Sinon, il ne serait pas là. Il tamponne lentement et avec dextérité ma peau gonflée et meurtrie. Je détaille, avec mon œil valide, la courbe de ses lèvres pleines, son nez mince et légèrement busqué, ses imperceptibles cernes sombres, sa mâchoire carrée et ses petites fossettes à peine visibles. Mon regard croise le sien et le temps s'arrête. Juste deux secondes. Trois tout au plus.

Juste le temps pour moi d'apercevoir une étrange lueur traverser l'anthracite de ses iris.

Juste le temps de réaliser que mon cœur vibre anormalement.

CHAPITRE 6

Qu'on lui coupe la tête !
(Reine de Cœur)

Instantanément, le malaise me gagne et le regard de l'avocat se durcit. J'accepte le linge humide qu'il me tend. Il s'écarte de moi puis se dirige vers le plan de travail, où repose sa sacoche.

— Il me faudra votre signature ainsi que votre premier loyer.

Sa voix claque. Elle est tranchante, sèche et impersonnelle. En totale contradiction avec le timbre chaud et les gestes doux qu'il a empruntés quelques secondes plus tôt. Je me ressaisis illico, contrariée d'avoir réagi comme une ado en pleine crise hormonale à la proximité d'un homme trop beau pour être réel. J'adopte un ton informel.

— OK. Je peux vous régler par chèque ou par virement, c'est comme vous voulez.

Il plante son regard catégorique dans mon œil valide.

— Je préfère par virement. Je vous ai laissé mes coordonnées bancaires dans le dossier.

De ma main libre, je récupère l'enveloppe en papier kraft qu'il me tend.

— Merci. Je fais le nécessaire pour le règlement et vous rapporterai le contrat signé à votre cabinet demain matin.

— Ça marche. J'y vais, il est tard.

En quelques enjambées, il est déjà rendu sur le palier de ma porte, la main sur la poignée. Mes pensées s'échappent de mes lèvres sans que je n'arrive à contrôler leur flux.

— Vous n'êtes pas allergique à la cannelle, au moins ?

Il se tourne vers moi, visiblement aussi surpris que moi.

— Non.

— J'avais prévu de vous les déposer demain, mais puisque vous êtes là…

Sans attendre de quelconque réaction, je récupère une des boîtes en carton que j'avais mises de côté, et la lui tends.

— Ils sont tout chauds, ils sortent du four.

— Vous n'êtes pas obligée de…

— J'insiste ! Je compte distribuer mes biscuits de Noël à tous les commerçants de la rue, afin de me présenter et de me faire connaître… Vous verrez, il y en a un en forme de homard pour Anna, ajouté-je avec un clin d'œil.

Ce qui, étant donné l'état de mon visage de boxeur, ressemble plus à une affreuse grimace qu'à un signe de connivence.

Il accepte la boîte précautionneusement et arque un sourcil en désignant la carte de visite colorée que j'y ai accolée.

— *Mange-moi* ?

Involontairement, je rougis jusqu'aux oreilles. Bien que j'assume parfaitement le nom de ma petite entreprise, ce dernier prête franchement à confusion quand il est assorti à la voix grave et au sourire contenu d'un Apollon. Mon assurance vacille et je me perds dans un nombre indéfini d'interjections.

— Ah ! Euh… oui ! C'est… Euh…

Ses fossettes se creusent lentement et son regard s'adoucit.

— Alice ?

— C'est ça ! m'exclamé-je, soulagée qu'il abrège mes souffrances. Vous avez, dans cette boîte, un petit concentré du pays des merveilles.

Son sourire perdure.

— C'est une bonne idée. Je pense que le quartier appréciera votre démarche. Merci pour Anna…

Je rêve où Monsieur Frozen vient de me faire un compliment ? Galvanisée, j'étire mes lèvres quand il franchit le seuil de la porte et qu'il me souhaite une bonne fin de soirée avant de s'engouffrer dans la nuit.

Nuit qui s'annonce courte et agitée. Incapable de dormir, je passe la première partie à peaufiner mon site Internet et la seconde, allongée dans mon lit, œil valide grand ouvert, fixant le plafond, à compter les cupcakes. Autant vous dire que, lorsque au petit matin, mon réveil sonne le glas, je suis décalquée. J'ingurgite une double dose de café, vide le ballon d'eau chaude et fais le point devant le miroir. *Aujourd'hui, Princesse n'a d'élégant que son prénom.* Le contour de mon œil a pris la teinte de mes cernes qui mangent une partie de mon visage. Mes iris d'ordinaire verts m'apparaissent presque noirs. Je soupire de dépit. Mon sourire professionnel ne suffira pas. Je vais avoir besoin d'un bon coup de pinceau magique !

Faut croire que c'est efficace. Même si ma paupière est encore un peu gonflée, ma poudre de teint a fait des miracles. Je fourre mon kit de sauvetage dans mon sac et me prépare à attaquer une nouvelle journée. Les commerçants accueillent avec plaisir mes petites boîtes, distributrices de bonheur. Ainsi, je fais la connaissance de Pierre-Yves, mon voisin boucher, aussi bedonnant que sympathique. Catherine, la prof de yoga bohème, adepte de Nina Simone et de chocolat chaud. Liliane et Bruno, les buralistes hyperactifs proches du burn-out. Liam, le tatoueur barbu, bourru et visiblement conquis par mes biscuits. Momo, le primeur ouvert sept jours sur sept, au sourire doux et contagieux. Sonia, dont le magasin de décoration regorge de trésors en tout genre. Sonia qui m'a ensorcelée avec ses bougeoirs multicolores, ses tabourets hauts vintage et ses petits miroirs ronds. Sonia qui pourrait bien devenir une amie avec son humour similaire au mien et sa gentillesse innée.

Ma tournée s'enchaîne avec l'agence immobilière du coin de la rue, le cabinet de kiné, l'opticien, la boutique de vêtements, celle de chaussures et le bar à vin. À chaque fois, mes biscuits sont accueillis avec plaisir et délice. Je suis ravie. Le bouche-à-oreille est la meilleure des publicités !

Je termine ma tournée par le cabinet d'avocats. La secrétaire, visiblement peu habituée à ce qu'on lui offre des gâteaux, accepte avec joie la petite boîte qui lui est destinée.

— Maître Miller est au Palais, m'informe-t-elle avant de goûter un biscuit. Oh, merde ! C'est une tuerie vos machins !

Je souris, fière de moi. *Évidemment qu'ils sont bons !*

— Merci beaucoup. Pouvez-vous lui laisser cette enveloppe pour moi ?

Elle opine, la bouche trop encombrée pour répondre. Je quitte le cabinet et la rue avec l'impression d'avoir conquis le monde et prends la direction du *Chat qui pète et qui sourit* en compagnie de petits flocons neigeux.

La transition est rude. L'accueil de Lionel est glacial. Il attaque direct.

— Tu as cinq minutes de retard.

Je fronce les sourcils et regarde l'heure sur ma montre.

— Mon service commence à 13 heures et il est midi moins dix.

— Oui, mais si l'on compte l'heure de préparation des muffins et les quinze minutes pour te changer, tu as du retard.

Je hausse les épaules, hermétique à son humeur de chien.

— Eh bien, j'enfilerai mes Saint-Jacques plus vite aujourd'hui.

— Très drôle. J'aimerais que tu sois plus rigoureuse sur les horaires et que tu prennes ton travail au sérieux. J'ai eu de mauvais retours sur tes muffins. Plusieurs enfants se sont plaints de maux de ventre hier en partant.

Je tique.

— Je ne comprends pas. J'ai utilisé les mêmes ingrédients que d'habitude et je vérifie à chaque fois leur origine et les dates de péremption. Peut-être qu'ils en ont trop mangé ? Ou peut-être que ce ne sont pas mes muffins ?

Il est certain que ce ne sont pas mes muffins ! Ils sont à tomber !

Il croise les bras.

— Tu insinues quoi ?

Je contiens mon agacement.

— Écoute Lionel… les enfants se jettent sur les bonbons, les jus bourrés de saccharose et les pâtisseries. Il est logique que leurs petits estomacs réagissent à l'excès de sucre !

Il me fixe avec un air de prédateur et pointe son doigt boudiné dans ma direction.

— Je t'ai à l'œil. Sache que personne ici n'est irremplaçable.

OK. J'ai compris. Il m'a dans le viseur. Si au début du mois, j'aurais dégluti et tremblé sous la pression, aujourd'hui, ses menaces ne me font ni chaud ni froid. Peut-être est-ce dû à ma matinée galvanisante ? Ou bien, à mon manque certain de sommeil ? Ou, tout simplement au changement qui s'opère en moi depuis quelques jours. Je soutiens son regard, sans ciller. Grande première !

— J'en suis parfaitement consciente, Lionel. Si tu le permets, je vais me transformer en sirène avant d'être en retard de cinq minutes.

J'interprète sa bouche ouverte et son air ahuri comme un signe d'assentiment et file aux vestiaires sans demander mon reste. Je suis fière de moi. J'ai eu le dernier mot et ne me suis pas laissé marcher sur les pieds… Avec un moral reboosté, je m'attelle à la confection de muffins un peu plus allégés en sucre que d'habitude et prends mon service à l'heure, comme chaque jour depuis le début. Si je veux conserver mon job, je dois être irréprochable. Je dois user de mes sourires professionnels et garder le cap, le temps de toucher les premières recettes de mon activité. Alors, j'inspire, je bloque et tiens en apnée le reste de la journée.

J'expire de soulagement quand la clé entre dans la serrure de mon petit local, en fin d'après-midi. Comme la veille, je plonge dans la confection de pâtisseries en tout genre. Entre deux tournées, je prends des photos de mes créations pour les mettre en avant sur mon futur site Internet et réfléchis à la réalisation de nouvelles recettes. Je m'apprête à me lancer dans la préparation de choux à la crème lorsque mon téléphone vibre sur le plan de travail.

Je m'y reprends à deux fois pour relire le texto qui s'affiche sur l'écran.

Catherine :

[Bonjour, Princesse, j'ai adoré tes biscuits de Noël ! Serais-tu d'accord pour m'en confectionner un joli assortiment pour le goûter de fin d'année, jeudi prochain, que j'organise avec mes clientes ? J'attends ton retour.
Belle soirée, la Yogiste gourmande.]

Je lâche un cri de joie et trépigne comme une gamine devant mon téléphone. *Ma première commande !* Je crois que je vais pleurer. Et rire aussi.

Je lui réponds dans la foulée et valide la demande. Je suis encore sur mon nuage lorsque l'on toque doucement à la porte. Je reconnais le sourire de Sonia à travers la vitre. Les bras encombrés d'un petit sapin en plastique, cette dernière me fait signe de lui ouvrir.

— Coucou ! Je me disais qu'un peu de vert s'accorderait parfaitement avec ta nouvelle décoration ! annonce-t-elle en essuyant ses bottes sur le paillasson.

Son regard se pose sur les cartons et les sacs que je n'ai pas eu le temps de déballer et qui attendent sagement dans un coin de la pièce.

— Et je crois qu'un petit coup de main serait aussi le bienvenu, ajoute-t-elle en retirant son manteau et ses gants.

Des balbutiements de joie, de fatigue et de reconnaissance s'échappent en discontinu de mes lèvres. Ainsi, nous passons le reste de la soirée à fixer les miroirs aux murs, à ranger le nouveau mobilier et à habiller mon sapin de Noël dans une ambiance festive. En cette fin de journée, la solitude semble s'être lassée de moi. J'aime vraiment la compagnie de ce petit bout de femme dynamique et me surprends à me confier naturellement. L'atmosphère est joyeuse, saine et rafraîchissante. Et puis, Sonia se révèle être une décoratrice hors pair. Ma cuisine prend une tout autre allure avec trois fois rien.

— Je n'y ai pas pensé cette année, confessé-je une fois la dernière guirlande accrochée. Je t'avoue que Noël est loin d'être ma première préoccupation en ce moment… Je ne sais même pas comment te remercier !

Elle me sourit et secoue ses boucles blondes en retour.

— Oh, j'ai bien une petite idée… Si on allait fêter ta première commande au *Tire-bouchon* ?

Quelques minutes plus tard, nous pénétrons dans le bar à vin bondé de la rue piétonne. Thierry, le patron, nous reconnaît et nous conduit jusqu'à une table ronde près du poêle à bois. La proximité du feu, la cuvée du chef, la planche de charcuterie, les autres clients et le rire contagieux de Sonia me grisent. Nous refaisons le monde. Je lui parle de mon père et de ma passion. J'évoque brièvement Thomas et sa trahison. En retour, elle me raconte sa relation ambiguë avec Liam, le tatoueur de la rue et je devine à la narration de son histoire, l'affection qu'elle lui porte. Ensemble, nous trinquons à ma nouvelle vie et à notre amitié naissante.

Plusieurs fois.

Trop de fois.

Si bien que lorsque je finis par me lever pour me rendre aux toilettes, mes bottines semblent s'être alourdies de plusieurs centaines de kilos, le sol tangue sensiblement et le rire de Sonia me paraît soudain très lointain.

Oh non, j'ai un peu trop bu ! Je me frotte les tempes pour tenter de remettre l'image sur le son et progresse vers le fond de la salle, toujours aussi pleine à craquer. Avec pour seul et unique objectif d'atteindre les toilettes, je force mon attention sur ma démarche en occultant les visages flous qui m'entourent.

— Mademoiselle Laurie ?

Cette voix. Grave et familière. Elle résonne, ricoche et attire toute la capacité de concentration qu'il me reste. *Oh, merde.* Je me retourne lentement et découvre sans surprise un regard gris percutant à quelques centimètres de moi seulement.

CHAPITRE 7

Parfois le droit chemin n'est pas le plus facile à suivre (Grand-mère Feuillage)

— Monsieur Miller !

Les joues rouges, le regard brillant et le sourire exagéré, je cherche désespérément quelque chose d'intelligent à dire. Masquant sa surprise derrière un visage sévère, le grand brun me salue poliment d'un hochement de tête. À côté de lui, installée sur un tabouret haut, la jolie blonde de l'autre jour me scrute attentivement et interroge l'avocat de ses billes bleu polaire. Elle se révèle encore plus belle de près et visiblement la robe fourreau a été inventée pour elle. Pendant que je me perds dans la contemplation de ce couple magnifique, si bien assorti, Mark Miller effectue de rapides présentations.

— Mademoiselle Laurie, voici Maître Sélène Mc Doty… Sélène, mademoiselle Laurie a intégré mon local récemment.

Sélène étire doucement ses lèvres sans me lâcher des yeux.

— Ah… C'est vous qui êtes à l'origine du changement d'humeur d'Isa, notre secrétaire ? Elle ne parle que de vos biscuits de Noël… Vous risquez de la voir souvent rôder par chez vous !

Je rosis légèrement sous le compliment et affiche une mine réjouie.

— Oh, mais j'en suis ravie ! J'adore voir les gens rôder près de chez moi ! Oui, euh… enfin… sauf les-tout-nus-tout-moches-sous-leur-imper !

Personne ne rit. Pourtant, c'est drôle ! Je me sens un peu con, un peu petite et surtout un peu vaseuse. Les billes polaires m'observent avec curiosité. Je plisse le nez encore une fois vexée de mon loupé vestimentaire. Faut dire que je n'avais pas prévu de sortir ce soir. Ni de retirer mon pull en public… Avec mon vieux tee-shirt ACDC, mon jean usé et mes sempiternelles Converse, j'ai l'impression d'être une ado prise en flag de fumette sauvage dans un bar de grandes personnes. Sans se soucier de mes tergiversations, Sélène continue.

— Vu l'air béat de notre employée et maintenant que je vous rencontre, je suis presque déçue de ne pas aimer les desserts.

Encore un compliment. *En plus d'être canon, elle est sympa…* Et puis, je réalise ce qu'elle vient de me dire et je réagis.

— Hein ? Mais… comment c'est possible de ne pas aimer les desserts ?

Elle pince les lèvres devant mon air ahuri et penche la tête en m'observant.

— En y réfléchissant bien, il n'y a pas que les sucreries. Je n'ai jamais vraiment pris plaisir à manger, en règle générale. Pour moi, c'est secondaire. Sans vouloir vous vexer ni remettre en question votre profession, je préfère me concentrer sur autre chose que la nourriture.

Enfin, un défaut ! Elle n'aime pas manger ! Je retiens un sourire victorieux et décide d'ignorer son allusion franchement tendancieuse.

— Mais, le plaisir de manger est tout de même l'un des plaisirs essentiels de la vie !

Elle éclate d'un rire un peu trop fort pour être sincère.

— Croyez-moi. Des plaisirs essentiels, il y en a un tas d'autres… N'est-ce pas, Mark ?

Elle accompagne son sourire carnassier d'une main possessive qu'elle cale sur le bras du concerné. Ce dernier, resté silencieux jusqu'alors, fronce les sourcils et pose son verre sur la table haute, se soustrayant élégamment à l'emprise de sa compagne. Je ne sais pas pourquoi, mais ce simple geste me réjouit.

— Je suis assez d'accord avec mademoiselle Laurie, affirme-t-il. La nourriture apporte souvent une sorte de récompense essentielle pour notre bien-être et, par conséquent, pour notre qualité de vie. Déguster un plat mijoté, découvrir de nouveaux goûts, retrouver la saveur d'un dessert de notre enfance ou juste, recharger nos batteries… Tout cela va au-delà du simple fait de se nourrir pour survivre.

Le visage de Sélène s'assombrit à l'instar de mon sourire ravi. *J'ai gagné la faveur du jury Miller.* Je ne pensais pas que Mister Frozen avait un côté épicurien ni qu'il avait de l'empathie… Encore moins pour une femme-écailles vacillante, aux lèvres certainement teintées du vin dont elle a légèrement abusé ce soir. L'elfe blond crispe un rictus et soupire avec lassitude.

— Soit. En tout cas, si vos pâtisseries sont aussi bonnes qu'Isabelle les vante, je pense qu'Anna risque de faire une surdose de sucre !

L'avocat retrouve son masque grave. Adieu Miller sympa, Miller l'impassible est de retour. Visiblement, l'évocation de sa fille devant moi ne semble pas lui plaire. En observant son visage sévère, je m'interroge à nouveau sur ce qu'il fait de son enfant le soir. D'un clignement de paupières, je chasse cette question qui ne me regarde pas et élargis mon sourire. Ce soir, j'arrose le lancement de ma boîte. Rien ne ternira mon humeur.

— Vous savez quoi ? Aujourd'hui, je fête ma première commande avec Sonia ! Je suis aux anges même si j'avoue que j'ai un peu trop célébré l'évènement…

D'ailleurs, j'ai envie de faire pipi.

J'espère que je n'ai pas dit ça à voix haute.

— Excusez-moi.

Avec un sourire incertain et sans attendre de retour, je m'éloigne rapidement en me concentrant sur ma démarche. C'est important de rester digne, même soûle. Encore plus quand le poids de leur regard pèse sur mes épaules. Le monde est flou sauf la porte de la délivrance qui se rapproche. Je termine les quelques mètres qui me séparent du sas en marche accélérée et m'infiltre, presque en courant, dans l'antre de ma libération.

Maintenant, en position de la chaise, au-dessus de la cuvette des toilettes, je me concentre pour ne pas entrer en contact avec la porcelaine douteuse des W.-C. et refais le dialogue d'il y a deux minutes.

— Le plaisir de manger est tout de même l'un des plaisirs essentiels de la vie… Non, mais quelle cruche !

Non seulement je sous-entends clairement que la bouffe, c'est toute mon existence, mais j'affirme sans détour que je suis une grosse frigide ! Alors que mon cerveau bout de frustration, mes cuisses manifestent violemment leur manque d'activité physique par des tremblements incontrôlables. Je grimace jusqu'au bout et me relève en songeant sérieusement à m'inscrire dans une salle de sport. Je me rhabille face à la porte et mon regard se perd sur la phrase écrite au stylo bille.

« Parfois le droit chemin n'est pas le plus facile à suivre. »

Je tente encore de décrypter ce drôle de message quand, en sortant, je réalise que je suis dans les toilettes pour hommes. En effet, la bonne voie aurait été plus simple… Surtout moins embarrassante ! Sans m'attarder, je baisse les yeux face aux regards surpris masculins, je traverse le sas dans le sens inverse et m'apprête à sortir. Lorsque j'entends distinctement un timbre grave, familier et légèrement inquiet en provenance des sanitaires des dames. Mais qu'est-ce qu'il fiche ici ?

— He ho… C'est Mark Miller.

Piquée par la curiosité, j'avance doucement et le découvre, sans surprise, debout face à la seule porte close des toilettes. Il me tourne le dos et ne remarque pas ma présence. J'hésite franchement à intervenir. Tout dans son attitude me dissuade de le faire. Il cogne trois coups nerveux et brefs. Son timbre se fait plus fort.

— Tout va bien, là-dedans ?

Son amie doit être au plus mal, vu l'inquiétude que je décèle dans la voix. Je suis partagée entre l'envie malsaine de la laisser se faire contaminer par la cuvette des toilettes et celle de lui venir en aide. En réponse, un drôle de râle aigu et étouffé passe sous le seuil et me parvient jusqu'aux oreilles. Le brun réagit et pose d'emblée ses mains sur la porte.

— Ça va aller. Concentrez-vous sur ma voix… Le verrou, vous le voyez ?

J'arque un sourcil. Il m'avait semblé qu'ils se tutoyaient tout à l'heure…

— Aaaarrrgghh…

Le gémissement assourdi paraît terrifiant. Il cogne encore afin de capter l'attention de la malheureuse.

— Inspirez… Expirez… et si vous le pouvez tendez le bras vers le loquet.

Nerveux, il secoue maintenant la poignée à pleine main.

— Je ne vous lâche pas. Il suffit de déverrouiller à droite et je vous réceptionne… On tend le bras et on tourne.

Son stress me contamine. Je me décide enfin à signifier ma présence et avance d'un pas.

— Vous souhaitez que j'aille chercher Thierry ?

Il se retourne brusquement au son de ma voix. Son regard incrédule me percute et, un instant, je me demande s'il n'y a pas un spectre derrière moi. Simultanément, la chasse d'eau retentit et la porte s'ouvre dans son dos. Nous découvrons ensemble le visage rouge d'une vieille dame qui sort des chiottes crasseuses, affublée d'une œillade meurtrière et suivie d'une odeur à réveiller un mort. Je retiens un haut-le-cœur pendant que l'avocat, livide, érige un rictus crispé à l'attention de Tatie Danielle6 qui progresse au ralenti vers l'unique évier de la pièce.

— Quoi ? Y veut ma photo en plus de mon trou du cul, l'abruti ?

J'ai un déclic.

Un de ceux qui jaillissent instantanément dans votre tête et qui éclairent d'un coup, d'un seul tout votre monde. Je réalise que Maître Miller, aussi beau soit-il, grand ténor du barreau et propriétaire de ma cuisine professionnelle, est un être humain.

---

6 Tatie Danielle est une comédie française où l'héroïne principale, 82 ans, est la grand-tante qu'on ne souhaiterait pas avoir. Odieuse, mesquine, voleuse, menteuse, capricieuse, elle en fait voir de toutes les couleurs à toutes personnes environnantes.

Malheureusement pour son ego et son air contrit, j’en suis témoin.

L’acidité de la chiure de vieille me pique les yeux. À moins que cela ne soit le fou rire du siècle que je peine à retenir.

CHAPITRE 8

Les créatures de la nature ont besoin d'air pur (Pocahontas)

Si ma vessie était encore pleine, je me pisserais dessus. Je n'ai jamais autant ri de toute ma vie. Je ris à ne plus pouvoir m'arrêter. J'ai mal aussi. Je découvre que je possède des abdos et que mon visage peut rester figé sur la même position pendant de très longues minutes. Si ça se trouve, je vais passer la fin de ma vie sur ce fou rire dément. Parce qu'à chaque fois que je tente de me raisonner, que mon regard dévie vers les traits livides de l'avocat, un couinement presque inhumain s'échappe d'entre mes lèvres et je repars de plus belle.

À vrai dire, je ne comprends toujours pas ce qu'il fiche dans les toilettes des dames. Lorsque je l'ai aperçu, je me suis dit que, comme moi, il s'était sans doute trompé de sanitaires. Et puis, quand il s'est mis à toquer comme un dératé sur la porte close, j'ai pensé que sa petite amie, l'elfe-démoniaque-trop-belle-et-qui-n'aime-pas-manger, était de l'autre côté et s'était étouffée avec sa connerie.

Mais maintenant qu'il se confond en excuses devant une mémé acariâtre et exagérément vulgaire, ma curiosité se mélange avec mon hilarité.

— Mais que fichez-vous ici ? demandé-je en m'essuyant le coin des yeux.

Embarrassé, il scrute avec méfiance la mamie qui déclenche le sèche-mains comme si elle dégainait un flingue.

— Si on sortait de là ? crie-t-il par-dessus le bourdonnement bruyant de la machine.

Je hoche la tête. Nous passons devant la vieille dame occupée à remuer ses doigts crochus sous l'appareil fixé au mur. Je l'entends maugréer une litanie d'injures à l'attention de l'avocat qui s'empresse de quitter l'endroit sans demander son reste. À peine la porte franchie, il s'appuie contre la cloison et reprend son souffle. Il se frotte la nuque d'une main et inspire longuement par le nez. Je profite également de l'air plus respirable et retiens un autre fou rire quand nos regards se croisent.

— Bon, écoutez, commence-t-il, toujours aussi livide. Ce qu'il s'est passé derrière cette porte ne doit pas rester dans les annales.

Mes glandes lacrymales dysfonctionnent. Je plaque une paume sur ma bouche juste avant de postillonner et repars pour un tour. Je n'arrive pas à me contrôler, c'est au-delà de mes forces. Mark ne résiste pas longtemps à mon hilarité. Les fossettes saillantes et le torse agité de petits soubresauts, le spectacle est aussi drôle que beau à voir. Je n'ai aucune idée de l'heure ni de ce qu'il fichait dans ces sanitaires quelques instants plus tôt, mais peu m'importe. Dans ce minuscule sas de transition, coincé entre deux mondes, nous nous marrons en communion. *Et ça fait du bien !*

Petit à petit, l'euphorie remplace la crise de rire.

— Et si on allait prendre un peu l'air ? propose-t-il.

J'acquiesce vivement et le suis à travers le bar bondé jusqu'à l'extérieur, sur le trottoir. Nous expirons simultanément. Le souffle frais de l'hiver, le silence des quelques fumeurs solitaires postés plus loin et le calme de la nuit tranchent avec l'état d'agitation du pub. Je remplis mes poumons de l'oxygène respirable qui m'entoure.

— Je suis vraiment désolé, commente-t-il en pointant du menton l'établissement de Thierry. Je pensais que vous aviez un problème. Vous mettiez beaucoup de temps à sortir…

Je l'observe, l'air amusé.

— Moi ?

Il opine lentement sans me lâcher des yeux et sourit timidement. Je fais de même, un peu étourdie.

Il m'a guettée ? Il s'est inquiété pour moi ?

— Je sais. C'est complètement idiot, admet-il.

Je croise les bras pour masquer mon trouble.

— Non… C'est très prévenant. Vous êtes un gentleman.

Ses fossettes se creusent progressivement alors que nous continuons à nous observer sous une pluie de neige fondue.

— J'ai bien l'impression que les rôles se sont inversés, ajoute-t-il doucement. En intervenant, c'est vous qui m'avez tiré d'une situation délicate avec cette drôle de bonne femme.

Parce que sa proximité me perturbe plus que je ne le voudrais, je fais diversion. Je balaie de la main sa réponse et emprunte un ton faussement nonchalant.

— Ne le répétez pas… mais, en réalité, je suis membre active de la société secrète des SM.

Mais qu'est-ce que je raconte encore, bordel ! Je rougis violemment. Fichue peau de rousse ! Un léger rictus étire ses lèvres.

— Les SM ?

— Oui, balbutié-je devant son regard pétillant. Les SM = Situation de Merde… Je précise au cas où vous penseriez à autre chose…

Il sourit innocemment.

— SM, situation de merde, évidemment ! Et en quoi consistent vos missions ?

— Oh, c'est très varié…

Si j'arrête maintenant, je peux encore sauver la face et rester digne…

— Je sais allumer un feu avec la batterie de mon téléphone, échapper à un crocodile, éteindre un incendie dans une poêle, gruger tout le monde aux toilettes, je sais quoi faire si l'on vous projette sur les voies du métro ou si votre frein lâche pendant le sexe…

Bâillonnez-moi, enfermez-moi dans un coffre-fort fermé à double tour, enterrez-moi dans le désert, faites quelque chose !

— Ah oui ! Je sais aussi comment rester badass devant un ours !

Bon, ça y est. J'ai sombré du côté obscur de la force. J'ai surtout bien abusé du vin de Thierry. Je suis ridicule. Mais, j'ai au moins le mérite de divertir mon public. Il affiche un air rieur.

— Vous délivrez des formations intensives ? Parce que franchement, les ours lyonnais me font carrément flipper et l'histoire du frein peut servir…

Je m'apprête à répondre que je n'accepte que les meilleurs dossiers, mais ma voix est recouverte par celle d'une autre.

— Mark ? Est-ce que tout va bien ?

L'ambiance euphorique s'estompe net avec le regard bleu de l'elfe blond qui apparaît sur le seuil de la porte. Je prends seulement conscience du froid qui nous entoure quand elle se frotte vigoureusement les bras en nous dévisageant tour à tour. C'est énervant comme elle est belle. La mine de l'avocat se rembrunit, comme s'il revenait à lui après une longue absence.

— Oui, merci, Sélène, répond Mark. Nous prenions juste un peu l'air.

L'expression étrange qu'affiche la blonde et le changement d'humeur du grand brun me ramènent subitement à la réalité. Est-ce que nous étions sérieusement en train de flirter à moins de dix mètres de sa copine ? Le visage de Thomas surgit du tréfonds de mon cerveau et c'est la douche glacée. Mon cœur se serre de rancœur et d'amertume. Je croise les bras comme pour me protéger de lui et de tous les hommes en général.

— Il fait froid. Je vais rentrer, murmuré-je en soufflant de la vapeur blanche. Bonne fin de soirée.

Sans attendre de réponse ni soutenir leur regard, je m'engouffre à l'intérieur du bar afin de rejoindre Sonia. Le visage de cette dernière s'éclaire en m'apercevant.

— Tu en as mis du temps !

— Excuse-moi, Sonia, mais je vais rentrer. J'ai trop bu, je crois, et demain je dois me lever tôt.

— T'as raison, ma poulette ! C'est également le moment pour moi de mettre la viande dans le torchon !

Je ris parce que la petite blonde est aussi éméchée que moi. J'enfile mon pull, mon manteau, mon bonnet et mon écharpe pendant que Sonia remercie Thierry pour son accueil et son vin. Malgré moi, je jette un rapide coup d'œil vers le fond de la salle. La table qu'occupait Mark est accaparée par deux autres personnes. Il est parti avec son amie. Je chasse la pointe trop familière et désagréable qui me comprime le cœur en me concentrant sur le babillage joyeux et incessant de Sonia. Bras dessus bras dessous, nous progressons vers son petit appartement, situé à cinq minutes d'ici.

— Tu dors à la maison, affirme-t-elle, autoritaire. Pas question que tu rentres en voiture !

J'acquiesce volontiers. Même s'il me semble avoir recouvré tous mes esprits, le taux d'alcool qui circule dans mon sang dépasse le seuil du suffisant. C'est certainement d'ailleurs la seule raison plausible qui justifie cette drôle d'euphorie qui ne me quitte pas.

— Et puis, comme ça, tu me raconteras ce qu'il se passe avec Miller, je vous ai vus sortir du bar ensemble.

Je lui jette un regard noir. Son sourire en coin en dit long sur le fond de ses pensées.

— Y a pas grand-chose à dire, maugréé-je. C'est juste le propriétaire de mon local, point.

Elle me tire sur le bras et m'oblige à ralentir.

— Alors, pourquoi tu rougis ?

— C'est le froid ! J'ai la peau sensible aux intempéries.

— Oh, allez ! Raconte-moi ! Vends-moi du rêve, insiste-t-elle. Il t'a pelotée, le beau juriste ?

Je crois que le soufre du vin lui monte à la tête.

— Pas du tout ! Premièrement, je ne suis pas du tout intéressée et deuxièmement, lui non plus puisqu'il a déjà quelqu'un !

Elle fronce les sourcils.

— Ah bon ?

Je soupire.

— Oui… Bon, on peut parler d'autre chose ?

— Si tu veux… Mais tu ne me feras pas croire que tu ne le trouves pas mignon.

Je souffle exagérément et lève les yeux au ciel.

— OK, il n'est pas mal. T'es contente ?

— *Pas mal ?* Tu plaisantes ? C'est le célibataire le plus convoité du quartier !

— Tu romances un peu, non ?

— À peine. Demande à Catherine, Liliane et aux autres filles de la rue, ce qu'elles en pensent de l'énigmatique Maître Miller ! Il faut dire qu'il est assez discret. On ne sait pas grand-chose de lui finalement. Il cultive le mystère… C'est ce qui émoustille la gent féminine ! Un an que je suis installée dans la rue, je ne l'ai jamais vu avec une autre femme que sa fille ou sa maman… Liliane pense qu'il est gay et qu'il a fait appel à une mère porteuse pour Anna.

Je déteste les théories bancales infondées. Je grommelle, agacée.

— Liliane devrait arrêter de se prendre pour l'inspecteur Barnaby.

La blonde m'adresse un sourire de connivence.

— Dis donc, je te trouve bien véhémente pour quelqu'un qui se revendique *pas intéressée*…

Je hausse les épaules.

— Mais, je ne le suis pas. Je n'aime pas les commérages, c'est tout.

Si elle ne me répond pas, un étrange rictus étire ses lèvres. Je change délibérément de sujet. Parce que d'une part, il n'y a plus rien à dire, et d'autre part, la pointe familière et désagréable qui m'oppresse le cœur me contrarie.

— Tu savais que pour distancer un crocodile qui se lance à ta poursuite, il suffisait de courir en zigzag ?

CHAPITRE 9

Je n'ai pas le temps de perdre mon temps ! (Tiana)

Jeudi 1er décembre

8 h 53

Vous avez une nouvelle commande.

Biscuits de Noël : quantité 40

Liam, de Street Tattoo : Salut, miss ! Un vrai crush tes biscuits. C'est pour offrir…

Mange-moi : Hello, Liam ! Merci beaucoup pour ta commande ! Je te prépare tout ça dans un carton cadeau et te les dépose directement au salon.

10 h 38

Vous avez une nouvelle commande.

Biscuits de Noël : quantité 30

Muffins Myrtilles : quantité 200

Madame M : Est-il possible de venir récupérer ma commande directement dans votre boutique ? Je suis de passage éclair sur Lyon demain matin.

Mange-moi : Bonjour, madame M. Merci pour votre commande. Je serai présente pour vous accueillir, sans aucun problème. Confirmez-vous votre demande de 200 muffins ?

Madame M : Oh non ! C'est une erreur de frappe. Je n'en souhaite que 2. Pardon…

Mange-moi : C'est noté ! À demain.

15 H 05

Vous avez une nouvelle commande.

Rose Cake : Quantité 1

Orange Cake : Quantité 1

Alaska flambé : Quantité 1

Pain d'épice : Quantité 2

Société Wint'Intérim : Livraison vendredi avant midi SVP.

Mange-moi : Bonjour et merci pour votre commande. J'assurerai la livraison pour 11 heures à l'adresse indiquée. À vendredi !

C'est Noël avant l'heure. Ma journée, comme celle des quinze derniers jours, ressemble à un véritable marathon. Les notifications sur mon PC tintent joyeusement depuis ce matin. Mon démarchage porte ses fruits et le bouche-à-oreille fonctionne plutôt bien. Entre les courses, mes services au restaurant, les formalités administratives, la mise à jour de mon site Internet et bien sûr, l'élaboration de mes pâtisseries, le temps file à vive allure.

En cette fin d'après-midi, les œufs valsent avec le sucre tamisé, le lait bulle dans la casserole et le beurre fond avec l'écorce d'orange. Derrière mon piano de cuisson, musique à fond, je manie mes emporte-pièce avec amour et dextérité. Les tournées de biscuits s'enchaînent, mes pains d'épice frôlent la perfection et mes petits muffins ont la saveur du paradis. Comme à chaque fois que je suis dans mon cocon, je plane, je chante, je salue les curieux qui s'attardent devant la façade de ma boutique. Parfois, quand ils ne tournent pas la tête de l'autre côté, je leur propose une dégustation de mes créations en leur promettant un petit avant-goût de Noël. Faut croire que la magie des fêtes de fin d'année décide de frapper chez moi puisqu'ils repartent tous le sourire aux lèvres et ma carte dans leur poche. Afin d'honorer la totalité de mes commandes, je ne compte ni mon temps ni mon énergie. J'irai au bout de mon projet en me donnant les moyens d'y parvenir. Encore une fois, les heures passent sans que je ne m'en aperçoive. Mes playlists défilent, mes petits cartons se remplissent et les odeurs sucrées envahissent subtilement l'espace. Tout est calé, organisé et minuté. Aucune place au hasard ni à l'imprévu. Jusqu'à maintenant.

Jusqu'à cette p*** de panne de courant.

— P*** de m*** ! Mais je vais te f*** le fil dans le c*** espèce de s*** de compteur de m*** !

Oui, je sais, j'abuse des ***. Mais, PANNE DE COURANT, quoi !

Je fulmine devant le boîtier électrique qui me nargue et se trouve à deux doigts de se faire envoyer valser dans la rue à coups de Converse. J'évite une châtaigne en voulant relever un de ces petits bitoniaux colorés qui, à mon avis, ne servent pas à grand-chose d'autre que de chauffer une pâtissière en colère. Je retiens un nouveau juron quand je constate que la batterie de mon téléphone est à plat et que tous mes voisins commerçants sont fermés. Même Momo a déjà tiré le rideau de son épicerie. La rue est déserte, le vent s'invite sous ma blouse et le désespoir commence à m'envahir.

Je ne peux pas laisser cet endroit, sans courant, toute une nuit ! Ma chambre froide est remplie de sorbets, de glaçages sucrés, de petites cerises cristallisées, de crèmes de marron, de pâtes feuilletées, de nougatine croquante, de… Mon regard est attiré par la seule fenêtre de la rue encore allumée. Je pince les lèvres et fronce le nez. J'aurais préféré ne pas avoir à recroiser Monsieur et Madame Parfait, mais je crois que je n'ai pas vraiment le choix. Je ferme ma boutique, traverse la chaussée faiblement éclairée et, après une très courte hésitation, appuie sur l'interphone du numéro cinq. Personne ne répond. J'insiste plusieurs fois. Plusieurs petits coups au départ, jusqu'à ne plus décoller mon doigt du bouton. Finalement, la porte s'ouvre sur un regard couleur typhon qui, s'il le pouvait, m'abattrait sur place. Je joue la carte de l'humour et dévoile mes dents.

Après tout, il est humain et il s'est quand même inquiété pour moi, l'autre jour…

— Bonsoir. À tout hasard, avez-vous pris l'option « électricien by night » à la fac de droit ?

Bon. Soit ma blague est nulle, soit il n'a pas compris. Il me dévisage sévèrement. Je tente un sourire penaud et poursuis rapidement avant qu'il ne me claque la porte au nez.

— Pardon. Je n'ai plus de courant, la batterie de mon téléphone est à plat et mes matières premières ne survivront pas d'ici demain matin…

Si j'avais un doute, maintenant j'en suis sûre : je le dérange. Sans desserrer les mâchoires, il me détaille brièvement et lève les yeux en direction du local pour s'assurer de mes dires. Je note l'absence de cravate, l'ouverture du col de sa chemise, ses cheveux désordonnés et ses cernes sombres.

— Vous avez vérifié si votre disjoncteur était en position marche ?

— Euh… le disjoncteur ?

— Oui. Le disjoncteur. Le gros bouton noir, précise-t-il, légèrement agacé.

Je bugge sur ses traits singuliers. Punaise, il est scandaleusement beau quand il est contrarié.

— Vous ne savez pas de quoi je parle ? conclut-il au bout d'un long silence.

Je secoue la tête négativement, un peu honteuse d'avoir préféré Dylan Mc Cay et Brandon Walsh[7] à la révision de mes leçons d'électricité au cours de physique au lycée…

— Bon OK, soupire-t-il. Attendez-moi là, j'arrive.

Deux minutes plus tard, je trottine derrière un avocat passablement énervé qui traverse la rue à grandes enjambées. Armé d'une lampe torche et d'une assurance sans faille, il se dirige directement vers ce traître de boîtier électrique et actionne le fameux gros bouton noir bien visible, que je remarque seulement.

Rien ne bouge. En toute honnêteté, ça m'arrange un peu. J'aurais eu l'air vraiment con.

Sans m'adresser un regard, il me tend la lampe.

— Vous pouvez m'éclairer pendant que je teste les fusibles ?

C'est plus un ordre qu'une question. Je m'exécute docilement et prends mon rôle de second très à cœur. Avec l'assurance d'un chirurgien en plein milieu d'une opération périlleuse, il entreprend de retirer tous les fusibles. Je l'observe s'affairer sur le boîtier maudit et la culpabilité me ronge.

— Je suis vraiment désolée de vous déranger si tard… J'imagine que vous étiez occupé.

— Vous imaginez bien, marmonne-t-il.

OK. Ce n'est pas une légende urbaine : Mister Frozen a sale caractère. Et je remarque qu'encore une fois, il n'est

---

7 Dylan Mc Cay et Brandon Walsh sont les personnages principaux masculins du feuilleton télévisé américain Beverly Hills, 90 210 (souvent abrégé Beverly Hills).

pas chez lui avec sa fille. L'envie d'en découvrir un peu plus me pique à nouveau.

— Vous savez, je peux emprunter votre téléphone pour appeler un électricien si vous avez autre chose à faire…

— Maintenant que je suis là, finissons-en.

OK. Il n'est pas prêt à se dérider et ma curiosité ne sera pas satisfaite ce soir. Je conserve la torche bien haut pour lui faciliter la tâche.

— Faites attention à vous tout de même, recommandé-je un bras en l'air. Je vous ai dit que je maîtrisais les situations de merde, pas les situations courantes et ordinaires.

Il interrompt son jeu de Tetris avec les fusibles et arque un sourcil dans ma direction.

— Se retrouver seule, en plein milieu de la nuit, sans électricité ni portable n'a rien d'ordinaire si vous voulez mon avis. C'est plutôt préoccupant, en fait.

J'oriente le faisceau lumineux vers son visage à la recherche d'une éventuelle trace d'humour et déglutis. Il n'y en a pas. Son regard grave me scrute intensément. Faut-il vraiment qu'il soit aussi beau ? Non, parce que si cela n'avait pas été le cas, je l'aurais évidemment remis à sa place.

— Heureusement, je vous ai trouvé, murmuré-je sans arriver à détacher mes yeux des siens.

Je suis une mauviette.

Il ne cille pas. Mes oreilles bourdonnent et ma bouche s'assèche. C'était quoi la question déjà ?

— Je ne vois rien.

— Pardon.

Je redirige la lampe vers le tableau avant qu'il ne s'aperçoive de la couleur de mes joues. Pendant plusieurs minutes, un silence froid règne dans la pièce. Notre rencontre impromptue de l'autre soir me semble bien loin aujourd'hui et j'en viens à me demander si je n'ai pas imaginé son rire spontané et son regard pétillant.

— Si j'oublie de vous le dire, merci beaucoup.

— Ça va vous coûter cher, répond-il simplement.

Je me rembrunis un peu. Je n'ai aucune idée du prix du matériel électrique. J'ai fait énormément de dépenses dernièrement. Entre l'achat de ma camionnette, des ustensiles de cuisine, le loyer et les autres frais, mon compte en banque flirte avec la couleur rouge orangé. Je grimace dans le dos de Monsieur Grincheux, dans l'espoir qu'il se prenne un court-jus.

Mais c'est l'effet inverse qui se produit. Comme par magie, le courant repart. Le four s'enclenche, la musique revient et les guirlandes du sapin se remettent à clignoter. L'air satisfait que Mark affiche s'accorde avec *Santa Baby* de Haley Reinhart. J'expire de soulagement.

— Merci ! Vous êtes mon sauveur !

Je me précipite vers la chambre froide et constate avec joie que mes préparations sont intactes. Mes petites cerises sont toujours cristallisées et mes sorbets n'ont pas ramolli. Je retourne dans la pièce principale où l'avocat termine de replacer le boîtier.

— J'ai une question, commencé-je en triturant nerveusement mes mains. Quand vous disiez cher… c'est… cher comment ?

Vu son regard sérieux, je crains le pire.

— Très cher.

Je soupire, résignée.

— OK. Je vous écoute…

Il hausse les épaules et pince les lèvres.

— Eh bien, c'est une prestation urgente, de nuit, et nécessitant un maximum d'efforts de concentration…

Je fronce les sourcils. *Il se moque de moi ?*

— Je dirais, à vue de nez… (il balaie la pièce du regard et s'arrête sur les plaques sorties du four) quelques-uns de ces gâteaux-là et un sourire ?

Mon visage ahuri s'empourpre tandis que je balbutie des mots qui n'existent pas. Je lui tourne le dos afin de lui emballer une montagne de biscuits de Noël, je rajoute des petites cerises glacées, des truffes aux écorces d'orange et une part de meringue caramélisée. Pendant ce temps, il se lave les mains. Je risque un coup d'œil vers lui et bugge sur son profil d'Adonis. La mine sérieuse, les manches de sa chemise retroussées, ses avant-bras aux veines saillantes, ses mains viriles aux longs doigts humides attirent mon regard gourmand.

Mes hormones choisissent ce moment pour se réveiller d'une interminable hibernation de onze mois. Mon cœur palpite, ma salive s'assèche et mes paumes se font moites. Il fait chaud. Trop chaud. Je prends sur moi pour ne pas écraser la boîte entre mes doigts et la pose sur le comptoir, par précaution. Est-ce qu'on peut redevenir vierge après un temps latent d'abstinence ? Je suis si désespérée que ça pour fantasmer sur des mains recouvertes de savon ? Je me mords la joue et oriente mon attention sur ses recommandations.

— Il faut que vous déchargiez la prise de courant près de l'entrée, c'est ce qui a fait sauter les plombs.

Je hoche la tête.

— Décharger la prise, OK.

— Et peut-être que vous devriez brancher votre enceinte sur une autre fiche que celle du four.

— Changer l'enceinte de place, OK.

— Pensez aussi à remplacer les ampoules actuelles par des ampoules basse consommation.

— Ampoules basse consommation, OK…

Il sourit. *Putain, il sourit !* Diversion, diversion ! Ma voix vire dans les aigus.

— Vous m'épatez ! Au moins, vous avez un métier de secours en cas de pénurie de clients ! On a toujours besoin d'avoir un électricien dans son entourage…

Il croise les bras.

— Aucun risque. Le divorce ne connaîtra jamais la crise.

Mon humeur légère faiblit devant son affirmation catégorique. J'avais oublié qu'il était spécialiste des cœurs déchirés. Je comprends mieux pourquoi il ne respire pas la joie de vivre. Je pense à voix haute.

— C'est un bien triste constat.

Il fronce les sourcils et hausse les épaules.

— Tout dépend de quel côté vous êtes.

— Il n'y a pas de bon ou de mauvais côté dans un divorce ! Une séparation est un drame.

Son petit rire sarcastique refroidit l'ambiance.

— Rappelez-moi de quelle planète vous descendez exactement ? Aujourd'hui, tout le monde se désunit. Ça fait partie du cycle de la vie. On se rencontre. On se met en couple. On divorce. C'est ainsi. Et mon métier est de faire en sorte que mes clients assouvissent sereinement leur besoin de renouveau.

Je ris jaune à mon tour.

— Non, mais vous vous entendez parler ? *De renouveau* ? Et l'amour ? Il se situe où dans votre cycle de l'ennui ? Et vous en faites quoi de la personne à qui vous avez juré fidélité et dévotion *ad vitam aeternam* ?

Il soupire impatiemment et plante son regard désormais presque noir dans le mien.

— Vous êtes au courant que nous évoluons dans un monde où le « ils vécurent heureux et eurent beaucoup d'enfants » n'existe que dans les contes pour gamins ou dans les têtes trop bien-pensantes telles que la vôtre ?

— Moi ? Bien-pensante ?

Je vois rouge et pointe mon index vers lui, comme pour lui jeter un sort.

— Vous avez une drôle de mentalité, « Monsieur le top model de droiture trop beau pour être honnête » ! Vous n'êtes visiblement jamais tombé amoureux de votre vie !

La tempête fait rage dans ses iris. Il s'avance lentement vers moi, des lames de rasoir au fond des yeux et les mâchoires serrées. Malgré son impressionnant charisme, je ne recule pas. Je garde le cap. Même si le bout de mon doigt toujours pointé vers lui frôle le tissu de sa chemise. Même si son souffle chaud ricoche sur mon visage. Même s'il est beaucoup trop proche pour que je reste lucide.

— Bien que ma vie amoureuse ne vous regarde pas, je ne me voile pas la face derrière un discours de bisounours, « Madame la trop jolie sorcière pour être crédible ».

Déstabilisée par son *medley* de mots contradictoires, sa proximité, son parfum enivrant et son timbre grave, je sens mon assurance battre de l'aile. *Il me trouve jolie ?*

— Pardon ? Comment ça… crédible ?

Il ne bouge pas d'un pouce et continue à me défier du regard. *Il me trouve jolie.*

— Des discours idéologiques comme le vôtre, j'en entends tous les jours, siffle-t-il. Souvent, ils masquent une très grande souffrance ou un refus d'accepter la réalité. C'est le cycle de la vie. On se met ensemble, on se déchire, on divorce, on avance, c'est ainsi. L'amour éternel est un mythe qui n'existe que dans votre imagination.

Je déglutis péniblement. Je ne flancherai pas devant lui. Je ne lui donnerai pas raison. Parce qu'il a tort et parce que je suis plus forte que ça. Je ferme les yeux pour masquer mon hypersensibilité. Erreur. Thomas et Lise dansent ensemble dans le noir de mes ténèbres et me narguent avec leurs sourires moqueurs. Je reste longtemps, les paupières closes, à les contempler. Une seconde, une heure, un jour, dix ans, toute une vie. Si bien que lorsque je les rouvre, je m'attends presque à ce qu'il soit parti. Pas à ce que le gris de ses iris m'aspire dans un tourbillon d'émotions contradictoires. Là, tout de suite, je suis perdue. J'ai autant envie de le gifler que de l'embrasser. Avant de faire une énorme connerie, je recule d'un pas et croise les bras pour reprendre une contenance.

— C'est trop facile ce que vous dites. Aujourd'hui, on change de partenaire comme on *swipe* sur un profil Tinder ! À la moindre difficulté, c'est : courage, fuyons ! Avoir quelqu'un qui marche à nos côtés pour toute notre existence et pas seulement en fin de soirée, c'est une aventure qui mérite quelques efforts de tolérance, vous ne croyez pas ? Savoir appréhender et apprécier les défauts de l'autre fait partie du merveilleux challenge de la vie à deux. Ça n'a rien d'idéologique.

Il croise les bras à son tour et affiche un air ironique.

— Ah oui ? Il en pense quoi votre ami de vos défauts ?

Coup droit. Il attaque pour mieux se défendre. Technique de débutant. Je plisse les yeux et pince les lèvres.

— Eh bien, il adore mes châteaux en carton dans le salon, il supporte mes culottes Mickey et tolère mes *lalalalala* enjoués sous la douche ! Et la vôtre ?

Revers.

Il sourit légèrement, provocateur.

— On va dire que je n'ai pas encore terminé d'exploiter l'intégralité de ses qualités.

Balle au centre. Service à droite.

Je cligne des yeux. *Il parle de sexe ?* Une image de sa bouche me tutoyant de très, très près s'ancre dans mon esprit pervers. Je frémis malgré moi. *Stop, Princesse. Arrête de divaguer sur ses prunelles enjôleuses !* C'est un piège. Je prends feu, mais je maîtrise encore. Je ricane sournoisement.

— Ça devrait aller vite, vous m'avez l'air d'être relativement expéditif.

C'est nul comme réplique.

Coup droit de mauviette.

Il encaisse mes mots et ses fossettes se creusent… Hein, mais pourquoi il sourit ? Ce n'est pas censé être drôle ! Il s'approche, s'arrête à quelques centimètres de moi et se penche vers mon oreille. Ma tension artérielle s'emballe et mon souffle se coupe à l'instar du sien qui embrase la peau fine de mon cou. *Mayday. Mayday.*

— Ne vous inquiétez pas pour moi, murmure-t-il. Je sais prendre mon temps quand il le faut…

J'ai oublié comment on respirait. Paralysée par le déferlement d'images libidineuses qui s'incrustent dans mon cerveau, j'ouvre la bouche, puis la referme sans qu'aucun son n'en sorte. Onze mois d'abstinence éradiqués d'un seul coup par un timbre incandescent et me voilà transformée en poisson rouge. Il se redresse et arrime ses billes argentées aux miennes.

— Ce fut un plaisir de parler avec vous, Princesse. Mais j'ai une audience à préparer et un divorce à boucler.

Je reste en apnée jusqu'à ce qu'il quitte la boutique derrière un sourire satisfait, ma petite boîte en carton entre ses mains. *Il me trouve jolie*… et idiote.

Jeu, set et match.

CHAPITRE 10

Il vit en toi (Rafiki)

Ce vendredi est mon jour off au restaurant. J'en suis ravie. D'une part parce que je vais épargner à mon pauvre cuir chevelu le port de cette fichue perruque rose et d'autre part, je vais pouvoir me consacrer entièrement à l'élaboration de mes pâtisseries ainsi qu'à leur livraison. Sitôt la porte de ma boutique franchie, j'enfile ma blouse et me mets au travail. Je commence bien sûr par suivre les recommandations de l'avocat et je répartis correctement mes appareils de cuisine. J'appose les ampoules basse consommation et décharge la prise de courant de l'entrée. Ça n'est pas le moment de faire sauter les plombs ni de donner raison à l'autre grincheux. Je n'ai aucune envie de faire appel à lui si une nouvelle tuile de ce genre arrivait. Trop de frustration, de yoyo émotionnel et de sentiments contradictoires. Je chasse le fameux regard aphrodisiaque, les avant-bras masculins aux veines saillantes et les fossettes charmeuses de mon esprit pour me concentrer sur mes commandes.

Dehors, le soleil de décembre revendique fièrement sa présence. Ses rayons éclairent et réchauffent l'intérieur de ma boutique. Cette journée sera belle, j'en suis certaine. Mon étalage s'agrandit doucement et mon florilège de macarons colorés est, à lui seul, un appel au péché.

Je termine de saupoudrer le sucre glace sur ma bûche, lorsque l'on cogne trois coups hésitants dans l'entrée. À travers la vitre, je reconnais le sourire édenté de la petite Anna. Je lui adresse un signe de la main avant de constater qu'elle est toute seule. Circonspecte, je lui ouvre la porte.

— Bonjour ! s'écrie-t-elle gaiement. Elle est où ta maman ?

— Euh… bonjour, Anna.

Je tourne la tête à gauche, à droite, et reviens vers le nain brun affublé d'un bonnet de laine péruvien et d'un manteau de ski.

— Tu es toute seule ?

Elle hausse les épaules et pointe un côté de la rue avec sa moufle.

— Non, je suis avec mamie. Elle gare le gros 4x4 de papy.

Je sors la tête de ma boutique et visualise l'énorme véhicule équipé de pneus-neige qui tente audacieusement de faire un créneau dans une place très étroite. La conductrice, visiblement concentrée, me sourit brièvement et reprend sa délicate manœuvre en bougeant les lèvres. Solidarité féminine oblige, je l'aide mentalement. Braque à droite ! Mais braque !

— Alors ? insiste la fillette, insensible au désarroi de sa grand-mère. Elle est où ta maman ?

Si j'avais eu ne serait-ce que trente secondes de rabe, j'aurais rapidement fureté sur Internet afin de trouver la façon la plus poétique pour parler de la mort à une enfant de cinq ans.

— Euh… Ma maman n'est pas ici. Elle est au paradis des mamans.

Désolée, je n'ai pas inventé mieux. Elle me dévisage sérieusement et finit par étirer ses lèvres dans un sourire radieux.

— Cool ! Elle doit certainement manger des muffins avec la mienne. Si ça se trouve, elles sont copines !

Malgré le regard pétillant de la petite fille, mon cœur se comprime douloureusement. Grandir sans maman, je connais. J'imagine aisément le vide et le manque quotidien que doit ressentir cette enfant. Je souris pour masquer ma tristesse et lui envoie un clin d'œil complice.

— C'est même certain. Est-ce que ça te dit de voir ma dernière création en attendant que ta mamie se gare ? J'ai besoin d'un avis franc et objectif.

La petite hoche la tête et entre dans la boutique. Un rapide regard à l'extérieur me confirme qu'il y en a pour un certain moment. La voiture est maintenant à la perpendiculaire du trottoir et la femme ne sourit plus. Je lui adresse un signe de la main afin de la prévenir que sa petite-fille est à l'intérieur et entre à mon tour.

Sans attendre, Anna retire son manteau, son bonnet et ses moufles puis caresse la guirlande en plume de mon sapin.

— Il est trop beau ton arbre de Noël ! On dirait le machin rose de Mathilda !

— Merci ! réponds-je fièrement. Mais, qui est Mathilda ?

— C'est la dame qui fait le ménage à la maison !

Mon sourire vacille. *Elle est mignonne.* Mon sapin ressemble à un plumeau qui clignote. La fillette balaie l'environnement du regard et repère les filaments en chocolat noir tout juste sortis de la chambre froide. Elle s'en approche doucement. Je vois d'ici les étoiles briller dans ses yeux et j'imagine sa salive devenir abondante. Elle prend un ton faussement nonchalant.

— Tu sais pourquoi les vers de terre sont tout rouges ?

Je contourne le plan de travail afin de me positionner en face d'elle et m'appuie sur les coudes avec un sourire en coin. *Je la connais, ta stratégie, fillette, j'en suis la fondatrice.* Ta diversion ne marche pas sur moi.

— Hum… peut-être parce qu'ils sont amoureux ?

Anna pouffe dans sa main. Je suis à deux doigts de faire pareil, mais je suis adulte. Je me contente de rire franchement.

— Nan ! C'est parce qu'ils n'ont pas mis de crème solaire !

Elle s'esclaffe, ravie de sa plaisanterie, et je me marre aussi. Puis, je lui tends un morceau de filament brisé qu'elle s'empresse d'engloutir.

Elle l'a mérité, sa blague est drôle. J'en mange un également et pointe du menton ma dernière création. La jeune fille scrute le tableau gourmand que je pousse précautionneusement devant elle. Quand j'ai élaboré ce dessert, je n'imaginais pas le présenter à un petit génie original et haut comme trois pommes. Mais comme on dit, la vérité sort de la bouche édentée et pleine de chocolat des enfants, donc je me lance.

— Alors, que penses-tu de ma bûche arc-en-ciel ?

Elle la détaille attentivement, avec calme et expertise.

— Elle est pas mal.

Je manque de m'étouffer avec du cacao. J'ai passé plus de trois heures sur la confection de cette bûche. Je suis fière du résultat que je juge magnifique. Le mariage subtil de la framboise, du litchi, de la pistache et du nougat glacé, monté sur un lit de sablé breton, alliant habilement les couleurs de l'arc-en-ciel, frôle selon moi la perfection visuelle et gustative. Je tombe des nues.

— Comment ça *pas mal* ?

— Ouais, *pas mal*, persiste-t-elle en haussant les épaules. Tu voulais un avis sincère ?

Je n'en suis plus si sûre.

— Euh… oui ?

Elle m'observe gravement, les sourcils froncés.

— Eh bien, je trouve qu'elle manque de quelque chose.

Mark Miller, sors de ce corps !

— *Qu'elle manque de quelque chose*, répété-je bêtement, prise de sueurs froides. Mais de quoi ?

De quoi ?!

— Oh, je ne sais pas, affirme-t-elle en croisant les bras. Pour ça, il faudrait que je goûte.

— Il faudrait que tu goûtes ?

Mon regard accroche celui de la petite maligne qui ne dissimule même plus son sourire démoniaque. Elle est forte. Très forte. J'ai failli tomber dans le panneau. J'étais à deux doigts de lui en couper une tranche et de tout remettre en question. Une chose est sûre, malgré son minois angélique et ses répliques innocentes, cette enfant est diaboliquement intelligente. Bonne joueuse, je lui tends un macaron solitaire qu'il me sera facile de remplacer.

— Alors, verdict ?

— Chai trop trop délichieux, s'amuse-t-elle la bouche pleine.

Mon cœur revient à la normale et mon sourire réapparaît. Nous papotons légèrement en attendant sa mamie. La petite, très loquace, m'apprend que sa maîtresse et sa baby-sitter ont été malades à tour de rôle. *Fichue grippe.* Elle a donc passé quelques jours, en plus de cette semaine, dans le chalet de montagne de ses grands-parents, non loin d'ici, avec ses cousins, son oncle et sa tante. Ma curiosité sur la garde d'Anna et les soirées prolongées de son père est satisfaite en l'espace de trois phrases. Elle ajoute qu'aujourd'hui, elle fait du shopping avec sa grand-mère. C'est à cet instant que la mamie débarque dans la boutique, en nage, rouge et visiblement exténuée.

— C'est vraiment de pire en pire pour se garer en ville ! rouspète la sexagénaire en retirant ses gants. Ils feraient mieux de créer de réelles places de parking plutôt que de multiplier les pistes cyclables ! Non, mais franchement, si ça continue, c'est la mort du centre-ville et des petits commerces…

Elle s'interrompt d'un bloc et vise la pièce d'un œil admiratif.

— Oh, mais que ça sent bon ici et que c'est joliiii !

J'intercepte le regard blasé de la fillette et reviens vers la femme.

— Merci beaucoup et bienvenue chez *Mange-moi*. Je suis Princesse, que puis-je pour vous ?

— Oh oui, j'en oublie les bonnes manières, s'excuse-t-elle, gênée. Je suis légèrement perturbée, j'ai un peu égratigné la voiture de mon mari… Je pense qu'il va me décapiter. Je suis madame Miller, la grand-mère d'Anna. Je viens chercher une commande.

Les fils se connectent dans ma tête. Madame Miller. La génitrice de Mark Miller. Les deux cents muffins.

— Oh ! C'est donc vous, madame M. ?

Elle me sourit chaleureusement et me tend la main. Je reconnais instantanément en elle, la couleur atypique des yeux de l'avocat et l'air malicieux d'Anna.

— Tout à fait ! Il me faut votre recette, j'ai pioché dans la boîte magique de mon fils, vos biscuits sont absolument divins… et ma petite Anna me réclame vos muffins à chaque goûter. Comprenez que j'adore cuisiner pour mes petits-enfants chéris qui me le rendent bien… Mais, force est de constater que mes desserts font pâle figure à côté des vôtres !

Je rosis de plaisir et adresse un sourire à Anna.

— Je suis désolée, mais si je vous donne ma recette, je n'ai plus qu'à mettre la clé sous la porte.

Elle rit doucement et penche la tête en me scrutant. *J'ai un truc sur le nez ou quoi ?*

— Je comprends. Dans ce cas, je vais devoir vous tuer…

Derrière ce sourire trop poli ne se cacherait-il pas une grande psychopathe ? Je conserve une expression aimable et lâche sa main. Elle vise la mienne en plissant des yeux.

— Hum… j'imagine que votre compagnon doit se régaler tous les jours de vos douceurs.

Dans la famille « je suis une énigme », je demande la grand-mère. Je m'apprête à répondre que pour l'instant, la pizza, je n'aime pas trop la partager, mais Anna, la bouche encore pleine de macarons, me devance.

— Mais, mamie tu dis n'importe quoi ! Entre le monde à sauver et les méchants à punir, elle n'a pas de temps pour un amoureux, Princesse ! Et puis faudrait pas qu'elle le blesse avec ses pouvoirs. Non, vraiment, tu ne réfléchis pas beaucoup…

Cette gamine est une superhéroïne. Je veux la même quand je serai grande.

La grand-mère d'Anna est un personnage à part entière, capable de passer du coq à l'âne sans aucune difficulté. Alors qu'elle déambule dans ma boutique, je l'écoute partir dans un long monologue, où il est vaguement question de yoga, du récent divorce de sa postière et d'une porte de dressing…

je crois. Je hoche la tête poliment et ose un œil discret vers Anna qui confirme mes doutes d'un haussement d'épaules. J'en ai pour des heures.

— Vous comprenez, je ne peux pas la laisser dire une chose pareille ! …

Tout en ponctuant mes réponses par des « hum » afin de lui signifier que je suis toujours à l'écoute, je m'attelle à remplir une boîte de sa commande.

Trente biscuits de Noël et deux muffins.

Je rajoute quelques petits macarons au chocolat et une sucette bonhomme de neige pour Anna.

— Avez-vous la capacité de produire une quantité de desserts suffisante pour une cinquantaine de personnes ?

Question qui nécessite une réponse construite, Princesse, ne loupe pas le coche !

— Bien sûr ! Comme vous le voyez, ma cuisine est très bien équipée. Avec un peu d'anticipation et beaucoup d'organisation, tout est possible !

— C'est intéressant !

Elle semble réfléchir un instant puis son regard dévie vers la rue, par-delà la porte vitrée.

— J'ai invité pas mal de monde chez moi, samedi prochain, reprend-elle. Bon, d'habitude, je me contente de mes charmants voisins et de quelques amis, mais cette année, j'ai envie d'élargir mon réseau. J'ai prévu de faire appel au service traiteur de ma commune, mais je vous avoue que ses desserts sont d'un ordinaire affligeant ! J'ai vu vos créations sur votre site Internet et j'adorerais surprendre mes convives cette année. Et puis, il y aura le maire, sa fille et d'autres personnalités qu'il vaut mieux avoir dans son camp… surtout lorsque l'on aimerait agrandir la superficie globale de son habitation principale… Bref! Tout ça pour vous dire que je souhaiterais vous passer une commande.

Je ne masque pas mon enthousiasme et ouvre mon précieux livre de recettes sous le regard curieux d'Anna.

— Je suis très honorée. Merci beaucoup pour votre confiance… Si vous voulez de l'originalité, vous avez frappé à la bonne porte. Je peux aussi vous suggérer plein d'autres desserts qui ne figurent pas sur la carte…

— Princesse, murmure la petite en s'approchant doucement du recueil, c'est ton livre de magie ?

Je ne peux m'empêcher de lui adresser un sourire ému.

Tu ne crois pas si bien dire, ma chère Anna… ce livre est un pur concentré de bonheur.

CHAPITRE 11

Cruelle diablesse

Bonjour à tous, nous sommes mercredi 7 décembre, il est 5 heures du matin, bienvenue sur Radio M. Society…

Si je m'écoutais, je resterais au lit ce matin et je dormirais pendant cent ans. Mais, aucun Prince ne viendra me soustraire du sommeil d'un baiser magique et la voix stridente qui jaillit de mon radio-réveil m'oblige à m'extirper de ma couette chaude. Le manque de repos, le rythme anarchique de ces derniers jours et les récentes commandes empiètent sérieusement sur mon état de fatigue. Mon miroir semble se moquer de moi aujourd'hui.

L'activité de mon petit commerce prend un joli tournant. Je ne peux pas me permettre de faire la moindre erreur. Ce qui ne manquera pas d'arriver, si je continue ainsi… En créant *Mange-moi*, je n'avais pas prévu, ni osé espérer, conquérir un petit public en si peu de temps. Le bouche-à-oreille porte ses fruits et, en cette période propice à la gourmandise, mes douceurs prennent vie. Je vis un rêve les yeux ouverts et je suis sûre que mon père, s'il était encore de ce monde, serait fier de moi. Le passage de Madame Miller la semaine dernière m'a fait prendre conscience qu'il fallait que je m'investisse davantage dans cette voie. Que j'aille de l'avant. Mais pour pouvoir avancer, il me faut abandonner cette stabilité rassurante et plonger dans l'incertain. Un choix périlleux s'impose à moi. Je dois quitter mon emploi au restaurant et me consacrer corps et âme à mon projet. Cette constatation m'effraie autant qu'elle me grise. Avec la sensation de sortir d'un sommeil profond, je réalise que j'ai passé un cap. Il est temps pour moi de prendre confiance et de faire le grand saut. Quitte à me mettre en danger financièrement, aujourd'hui, je donnerai ma démission à Lionel.

Je corse mon café, abrège ma douche, force sur l'anticerne et me pare pour cette étape de bonnes résolutions. Ce matin, j'ai trois livraisons à tenir. Autant vous dire qu'il va falloir que j'assure sur les raccourcis d'itinéraire et sur les coups de pédales afin de prendre mon service à l'heure ce midi.

Lorsque j'arrive au local afin de récupérer la marchandise, la rue est encore déserte. Seul le 7 j/7 de Momo est ouvert et le soleil, ce paresseux, est pour l'instant couché. L'un des réels avantages à commencer de bonne heure se chiffre par le nombre de places de parking disponibles. Pas besoin de chercher des heures ni de risquer de rayer la tôle de son véhicule ou celle d'un autre trop proche… Je choisis mon emplacement, juste devant *Mange-moi* et effectue un parfait créneau. Le souvenir de Madame Miller, de son parechoc abîmé et de la petite Anna m'arrache un léger sourire. Quelle drôle de femme quand même ! Je ne réalise toujours pas le bon de commande ahurissant qu'elle m'a laissé en partant. Il va falloir que je bosse dur si je veux honorer ses nombreux souhaits. Et je compte bien relever ce défi.

Sans tarder, j'établis une liste de courses titanesque, rédige ma lettre de démission pour Lionel, puis je charge mon utilitaire pour les livraisons. Un jeu de Tetris s'impose entre les bûches glacées, les verrines sucrées et les plateaux de biscuits à la cannelle. Lorsque au bout de plusieurs minutes de contorsions, de jurons étouffés et d'énervement, je réussis à tout caser sans rien casser, je crie victoire et m'autocongratule. Fière de moi, je m'extrais du véhicule et réajuste ma coiffure d'après combat. Ma vue se dégage. Instantanément, ma gorge s'assèche et le sang déserte ma tête.

De l'autre côté du trottoir, une femme aux longs cheveux d'ébène, affublée d'un chapeau de feutre sombre et d'un manteau de fourrure, m'observe sans ciller. La bouche pâteuse et le cœur battant, je reste pétrifiée devant les prunelles perçantes et facilement identifiables de l'intruse. S'il y en a bien une que je ne pensais pas revoir de sitôt, c'est bien elle ! Hermétique à l'agitation qui me secoue intérieurement, mon ancienne belle-mère étire ses lèvres d'un sourire cruel et quitte son poste d'observation pour se diriger droit vers moi, d'une démarche féline. Le claquement sec de ses talons hauts qui foulent le sol s'apparente à la trotteuse d'une horloge et me rappelle sournoisement que le temps n'a aucune emprise sur elle. Pas besoin de photoshoper la réalité, elle n'a aucun défaut à retoucher. Élégante, glaciale et impeccable, Lise incarne le parfait cliché de la maîtresse femme. Je comprends pourquoi jadis mon père s'est laissé prendre dans les filets de cette beauté exotique. Elle me sort de ma torpeur d'une voix qu'autrefois j'aurais trouvée engageante.

— Enfin, je te mets la main dessus. Tu as l'air… en forme.

Son regard scanne mon allure, s'attarde avec mépris sur mon pull large, mon jean sombre et mes Converse puis remonte sur mon chignon qui n'a plus rien d'un chignon. Dans son regard méprisant je peux lire « *pauvre fille fade et sans intérêt, incapable de garder un mec dans ses jupons. C'est Cendrillon qu'on aurait dû t'appeler!*».

Je regarde à droite, à gauche, avant de réaliser qu'elle est seule puis je me recentre sur elle.

— Qu'est-ce que tu fiches ici ?

— Mais je suis venue prendre de tes nouvelles… Je m'inquiétais pour toi. Grâce à ton site Internet et au succès de ta jolie boutique, j'ai pu remonter jusqu'à toi.

— Je ne veux pas te voir, lâché-je d'une voix blanche.

Son sourire rouge carmin chancelle légèrement, mais son regard sombre ne dévie pas.

— J'ai fait plus de quatre cents kilomètres pour toi, Princy.

Passé le choc de l'apercevoir, la colère reprend le dessus. Je refuse de me laisser attendrir par cette mante religieuse.

— C'est Princesse et tu n'aurais pas dû te donner cette peine.

Je claque la portière de mon coffre et lui tourne le dos afin de me réfugier dans ma boutique.

— Je suis enceinte.

Mes jambes s'arrêtent d'elles-mêmes et mon cœur loupe un battement. Elle m'aurait tiré une balle entre les deux omoplates avec un pistolet à billes de fête foraine, ça aurait été pareil. Je n'en crois pas un mot. Je me retourne lentement et l'assassine de mes yeux.

— Et tu t'es réveillée ce matin en te disant que ça serait sympa de m'en faire part ?

— Non. Je souhaitais que tu l'apprennes par moi.

Je la dévisage, incrédule. Je n'ai jamais voulu le croire, mais Lise ne serait-elle pas le diable incarné ? D'abord, elle ensorcelle mon père, puis Thomas et maintenant… ça. Il y a onze mois, l'enfant qu'elle prétend porter aurait dû être le mien. Est-elle venue au monde pour détruire tout ce que je touche ? J'ai envie de gerber. J'ai mal. Lui arracher son chapeau et le lui faire bouffer jusqu'à étouffement me démange fortement. Je tente de conserver un masque impassible, malgré le feu intérieur qui me consume.

— Eh bien, c'est fait, articulé-je péniblement. Ne t'attends pas à ce que je te saute dans les bras. Maintenant, va-t'en, Lise. Je veux que tu sortes de ma vie.

Vidée et pressée de m'éloigner d'elle, je recule mécaniquement vers la porte d'entrée. *Ne flanche pas devant elle. Ne lui donne pas cette joie. Encore quelques pas,* souffle ma bonne conscience. Elle me toise toujours de son regard destructeur.

— Thomas souhaite récupérer son dû.

Sa voix claque sèchement. Le néant se mêle à l'incompréhension et stoppe net ma progression.

— Pardon ?

Face à mon air ahuri, elle dévoile ses dents parfaitement alignées et sourit, triomphante de l'effet dévastateur qu'elle réussit encore à produire sur moi. Le rose poudré de ses joues contraste certainement avec le blanc translucide des miennes et mes tympans se mettent à bourdonner désagréablement.

— Tu sais très bien de quoi je parle, Princy…

Ses prunelles migrent vers la façade de ma boutique et redescendent vers moi, animées d'une lueur fourbe que je ne connais que trop bien.

— La moitié de l'héritage que tu as touché revient à Thomas. Vous étiez mariés sous le régime de la communauté, si je ne m'abuse. Donc…

L'environnement devient noir. Je ne vois que le sourire diabolique de Lise et ses yeux brillant d'une excitation malsaine. Je m'emporte avec colère.

— L'enfant que tu portes est en train de te bouffer le cerveau ! L'héritage dont tu parles est celui de mon père. Il me revient dans sa totalité et tu le sais très bien ! Alors, ne t'avise pas de me menacer ! Enceinte ou pas, je suis capable de te péter les dents et de te les faire bouffer !

Elle éclate d'un rire si soudain qu'un passant à la silhouette sombre et au visage flou s'arrête de l'autre côté du trottoir. C'est un fait, Lise n'a jamais eu peur de rien. Aujourd'hui même, elle me défie avec dédain après tout ce qu'elle m'a fait subir. Il y a un an, j'aurais capitulé, je me serais laissé manipuler et j'aurais sombré sans aucune dignité. Mais à cet instant, la mémoire de mon père et la rancœur qui m'anime me donnent force et courage. Je suis prête à défendre bec et ongles mon héritage, mon bébé, dont elle et son sbire ne toucheront pas un centime.

— Ma pauvre Princy, susurre-t-elle. La solitude te rend tellement aigrie. Je ne suis pas venue jusqu'ici pour me faire insulter par une gamine idiote et sans cervelle. Alors, écoute-moi bien, tu peux toujours te rebeller contre la Terre entière, cet argent, tu nous le dois.

Elle extrait une enveloppe en papier kraft de son sac à main et la tend vers moi.

— Je te conseille de lire attentivement ce courrier d'avocat qui t'informe explicitement de la démarche à suivre. L'idéal serait que tu effectues le virement d'ici la fin du mois.

Le cœur au bord des lèvres, je vois trouble. Je suis en plein cauchemar. C'est impossible. Ça ne peut pas m'arriver, à moi. Incapable de bouger, je fixe l'enveloppe qui me nargue et le monstre qui insulte la mémoire de mon père.

— Je ne paierai rien, lâché-je les dents serrées et les larmes aux yeux. Et si Thomas a quelque chose à me dire, il n'a qu'à se déplacer.

Elle soupire avec lassitude et pose l'enveloppe sur le capot de mon utilitaire, préférant sûrement rester à une distance raisonnable de moi.

— C'est vraiment dommage que tu le prennes comme ça. Je pensais sincèrement trouver une jeune femme réfléchie et mature en venant aujourd'hui… En attendant, par égard pour ton père, je te laisse jusqu'à la fin du mois pour revenir à la raison.

Sans se soucier de mon état d'abattement, elle me tourne le dos comme on écarte un nuisible de sa vue et s'éloigne. Au bout de quelques pas, elle stoppe sa progression et s'oriente à nouveau vers moi.

— Au fait, as-tu toujours le livre de recettes de ton père ?

Alors que je la dévisage sans comprendre, elle étire ses lèvres en un demi-sourire.

— Bien sûr que oui, conclut-elle presque pour elle-même.

Dans le brouillard de mon esprit, le cliquetis de ses talons retentit longtemps après qu'elle est partie. Alors, c'est comme ça ? Ils vont me vider de tout ce que je possède, jusqu'à ce qu'il ne me reste plus rien ? Les larmes dévalent silencieusement le long de mes joues et le claquement de mes dents résonne dans ma tête. Immobile, au milieu du trottoir, je fixe avec horreur le paquet jaune vomi qui tranche avec le bleu joyeux de ma camionnette.

— Ne l'ouvrez pas.

Je sursaute au son de la voix grave qui retentit à côté de moi et qui m'oblige à lever la tête dans sa direction. Mark

Miller, en costume sombre, m'observe en silence. Le gris acier et tranchant de ses iris me tire peu à peu de ma léthargie.

— Mais, je…

Il s'empare de l'enveloppe maudite.

— Ma main à couper que ce document est un faux. Un avocat diplômé du barreau ne transmet jamais de courrier officiel par le biais de son client.

Je cligne des yeux plusieurs fois afin d'assimiler ce qu'il me dit. Étrangement, le ton dur et assuré de Mark atténue mon angoisse et relance la circulation du sang dans mon corps. J'essuie mes joues maculées du revers de ma manche et me racle la gorge, un peu gênée qu'il ait assisté au spectacle désolant de ma vie.

— Vous êtes là depuis longtemps ? demandé-je d'une voix enrouée.

Il pince les lèvres et hoche lentement la tête. Le passant au visage flou.

Évidemment.

— Je suis traumatisé à vie par le rire démoniaque de cette femme, se justifie-t-il.

Je soupire amèrement.

— S'il n'y avait que le rire…

— Je vous offre un café ?

Après la myriade d'émotions que je viens de subir, sa proposition impromptue me paraît hors du temps. Je dois certainement le dévisager avec insistance, car, à son tour, il se racle la gorge, visiblement décontenancé par sa propre demande.

— Je suppose que vous avez des choses à faire et j'ai moi-même des consultations à préparer…

— Je crois qu'un café me ferait du bien, le coupé-je d'un bloc.

CHAPITRE 12

Il est si merveilleux, comment résister (Blanche-Neige)

— Ils n'ont rien.

Ces trois petits mots apaisent mon esprit en vrac et me permettent de relâcher un peu ma tension nerveuse. Réchauffée dans le salon privé du cabinet d'avocat, je m'accroche au mug de café fumant que mon sauveur vient de me servir et lâche un soupir de soulagement. Le visage sérieux et le regard convaincant, il s'installe face à moi et me rassure en quelques phrases.

— Ils ne peuvent pas contester les dernières volontés de votre père. D'après ce que vous me dites, son testament ne mentionne que vous. Vous et personne d'autre. Votre précédente union ne change rien. Un recommandé bien salé d'avocat suffira à leur faire passer l'envie de revenir vous taquiner. Et s'ils s'obstinent, il sera très facile de prouver que vous avez été trompée durant le mois de votre mariage.

Je grimace de dégoût. Et ce n'est pas seulement dû au café immonde de l'avocat.

— Je ne vois pas comment. Ils ont été très discrets sur leurs retrouvailles intimes… Je n'ai rien deviné.

— L'adage *l'amour rend aveugle* se vérifie dans votre cas. Vous connaissez mon avis sur la question, affirme-t-il ironiquement. Mais, je ne parlais pas de cette tromperie-là…

Je pince les lèvres. Notre dernière conversation remonte à quelques jours seulement. N'est pas spécialiste du divorce n'importe qui ! Même si cela m'agace de le reconnaître, sa théorie fumeuse se révèle vraie en ce qui me concerne. Et sa réflexion confirme ce que je refusais d'admettre jusqu'à présent. Lise et Thomas m'ont manipulée, c'est certain. *De quoi virer parano jusqu'à la fin de mes jours !* Je frissonne malgré moi et tire nerveusement sur les manches de mon pull.

— Je ne veux plus les revoir, soufflé-je, dépitée. Encore une fois, elle a visé juste. En plus de mon mec, elle a embarqué mes rêves et mes projets d'avenir dans son sac en cuir de croco.

— Regardez-moi.

Son ordre abrupt et son ton directif m'obligent à relever les yeux vers lui. Je déglutis devant l'intensité et la gravité de son timbre. Face au charisme impressionnant qu'il dégage, j'ai la sensation d'être minuscule. Une toute petite chose à l'allure d'ado décoiffée, engoncée dans un immense canapé Chesterfield de cuir usé, ciblée par les prunelles aiguisées d'un homme sacrément beau.

— Ne les laissez pas vous atteindre. Vous êtes plus forte que ça. Et puis, vous avez un sérieux avantage sur eux…

J'arque un sourcil, perplexe.

— Lequel ?

Il affiche un sourire arrogant et, punaise, incroyablement sexy.

— Moi.

Je ne sais pas si je dois gémir de plaisir, lever les yeux au ciel ou rire. Un curieux *medley* d'émotions contradictoires se bouscule en moi et engendre un léger malaise. J'opte pour un rictus figé.

— Merci. Pour tout ce que vous faites. Mais je n'ai pas les moyens de vous payer.

Il secoue la tête pour chasser ma remarque.

— Je ne fais pas ça pour l'argent.

Devant mon air sceptique, il se justifie.

— Écoutez, je ne suis peut-être pas le mieux placé en matière de relations humaines, mais s'il y a bien une chose que je ne supporte pas, c'est l'injustice. C'est d'ailleurs l'une des raisons pour lesquelles j'ai choisi ce métier…

Il soupire et s'adosse à son fauteuil en me fixant.

— S'il vous plaît, laissez-moi vous aider.

Je suis touchée par ses mots, son écoute attentive et l'espoir qu'il fait naître en moi. J'ai envie de croire en lui. Je veux lui faire confiance. Je lui adresse un maigre sourire en guise de réponse.

— Pour quelqu'un qui se dit nul en relations humaines, je vous trouve plutôt bon, remarqué-je.

Il hausse les épaules.

— Je prends ça pour un compliment. C'est peut-être le fait de vous côtoyer qui me rend plus sociable ?

Mes joues se colorent instantanément.

— Moi ?

— Oui, vous.

Alors qu'il me dévisage pensivement, je vire carrément écrevisse. J'espère qu'il n'est pas mentaliste ou un truc de ce genre parce que, là, tout de suite, j'ai le regard lubrique et les pensées dilettantes. *Et dire qu'il n'est même pas 8 heures…* Je déglutis péniblement en fixant maladivement le tableau d'art abstrait accroché derrière lui.

— Pourtant, je croyais que vous me trouviez peu crédible, affirmé-je d'une voix faussement nonchalante.

Terrain glissant, Princesse. J'ose un regard vers lui.

Ses fossettes se creusent lentement et une lueur de défi éclaire ses billes argentées. À moins que ce ne soit autre chose. Je retrouve l'expression espiègle d'avant-match.

— J'ai dit ça, moi ?

Positionnement. Service en diagonale.

— Bien sûr, répliqué-je sous l'emprise de son timbre grave. Vous avez affirmé que j'étais jolie aussi.

Reprise de volée et… filet.

Une seconde suffit pour que mon visage passe de l'écrevisse au violet et que mes yeux sortent de leurs orbites.

— Euh… et bien-pensante !

Comme si le crier précipitamment allait rembobiner la cassette et le rendre amnésique.

— Je suis une bien-pensante…

Et je m'enfonce toute seule. Voilà qu'il sourit ouvertement, maintenant ! Je le pointe du doigt nerveusement.

— C'est *exactement* ce que vous avez dit…

Je me consume littéralement de honte sous son regard incandescent.

Bibbidi-Bobbidi-Boo, je deviens invisible.

— Pas uniquement que j'étais jolie…

Mais, tais-toi, bouche !

— Et puis d'ailleurs, votre café est vraiment imbuvable !

Super. Maintenant, il se marre et moi je voudrais me fondre derrière les traits verticaux de ce tableau.

— Que faites-vous samedi soir ?

Hein ? Si je rame pitoyablement dans l'art de l'esquive, lui semble au contraire très habile. Je rêve ou il me propose un rencard ? Je repasse le film des dernières minutes dans ma tête.

— Samedi soir… *Ce* samedi soir ? répété-je bêtement.

— Oui, *ce samedi*, appuie-t-il visiblement amusé par la situation.

C'est un vrai bouillon de n'importe quoi dans mon cerveau. Il me fait perdre tous mes moyens, c'est clair. J'ai l'impression d'avoir manqué un pan de la conversation, trop occupée à baver sur ses fossettes rieuses.

— J'aimerais beaucoup que vous veniez à la soirée qu'organisent mes parents, continue-t-il en reprenant son sérieux. Je sais que ma mère a fait appel à vous pour la partie traiteur, c'est l'occasion pour vous de glisser quelques cartes de visite aux personnalités présentes et puis j'ai trouvé la façon dont vous pouvez me remercier.

C'est un rencard… professionnel ? J'évalue rapidement la situation. Même si sa proposition prête à confusion, elle est une réelle aubaine pour *Mange-moi.* D'après la quantité pharaonique de nourriture commandée, je sais que madame Miller a invité beaucoup de monde. Cependant je ne comprends pas comment je peux le remercier en l'accompagnant. Et puis, que devient sa compagne, l'elfe blond, dans l'histoire ? Dubitative, je le dévisage.

— Encore une fois, je suis très touchée par votre proposition. Mais, cela ne pose pas de problème à votre amie ?

Il fronce les sourcils, visiblement décontenancé.

— Mon amie ?

J'écarquille les yeux et ouvre la bouche. *Il se moque encore de moi ?*

— Oui, Maître Mc Doty !

Il penche la tête sur le côté et m'observe étrangement.

— Sélène ? Elle ne sera pas là. Pourquoi ? Vous voudriez la voir ?

Pourquoi j'ai l'impression qu'il me demande si j'aime les cendriers en rotin ? Complètement indifférent à l'échauffement de ma matière grise, il continue.

— Je peux l'inviter si vous le souhaitez, elle vous apprécie. Mais je vous avoue que j'aurais préféré qu'il en soit autrement. Au moins pour samedi soir.

— Je ne comprends pas.

Et encore, je mesure mes mots. C'est le chaos intersidéral dans mon esprit fumant.

— Non, laissez tomber, soupire-t-il en se levant. C'est complètement absurde.

— Ah non alors ! Vous en avez trop dit ou pas assez… Expliquez-moi, s'il vous plaît ! Si je peux vous dépanner ou vous rendre le moindre service, je suis votre homme ! Je vous dois bien ça.

— Vous ne me devez rien. Je vous le répète, je n'attends pas de quelconque retour de votre part.

Alors qu'il porte sa tasse à ses lèvres, je me lève à mon tour et me poste devant lui.

— Êtes-vous gay ?

Il avale de travers, recrache brusquement le liquide brûlant et grogne de contrariété.

— Oh merde… Ce café est infect !

Mark évalue avec humeur les dégâts causés sur son vêtement immaculé. L'air franchement agacé, il plante son regard dans le mien.

— Et, non. Je ne suis pas gay !

Je sors un mouchoir en papier de mon sac à main et le lui tends. Bon, OK. Il n'est pas gay, ce dont j'étais sûre, et, visiblement, sa relation avec Sélène ne semble pas être celle que j'imaginais. Au bout de trente secondes d'acharnement vain, il relève son visage vers moi, résigné.

— Ma mère s'est mise en tête de jouer les cupidons et je n'ai pas encore trouvé le guide de survie pour échapper à l'un de ses plans foireux. Je ne sais pas si elle s'ennuie ou si elle espère combler un manque en organisant des rencards arrangés à mon insu, mais je commence sérieusement à saturer…

Il soupire avec lassitude en constatant les dégâts.

— J'aimerais simplement qu'elle arrête de mettre son nez dans ma vie sentimentale et cesse de m'imaginer avec la fille du maire, sa prof de yoga ou… Madame Noël !

Tout s'éclaire dans mon esprit en surchauffe.

— Oh ! J'ai compris ! Vous souhaitez que je vous *accompagne* samedi soir afin que votre mère arrête de vouloir vous caser !

Face à son air vaguement incertain, je contiens difficilement mon enthousiasme. Je ne sais pas pourquoi, mais je sens que je vais adorer jouer ce rôle !

CHAPITRE 13

Libérééeee, délivréééee
(allez… elle est facile celle-ci !)

Prince charmant : *(n.m.)* Jeune homme attentionné, fils de roi, paré d'un charme irrésistible et d'une classe naturelle.

Lionel me dévisage avec la même expression qu'un spectateur qui découvre avec horreur les pieds fatigués des aventuriers de Koh-Lanta lors de la fameuse épreuve des poteaux. Croyez-moi, j'ai beau chercher, il n'y a aucune trace de charme irrésistible sur le visage rouge et luisant du prince-patron.

— Alors comme ça, tu démissionnes ? demande-t-il en repoussant ma lettre sur son bureau, comme si elle allait le contaminer d'un mal incurable.

Assise en face de lui, j'affronte bravement son regard et hoche la tête, toujours bardée de ma perruque qui gratte, avec fermeté et conviction. Après une matinée riche en émotions et un service éreintant au restaurant, je pense survivre à la tempête Lionel.

— Oui, affirmé-je. Je vous remercie sincèrement pour ces onze derniers mois de…

— Tu comptes partir quand ? coupe-t-il, impatient.

— J'effectuerai ma semaine de préavis comme il est stipulé sur mon contrat de travail et formerai ma remplaçante si vous le souhaitez, réponds-je calmement.

Il recule sur son trône, croise les bras sur son plastron et bombe le torse, tout en me dévisageant comme une bête curieuse.

— Et, sans indiscrétion, je peux te demander pourquoi tu nous quittes ?

J'affiche un sourire de princesse.

— Bien sûr ! Je n'ai rien à cacher… Je me lance à mon compte !

J'extrais une carte de visite de mon sac et la pose devant lui.

— Je propose des pâtisseries variées et originales pour tout type d'évènement. J'ai un site Internet, n'hésitez pas à faire un tour à l'occasion. Vous verrez que je fais également des gâteaux d'anniversaire colorés…

Sans bouger d'un pouce, ni même jeter un œil sur ma carte orientée vers lui, il continue à me fixer.

— *Tu te mets à ton compte*, répète-t-il la voix pleine de sarcasme. *Toi !*

— Oui, moi, répliqué-je, vexée que les paillettes de mon morceau de carton n'atteignent pas ses yeux froids et torves.

Un affreux rictus barre son visage.

— Eh bien, je n'ai plus qu'à te souhaiter bonne chance, alors ! lâche-t-il méchamment.

Je reste pantoise quand il claque sa langue contre son palais, jette un regard méprisant sur mon allure d'après service et sourit froidement.

— Laisse tomber la semaine de préavis, ajoute-t-il. Tu peux te rhabiller, Ariel. Des sirènes, il y en a plein l'océan.

Classe. *Très classe.*

Je refusais d'y croire. Mais aujourd'hui, je réalise que les princes n'existent que par paquets de trois cents grammes et uniquement chez Lu.

Ça suffit. J'en ai assez de me laisser marcher sur les pieds. Je mérite mieux qu'une attitude méprisante. Il est temps de me faire confiance et de croire un peu plus en moi. Je ne veux plus être le bouc émissaire de mecs sans couilles et sans cervelle. Je souhaite être actrice et décisionnaire de ma vie sans avoir à me justifier ni à supporter la médisance des autres.

Je plisse les yeux sous l'impact de son attitude de connard fini au pipi, récupère ma carte de visite (pas question que je la lui laisse !), retire ma perruque à la couleur flamant-rose (soupir orgasmique) et me lève. Tiraillée entre le soulagement d'être libérée, délivrée de mes engagements envers Lionel, la peur de demain et cette terrible sensation d'humiliation qu'il ne m'épargne pas, je m'apprête à rayer définitivement *le Chat qui pète et qui sourit* de ma vie.

À cet instant précis, je ne comprends pas vraiment ce qu'il me prend. Je sais juste que je me sens bien dans ma peau. Pleine d'une assurance que je n'imaginais pas, il y a encore quelques jours. On mettra mon attitude sur le compte des échanges houleux avec ma belle-mère, ou bien sur la succession d'émotions contradictoires avec Mister Frozen, ou tout simplement sur le fait que j'ai mes règles. Et tout le monde sait qu'il ne faut pas chauffer une fille le premier jour de ses menstruations.

Fatiguée, euphorique et dans un univers parallèle, je décide d'y aller au culot. J'étire un large sourire et commence à chantonner d'une voix suffisamment forte pour que *tout* le reste du personnel, qui se change dans la pièce voisine, entende. Il voulait du spectacle, il va en avoir pour son compte.

— *Tous ces secrets, que j'ai gardés, ne crois-tu pas que les fées m'ont comblée, ne crois-tu pas que je suis bien trop gâtée par la viiiiie…*

— Mais qu'est-ce qu…

J'ignore son air ahuri de prince en carton et continue de plus belle.

— *Moi, je voudrais parcourir le monde, moi, je voudrais voir le monde danser…*

— Bon, ça suffit ! tonne-t-il en cognant du poing sur la table.

Je reprends le rythme en tapant dans mes mains.

— *On ne va nulle part en battant des nageoires. Il faut des jambes pour sauter et danser…*

— Mais arrête ce carnage, bon sang !

Je souris insolemment et, emportée dans ma folie, pousse ma voix dans les aigus.

— *Si l'homme marche, si l'homme court, s'il peut sur terre aimer au grand jour, comme j'aimerais si je pouvais, partir là-baaaaaasssss !*

— Dehors… Mais dégage, merde ! hurle-t-il, rouge de colère.

J'éclate d'un rire libérateur et stoppe net ma danse.

— OK. Je suis désolée de vous l'apprendre, Lionel, mais comme vous pouvez le constater, je ne suis pas une vraie sirène et… je chante faux. Je suis Princesse, héroïne de ma propre histoire. J'espère que vous vous en remettrez.

Devant l'air excédé de mon ex-patron, un nouveau sourire, plus sincère cette fois-ci, s'inscrit sur mon visage. J'ouvre la porte en grand et, avant de sortir, effectue une révérence digne de moi.

— Il est temps pour moi de… *partir là-baaaaas*, ajouté-je en tournant les talons.

— Alors, on nous ment depuis la nuit des temps ? Les vraies Princesses chantent faux !

Installée derrière le comptoir de ma boutique, je ris de concert avec Astrid et débouche la bouteille de champagne que je gardais au frais pour le jour de ma délivrance. Lionel a beaucoup perdu aujourd'hui. Non seulement il se voit délesté d'une pâtissière hors pair, mais également d'un extra fiable et sérieux qui a accepté de venir m'aider. Je verse le liquide pétillant dans nos deux coupes et lève la mienne.

— Terminé les déguisements moches et les brimades du Prince machiste ! lancé-je solennellement.

— Fini les moqueries de Cendrillon et les shows imposés !

Nos verres tintent joyeusement et scellent une future et belle collaboration. Je suis aux anges. L'aide et l'engouement d'Astrid me rassurent énormément. Je vais enfin pouvoir me consacrer entièrement à ce projet qui me tient tant à cœur. Si les commandes continuent d'affluer, nous ne serons pas trop de deux ! Nos verres terminés, nous ne perdons pas de temps et nous mettons au boulot. La soirée de madame Miller approche à grands pas et je suis loin d'être prête. Tant dans l'état de sa commande que dans ma tête ! Le travail me permet de ne pas trop cogiter et de me concentrer sur la pâtisserie. Uniquement sur la pâtisserie.

Ainsi, pendant que ma nouvelle assistante se familiarise avec le site Internet et emballe les mignardises sucrées, je réfléchis à la confection de l'Alaska flambée que je compte présenter samedi soir. Le temps s'égrène, la voix de Sinatra succède à celle de George Michael et de Bing Crosby par-delà ma petite enceinte, les passants défilent en abondance dans la rue éclairée par les décorations de Noël, les magasins voisins ne désemplissent pas en cette première semaine de décembre et Astrid accumule les commandes dans la chambre froide. Je réalise avec bonheur et soulagement qu'à deux, ça va plus vite.

Lorsqu'en fin de soirée la porte carillonne, laissant entrer une Sonia décidée à fêter la fin de sa journée bien chargée, je sors avec plaisir une troisième coupe. Le courant entre mes deux nouvelles amies passe aussitôt. Ensemble, nous savourons la quiétude du moment et les petits cannelés trop imparfaits pour être vendus. Je raconte à Sonia mon départ du restaurant. Elle me conforte dans mon choix.

— Tu vas voir, tu vas grandir et tout le monde s'arrachera tes pâtisseries… Il te regrettera amèrement, ce Lionel !

Astrid surenchérit, la bouche pleine.

— C'est certain. Il va falloir que tu penses à embaucher plus de personnes… Un livreur à temps complet et des vendeuses !

Je me moque de leur entrain.

— Ne vous emballez quand même pas, les filles, je n'en suis qu'au tout début ! Il faut déjà que j'assure lors de la fête de madame Miller samedi.

Sonia secoue ses boucles blondes.

— *La soirée de madame Miller* ? Madame Miller de chez Miller beau gosse ?

Je tente de faire abstraction des deux paires d'yeux qui me scrutent avec curiosité et de l'échauffement inopiné de mes joues.

— Madame Miller, la mère de Mark, réponds-je sur un ton indifférent.

Le regard en biais que se lancent les filles ne passe pas inaperçu. Je remplis les verres afin de faire diversion.

— Et qui est Mark ? demande Astrid.

Je plonge le nez dans ma coupe.

— Mark Miller est le propriétaire de ce local. La commande de demain est pour la réception qu'organise sa mère.

— Mark Miller est aussi un éminent avocat spécialiste du divorce, père célibataire, sacrément canon et très énigmatique, se sent obligée de rajouter Sonia. Les commères de la rue pensent qu'il est gay…

— Il n'est pas gay, répliqué-je un peu trop rapidement à mon goût.

Sous l'œil suspicieux de la blonde et celui intrigué d'Astrid, je développe et lui raconte brièvement les récents évènements.

— Franchement, si j'avais été présente ce matin, je lui aurais refait le portrait, à ta crevarde de belle-mère ! s'emporte Sonia. Se pointer la bouche en cœur avec un faux courrier et revendiquer la moitié de l'héritage de ton père, non, mais quel culot !

— Moi, ce que je remarque, objecte calmement Astrid, c'est l'intervention spontanée de l'avocat. Pour quelqu'un de froid, je le trouve plutôt chevaleresque. Je serais curieuse de voir à quoi il ressemble…

Sonia affiche un air espiègle.

— C'est facile. Tu prends le charisme du mec qui joue dans Superman, le sourire du docteur Shepherd[8] et le cul de l'autre là… celui qui court vite dans Thor !

— Le grand blond musclé ?

— Non, pas celui-ci, je trouve qu'il a une tête de benêt, son frère démoniaque… Loki !

— Mais, tu parlais de son derrière…

— Rhoooo, mais on s'en fout ! Tu vois bien le mélange, non ?

— J'imagine bien, oui, se marre Astrid en me dévisageant. Tu en penses quoi, Princesse ?

Je hausse les épaules et affiche mon air blasé. Il faut vraiment que je le travaille, celui-là !

— Bof, tu sais, je n'ai pas vraiment fait attention…

Pas dupes, les lèvres des filles s'étirent de concert et leurs regards me percent à jour. Les joues rouges, je me raccroche aux branches.

— Oui, il n'est pas mal, concédé-je en fixant le plafond. Il a un beau cu… ir chevelu.

Évidemment, elles éclatent de rire et, rapidement, je les rejoins.

Je le garde pour moi, mais je trouve que la représentation de Sonia est bien en deçà de la réalité. Mark Miller fait incontestablement partie de la catégorie des mecs qu'on adore avoir dans son champ de vision et, ce soir, je prends pleinement conscience que je suis bien trop attirée par lui pour rester lucide.

Me voilà bien !

---

8 Ai-je besoin de vous expliquer qui est le docteur Shepherd ? Oh et puis, après tout, vous avez Google vous aussi… Parfois une image vaut bien mieux qu'une vague explication.

CHAPITRE 14

Juste Ciel, ma chérie, tu es en guenilles ! (La Marraine Fée)

Sur la pointe des pieds, perchée sur un tabouret bancal, je reluque mes fesses à travers le petit miroir de ma salle de bains. Ce dernier, ridiculement minuscule au-dessus du lavabo, me renvoie l'image d'une fille un peu gauche et affublée de la seule robe habillée de son dressing qui se révèle être un peu trop moulante à mon goût. Le tissu de velours noir épouse audacieusement mes formes et s'arrête en haut de mes cuisses. Le décolleté rond met en valeur ma poitrine pourtant menue et me donne l'impression d'avoir gagné une taille de bonnet. Face à moi se trouve une femme que je ne reconnais pas vraiment… une femme un peu trop sexy pour se rendre à un rencard professionnel.

Ma robe n'aurait pas légèrement rétréci au lavage ? Et puis, j'ai beau chercher, je n'arrive pas à me souvenir de la dernière fois où je l'ai mise… D'ailleurs, je ne me rappelle même pas l'avoir achetée. Je continue à me contorsionner dans tous les sens, à cinquante centimètres du sol, et vise ma silhouette d'un œil dubitatif. Si j'évite d'être trop cambrée, si je garde le dos droit et si ma robe tient en place, ça peut passer…

Ouais, je sais, *ça fait beaucoup de si*…

Mais, non.

Je serais nettement plus à l'aise en pantalon fluide et chemise blanche. Et puis, je vais m'attacher les cheveux aussi. Ils sont un peu trop longs, ils m'arrivent maintenant en bas du dos et prennent trop de liberté selon moi.

Je saute du tabouret et m'apprête à me changer, quand la notification d'un SMS sonne le glas depuis mon petit salon. Le stress me gagne dès lors que le nom de l'interlocuteur s'affiche et que je découvre avec accablement l'heure avancée de la soirée.

Bon là, c'est officiel. Je suis en retard.

Mark :

[Rassurez-moi, on avait bien dit 18 heures, devant votre boutique ?]

Je déglutis. Merde. Je suis *vraiment* à la bourre. Je réfléchis à toute vitesse afin de trouver une excuse plausible qui justifierait que je suis toujours chez moi, à la recherche de *THE* tenue idéale pour un rencard professionnel avec le sosie de Superman, au sourire de Docteur Mamour et au cul de Loki.

Moi :

[Désolée. J'ai vomi.]

Pas très glamour. J'efface.

Moi :

[Désolée. Panne de réveil.]

Pas crédible, il est 18 heures. J'efface.

Moi :

[Désolée. Coincée dans un embouteillage à cause d'un accident... Il y a des morts partout. C'est affreux.]

Improbable, mon utilitaire est resté devant la boutique. Je devais venir à pied. J'efface.

Moi :

[Désolée. Bloquée dans l'ascenseur, les pompiers arrivent seulement !]

Saura-t-il un jour que je vis au rez-de-chaussée ? J'efface encore.

Mark :

[Tout va bien ?]

Aahhhh ! Il faut que je réponde ! Mon pouce tape fébrilement sur mon clavier, pendant que je chausse mes bottines de l'autre main, enfile mon manteau et attrape mon sac.

Moi :

[Oui ! Je suis en chemin. Pb de tampon. Je vous expliquerai !]

Cette histoire de clé perdue fera bien l'affaire…

Pas le temps de me changer, ni de m'attacher les cheveux tant pis s'ils frisent à la fin de la soirée ! Je mets plus de dix minutes à arriver jusqu'au lieu de rendez-vous. Lorsque je déboule dans la rue, les joues et les mollets en feu, mon cœur menace de sortir par la bouche et mes poumons quémandent l'absolution. Je l'aperçois en premier. Il est appuyé contre la façade de ma boutique, l'air concentré sur l'écran de son téléphone. Rasé de près, en costume ajusté sous un manteau de laine noir, on dirait un mannequin tout droit sorti d'un shooting photo. Encore une fois, je suis frappée par le charme dingue qu'il dégage et l'effet groggy qu'il produit sur moi.

J'absorbe l'air glacé de cette fin de journée afin de refroidir ma température corporelle, affiche une expression désolée et avance jusqu'à lui. Comme s'il percevait ma présence et mon trouble, il lève la tête dans ma direction. Mes joues s'échauffent quand son regard balaie lentement ma silhouette, en partie camouflée sous mon manteau, et se plante dans mes yeux.

— Bonsoir. Vous avez résolu votre problème ? attaque-t-il en fronçant les sourcils.

Bon, visiblement, la patience n'est pas son fort. J'affiche un rictus que j'espère jovial.

— Oui ! Je suis vraiment désolée pour ce léger contretemps, mais j'étais bien embarrassée tout à l'heure…

— Je me doute.

— Heureusement, j'ai une technique imparable pour ce genre de situation ! Un truc de fille…

Il me dévisage étrangement.

— Je crois que je préfère ne pas entendre tous les détails…

— Ah bon ? Vous savez ça peut vous être utile si un jour cela vous arrivait.

— Vous plaisantez ?

— Non, jamais avec ça ! Il faut faire un nœud sur un foulard et…

— S'il vous plaît ! coupe-t-il précipitamment en touchant mon bras. Je suis ravi que vous ayez trouvé une solution à votre… problème, mais il faut vraiment qu'on charge votre camionnette et qu'on y aille.

— Oh ! Oui, vous avez raison, répliqué-je, troublée par son empressement et sa proximité.

J'extrais la clé de la boutique de mon sac, la secoue fièrement sous son nez et l'insère dans la serrure. Après tout, j'ai tout le temps du trajet pour lui raconter comment retrouver un objet perdu, avec la technique du nœud dans le foulard. Cela m'évitera de trop cogiter sur la soirée à venir et de déblatérer des inepties plus grosses que moi.

Une fois l'utilitaire chargé de toutes les victuailles élaborées ces deux derniers jours, nous prenons la route. Moi au volant, lui à la place du mort. Ne vous méprenez pas, je suis une excellente conductrice. Et puis, il était logique que nous empruntions mon véhicule équipé et réfrigérant plutôt que son coupé sport qui est, certes très élégant, mais pas tellement pratique pour transporter le fruit d'un travail d'orfèvre. Selon ses indications, je prends la direction de la station des Gets.

— Vous ne portez pas vos lunettes ? demande Mark accroché à la portière.

Ne serait-il pas un tantinet nerveux, le ténor du barreau ?

— Jamais pour conduire ! plaisanté-je en passant la quatrième. N'ayez crainte, j'ai mis des lentilles de contact.

— OK, soupire-t-il. Me voilà rassuré…

Je rêve ou j'entends un soupçon d'ironie dans sa voix ? Pendant que je me concentre pour ne pas donner de coups de volant trop bruts ou pour passer les vitesses avec fluidité, je cherche un sujet de conversation pour détendre l'atmosphère. J'ai bien compris que l'histoire du nœud ne l'intéressait pas… Finalement, c'est lui qui rompt le silence en premier.

— Vous devriez les porter plus souvent, vous avez de jolis yeux.

Mes joues s'enflamment sous le feu de son regard. Il brise à nouveau le moment de flottement.

— Je voulais vous dire, j'ai rédigé un courrier officiel à l'attention de votre ancien conjoint.

Son manque de transition serait presque suspect s'il n'affichait pas un air aussi sérieux.

— Oh !

— Oui. Je l'ai imprimé afin que vous y jetiez un œil.

— Je vous fais confiance.

— Merci. Mais, c'est ainsi que je fonctionne. C'est la procédure habituelle.

Je hoche la tête gravement.

— D'accord, je le lirai. Merci encore, Mark. Vous savez, j'ai finalement démissionné du restaurant. Et puis, j'ai embauché une assistante pour m'aider dans la logistique. Je vais pouvoir entièrement me consacrer à ma passion.

— C'est une bonne nouvelle pour les gourmands.

Même si je garde les yeux rivés sur la route, je devine son demi-sourire.

— C'est grâce à vous, avoué-je.

— Arrêtez de dire ça…

— Si vous n'étiez pas intervenu, je serais certainement encore affublée de coquilles Saint-Jacques en guise de cache-seins ! Vous n'imaginez pas comme votre aide m'a été bénéfique.

— Eh bien, même si je pense que vous êtes l'unique actrice de votre destin, je suis heureux de vous voir retrouver votre entrain, Princesse…

Mon prénom.

Dans sa bouche.

Mes neurones grillent.

Je quitte furtivement la route des yeux et bugge sur le profil de l'avocat. Pendant que son regard se perd dans le paysage, le mien échoue sur ses lèvres. Instantanément mon visage s'empourpre.

Fichue peau de rousse !

Je reviens rapidement sur ma conduite, allume l'autoradio et m'engage sur un terrain plus sûr.

— Bon, alors, expliquez-moi… Comment imaginez-vous les choses pour ce soir ?

— Je pense que nous pouvons déjà commencer par nous tutoyer…

Silence de circonstance.

— Qu'en penses-tu ?

Le rouge revient, mon cœur s'emballe et mon esprit divague.

Un « tu » de Mark Miller signifie : sexe - sexe - sexe - ils vécurent heureux jusqu'à la fin des temps et firent beaucoup de sexe.

Arrête Princesse, tu dérailles complètement !

Je force la concentration afin de répondre autre chose que ce que me hurlent mes traîtres d'hormones et tente de réagir en adulte mûre et responsable.

— Oui, je le veux.

Je n'ai pas pu dire mieux… De toute façon, c'était ça ou… prends-moi.

Diversion ! Diversion !

— Et sinon, quelle est ma mission ?

S'il perçoit mon trouble (et il doit certainement le percevoir), il ne le montre pas.

— Eh bien, c'est simple. Tu représentes fièrement ton entreprise en pleine croissance et, par la même occasion, tu fais taire les tergiversations scabreuses de ma mère en m'accompagnant.

J'évite de trop fantasmer sur le nombre de « tu » dans une seule phrase et marque un temps avant de reprendre mes esprits.

— Elle est si terrible que ça ?

— Tu n'imagines pas à quel point elle peut être redoutable dès qu'elle a une idée en tête, affirme-t-il gravement. Quand on parle du loup…

OK. Me voilà (pas du tout) rassurée… Tandis qu'il pianote sur son portable, je m'interroge sur le fait qu'il n'ait pas de petite amie ou de femme qui partage sa vie. Je suis certaine qu'il a l'embarras du choix des prétendantes. Le souvenir des minauderies des mamans, l'autre jour, me revient en mémoire. Il n'a qu'à dégainer ses fossettes pour que toutes tombent à ses pieds. Alors, pourquoi s'encombre-t-il d'une fille comme moi pour faire semblant ? Peut-être parce que je représente l'antipode de ce qu'il recherche chez une femme et qu'au moins il ne risque pas de se laisser tenter… Je me dandine sur mon siège, un peu mal à l'aise, et me concentre sur la route. Les notes de jazz sortent de l'autoradio et comblent le silence de l'habitacle. À l'extérieur, le calme de la campagne recouverte de neige remplace l'effervescence de la ville.

Au bout de quelques minutes, il range son téléphone dans la poche de son manteau.

— Ça va bien se passer.

Qui essaie-t-il de convaincre, là ?

Heureusement que l'obscurité nous entoure et masque mon trouble.

— Ça fait longtemps que vos… euh… *tes* parents habitent à la montagne ? demandé-je, curieuse.

— Seulement depuis cinq ans. Ils s'y sont installés à la retraite de mon père.

— Que faisait-il, sans indiscrétion ?

— Il était avocat.

— Oh ! Le droit est une affaire de famille, alors !

— Comme tu dis… J'ai repris son cabinet après son départ.

— Ah oui ? Tu as travaillé avec ton père ?

— Oui, d'abord en tant que collaborateur, puis comme associé. Je baigne dans le milieu juridique depuis que je suis né. Donc, quand il a fallu faire un choix sur mon orientation professionnelle, je ne me suis pas posé dix mille questions… De toute façon, c'était ça ou testeur de toboggan.

J'éclate de rire en imaginant le brun en costume descendre, à plat ventre, sur un toboggan d'enfant.

— Ne te moque pas ! se marre-t-il, faussement indigné. Je suis très sérieux. Si mes parents ne m'avaient pas orienté vers le droit, je serais champion de glisse à l'heure actuelle.

Je ris de plus belle. *Il est drôle quand il veut.* Un peu psychorigide, mais amusant. *Et appétissant…* Punaise, voilà que je divague à nouveau !

— Et ta maman ? Que faisait-elle ? demandé-je en reprenant un semblant de rationalité.

— Eh bien, elle était corsetière dans une maison de haute couture…

Alors que ma camionnette progresse vers les montagnes enneigées, j'écoute le timbre grave et agréable de l'homme installé à côté de moi qui me parle de son adolescence stricte, mais heureuse, de sa sœur aînée, maman de jumeaux, puis de sa fille, Anna.

— Elle est très intelligente, remarqué-je en me rappelant nos échanges. Et particulièrement portée sur l'écologie !

— C'est une enfant précoce, confie-t-il. Elle lit déjà énormément et a, depuis peu, développé un intérêt certain pour la cause animale. Ne me demande pas d'où ça sort, moi-même je n'en ai aucune idée ! Elle me surprend tous les jours…

Je jette un œil vers lui. Il semble perdu dans ses pensées, le regard orienté vers l'extérieur. Je n'ajoute rien et le laisse aller à la confidence.

— Ma fille grandit tellement vite que j'ai l'impression de passer à côté d'elle ces derniers temps, continue-t-il presque pour lui-même. Je n'ai même pas été fichu de voir qu'elle ne voulait pas se rendre à l'anniversaire de sa camarade de classe, l'autre jour… Je sais qu'elle ne manque de rien chez mes parents, mais il me tarde de la retrouver.

Il se tourne vers moi, un sourire craquant aux lèvres.

— Tu es au courant qu'elle ne parle que de tes muffins ?

J'affiche un air comblé. Je suis ravie, j'ai garni une boîte rien que pour elle. Anna est une petite fille adorable et pleine de vie qui mérite beaucoup d'amour. L'évocation de l'enfant anime la voix de l'avocat. Il semble impatient de la voir et je devine facilement l'affection qu'il éprouve pour elle au sourire sincère qu'il m'adresse. Il me rappelle mon père sur bien des choses.

Même parcours de vie, même malédiction. Je fronce les sourcils à son souvenir. Le sourire perfide de mon ancienne belle-mère flotte un instant dans mon esprit et assombrit mes pensées.

— Mark, que va-t-elle penser en voyant son père débarquer avec quelqu'un ? Lui as-tu parlé de moi ? Enfin… de nous ?

— Je lui ai juste dit que je venais avec quelqu'un que j'apprécie énormément. Je ne m'inquiète pas sur sa réaction quand elle t'apercevra les bras chargés de pâtisseries.

Je rosis légèrement au clin d'œil complice qu'il m'adresse et l'ombre de Lise s'envole instantanément.

La conversation continue avec décontraction tout le long du chemin et lorsque le véhicule arrive enfin en haut du col, à l'entrée de la station de ski, je réalise que je n'ai pas vu le temps passer. J'admire, des étoiles plein les yeux, ce petit village typique de montagne avec ses chalets de bois et ses trottoirs recouverts de neige, les magasins de ski encore illuminés, la patinoire extérieure remplie de monde et les vacanciers profitant des boutiques en tout genre.

— Prends à droite et gare-toi sur le parking du supermarché, je dois te dire quelque chose avant de rejoindre le chalet de mes parents.

Je m'exécute, surprise par le ton sérieux qui revient dans sa voix. Heureusement, la route principale et les places de stationnement sont déneigées. Ma manœuvre est facile. Je me gare à l'endroit indiqué et laisse le moteur tourner en attendant que Mark se décide à me parler. Maintenant orientée vers lui, j'ai tout le loisir d'observer ses traits plaisants.

— Anna n'a pas connu sa mère, déclare-t-il gravement.

Le sang déserte ma tête.

— Oh, non… je suis vraiment désolée…

Son regard s'assombrit.

— Si je t'en parle maintenant, c'est parce que tu risques de l'apprendre ce soir par quelqu'un d'autre. J'aime autant que cela soit par moi. Il est préférable que tu le saches étant donné que tu… m’accompagnes.

Je hoche la tête. Même s’il conserve un masque dur, je mesure la douleur qu’il doit ressentir à l’évocation de ce malheureux souvenir.

— OK, murmuré-je doucement. Et il y a autre chose que je dois savoir vous concernant Anna et toi ?

Étant donné l’expression sévère qu’il affiche, je crains le pire et réprime un frisson.

— Ma fille raconte à tout le monde que sa mère est morte, mais ça n’est pas le cas. Elle est toujours en vie.

CHAPITRE 15

C'est la fête ! (Lumière)

Si ça, ça n'est pas un vrai chalet de montagne, alors je ne m'appelle plus Princesse.

Garée devant l'immense propriété des Miller, et soudainement intimidée, j'hésite à descendre de mon utilitaire. Mon voisin, lui, a déjà fait le tour du véhicule. Il ouvre ma portière et m'offre sa main pour m'aider à sortir.

— C'est plus confortable à l'intérieur, se moque-t-il.

Trois milliards de questions envahissent mon cerveau tandis que ses doigts se referment sur les miens et que sa poigne m'assure un appui solide sur la neige fraîche. J'arbore un sourire crispé à son attention et évite de me ramasser dans la poudreuse. Manquerait plus que je tombe. J'écarquille les yeux, impressionnée par l'immense bâtisse en bois qui nous surplombe.

— C'est très… beau.

Évidemment, ce n'est pas juste beau. C'est splendide et carrément dément. Je ne sais pas ce qui m'intimide le plus. La hauteur hallucinante des sapins blancs jouxtant la propriété… Les baies vitrées extralarges laissant entrevoir un intérieur moderne, lumineux et bondé de monde… Ou la main chaude et ferme de Mark qui enserre la mienne…

Ce dernier confirme sans me lâcher.

— C'est vrai. J'aime beaucoup venir ici… Et, quand ma mère n'invite pas toute la commune, c'est plutôt paisible comme endroit.

Je lui rends son sourire, un peu perdue entre mes émotions que je ne maîtrise pas du tout et sa récente confession. Un tas de questions s'agglutinent dans ma tête, mais aucune ne réussit à franchir le seuil de mes lèvres. Encore moins quand il me regarde comme il le fait en cet instant.

— Si j'oublie de te le dire tout à l'heure, tu es ravissante ce soir.

Là. C'est dans *ce* type de moment *précisément* que j'aimerais avoir la réponse la plus adéquate à la situation. La réplique qui changerait tout et qui me ferait passer pour autre chose que la nunuche aux pieds congelés et au regard guimauve. Évidemment, vous vous en doutez, je ne rétorque rien et me contente de le bouffer des yeux avec un air niais et des joues clignotantes. C'est le bruit fracassant d'une porte qui s'ouvre et le cri joyeux d'Anna qui relance la trotteuse du temps et rompt le contact.

— Papa ! s'écrie la jeune fille en dévalant les marches du perron.

Leurs retrouvailles font fondre mon petit cœur déjà bien malmené. Anna se précipite dans les bras de son père qui, en trois enjambées, l'accueille et la serre contre lui. Cet instant leur appartient. Un peu gênée d'être la cinquième roue du carrosse dans cette scène où je n'ai pas ma place, je me fais toute petite et reste en retrait, près du véhicule.

— Tu m'as manqué, Papa !

— Toi aussi… J'ai hâte de savoir ce que tu as fait ces derniers jours !

Anna se redresse et affiche une drôle de moue.

— Oh ! J'ai fait plein de trucs. Mais je ne vais pas tout te raconter ce soir, sinon on n'aura plus rien à se dire après… Et puis, faudrait peut-être lui expliquer, à mamie, que le père Noël n'existe pas… Elle n'arrête pas de m'en parler, je sais plus quoi faire !

— Euh… oui, tu as raison, répond son père. Il est grand temps de lui avouer la vérité. Je lui en toucherai deux mots.

Je souris devant le check poing contre poing complice qu'ils échangent.

— D'accord, réplique la fillette. Mais attends peut-être l'année prochaine avant de lui dire. Sinon, il risque de ne pas passer et ça serait dommage parce qu'elle a commandé plein de trucs chouettes…

Je ne vois pas trop de là où je suis, mais j'imagine le sourire conquis de l'avocat devant la moue hésitante de sa fille.

— OK. Écoute, reprend doucement Mark, tu te souviens quand je t'ai dit que je ne viendrais pas seul ce soir ?

Je déglutis quand il se relève et qu'il se tourne vers moi, dévoilant ainsi ma présence.

— Oh ! Tu as apporté Princesse !

Je m'approche et souris devant le visage d'Anna qui arbore une expression réjouie.

— Salut, Anna ! Je suis contente de te voir. J'adore ton chapeau ! ajouté-je devant le bout d'aluminium savamment calé sur le dessus de son crâne.

Elle affiche une curieuse grimace et relève la tête fièrement.

— Ce n'est pas un chapeau, c'est un casque anti-ondes.

— Tu parles des ondes magnétiques ?

Elle hausse les épaules comme si je venais de sortir une énorme bêtise.

— Bah non, je parle des ondes anti-belles-mères !

Ah. Mon sourire s'efface et celui de Mark se crispe. Hermétique au malaise ambiant, elle avance vers moi, me prend la main et commence à me tirer vers la bâtisse.

— Tu vas voir, continue-t-elle sur le ton de la confidence, y en a plein la maison ! Et, en plus, elles ont toutes des boucles d'oreilles ! Mais t'inquiète pas, je vais t'en fabriquer un, on ne sait jamais !

Oui ! On ne sait jamais !

J'ai à peine le temps de comprendre que nous franchissons déjà le palier. L'intérieur est aussi extraordinaire que l'extérieur. Rien à voir avec les chalets kitch des stations de ski. Non, celui-ci marie parfaitement classe, naturel et bon goût. Je m'extasie devant l'immense sapin doré et sa décoration lumineuse, lorsqu'une silhouette familière surgit dans l'entrée.

— Anna ! Je t'ai dit de ne pas sortir sans manteau. Va vite rejoindre tes cousins ! s'écrie madame Miller.

La concernée me lâche la main et m'adresse un regard navré avant de disparaître sur le seuil de ce que j'imagine être un salon. Visiblement contrariée, la maîtresse de maison jette son dévolu sur Mark qui referme tout juste la porte derrière lui.

— Te voilà enfin !

J'observe avec appréhension la femme distinguée enlacer son fils. Sa robe est magnifique. Longue, fluide, sans fioritures ni étiquette qui dépasse, et très habillée. Si bien que ma tenue du soir fait pâle figure à côté des strass de madame Miller.

— Bonsoir, maman, déclare Mark en embrassant sa mère. Tu es très élégante.

Cette dernière rougit sous le compliment et sourit humblement.

— Merci, mon chéri, répond-elle. C'est une robe que j'ai trouvée dans la boutique de Sandrine, tu sais, la sœur de mon amie, Cheyenne. Elle m'a fait un prix. Sa vendeuse est adorable… Pas très gracieuse, mais charmante… Rhooooo, c'est super que tu aies pu venir ce soir et *voilà l'heureuse élue !*

Avec cette impression d'être soudainement nue dans ma robe étriquée, j'affiche un sourire crispé et avance d'un pas. Les yeux de madame Miller me détaillent rapidement. Pendant cette brève inspection visuelle, je me surprends à croiser les doigts pour faire partie de la catégorie des filles gracieuses ET charmantes.

— Bonsoir, Princesse, m'accueille-t-elle avec un air sincère. Vous êtes magnifique ! J'aime beaucoup vos cheveux… Et je suis ravie de vous savoir chez nous ce soir. Nos convives vont se régaler au dessert !

Je lui retourne son sourire, rassurée par son sens de l'hospitalité.

— Merci beaucoup, madame. Vous avez une maison magnifique.

— Merci ! Mais je vous en prie, appelez-moi Tatiana. En toute franchise, je vous avoue que j'ai été fort surprise lorsque Mark m'a avertie de votre présence à ses côtés…

— Maman…

La mère de Mark balaie l'intervention de son fils d'un geste de la main. C'est cet instant que choisit le père de Mark pour nous rejoindre. L'ancien juriste, aussi charismatique que son fils, embrasse Mark et me salue d'un sourire chaleureux. Très bel homme, grand, mince et apprêté pour l'occasion, j'ai devant moi le parfait sosie de l'acteur Pierce Brosnan.

— Non, mais, il n'y a aucun souci, continue sa femme, indifférente à mon malaise face à cette famille splendide.

Croyez-moi, c'est juste que je pensais que Mark viendrait seul, comme toujours…

— Tatiana, tu es insupportable !

Nous sursautons à l'unisson sous le timbre autoritaire du maître de maison qui défie sa femme du regard.

— Oui ! Bon ! Pardon de m'intéresser à notre fils ! s'énerve-t-elle. Mais je suis sa mère quand même ! Pourquoi je suis toujours la dernière informée de ce genre de choses !

— Vous savez, c'est très récent nous deux ! avancé-je précipitamment.

Alors que les trois paires d'yeux me dévisagent surpris, j'entre dans la peau de mon personnage.

— Oui, continué-je en m'approchant de Mark, c'est notre première sortie officielle, en tant que couple. On n'en a parlé à personne, avant vous… Pas vrai, mon sucre d'orge ?

Sans réfléchir, je me hisse sur la pointe des pieds et pose ma bouche sur sa joue. C'est bizarre. Mon baiser se veut doux, furtif et confiant, mais le contact est suffisant pour mélanger mes tripes, mon estomac et tous mes organes vitaux. J'exagère à peine. Malgré tout, je conserve un air implacable.

L'Oscar de la meilleure actrice revient à… roulements de tambour… Princesse !

Passé la surprise, Mark se prête au jeu et m'adresse un sourire en coin en enroulant son bras autour de ma taille. Évidemment, ce rapprochement physique termine de griller les derniers neurones vivants de mon cerveau.

— Tout à fait. Maman, Papa, vous êtes les premiers au courant.

Punaise, ce qu'il sent bon !

Je me liquéfie sous sa main qui me tient fermement et consume mon flanc gauche. Perplexe, Tatiana nous toise l'un après l'autre.

— Quel curieux couple vous faites ! finit-elle par lâcher dans un demi-sourire. Posez vos manteaux dans le dressing et dépêchez-vous de nous rejoindre, nous venons tout juste de commencer !

Elle nous adresse un dernier regard suspicieux et entraîne son mari hilare dans le salon.

— Mon sucre d'orge ? ironise Mark en me libérant de sa prise.

Mon flanc gauche crie de frustration et un courant d'air froid me fait frissonner. Je dissimule mon trouble à l'aide d'une fausse indignation.

— Oui, excuse-moi, mais je m'échauffe ! Et puis, je m'apprête à jouer le rôle de ma vie avec une feuille d'aluminium sur la tête, alors je ne vois pas pourquoi je devrais être la seule à être ridicule ce soir !

Son regard s'assombrit et ses fossettes se creusent lentement. Alors que ma salive reste coincée dans le fond de ma gorge, il s'approche de moi et se penche à mon oreille.

— Si tu veux vraiment jouer le rôle de ta vie, évite les surnoms niaiseux…

Son souffle chaud ricoche sur la peau fine de mon cou et engendre une réaction immédiate sur les battements de mon cœur. Il est trop près. *Beaucoup trop près.* Appelez le 112, j'ai la gorge sèche, le cuir chevelu en feu et le bas-ventre en surchauffe.

— Et, la prochaine fois, vise mes lèvres.

CHAPITRE 16

Sur une échelle de 1 à 10, tu vaux au moins 11 ! (Lago)

— Seigneur, je viens d'avoir un orgasme !

Voici Léna. Première du nom Miller.

Sœur aînée de Mark et incontestablement chef d'État-major des armées dans une vie antérieure.

Actuellement en train d'engloutir un de mes cupcakes de Noël avec un plaisir non feint.

Faut dire qu'en plus d'une tonne de beurre salé et d'une rasade généreuse de glaçage au caramel, j'y ai mis tout mon cœur. Les gémissements de Léna n'échappent pas à la maîtresse de maison qui, de l'autre bout de la pièce, réprimande sévèrement sa fille d'un coup d'œil explicite. Si, malgré le salon rempli de beau monde, je frémis sous l'intensité du regard de Tatiana, Léna, de toute évidence, s'en contrefiche. La grande brune longiligne, copie conforme de son frère, canon cela va de soi, secoue la caissette en papier du cupcake englouti sous mon nez et me postillonne dessus, la bouche encore pleine.

— Non, mais sans déconner, je te vénère. En plus de supporter le sale caractère de mon frangin, tu cuisines comme une déesse. Mais où étais-tu cachée depuis tout ce temps ?

Je réajuste mon chapeau anti-belles-mères, *made by Anna*, et ris doucement.

— J'étais en hibernation à l'intérieur d'un drôle de chat atteint de flatulences intempestives.

Anna, qui me suit comme mon ombre depuis que j'ai passé le seuil du salon, se marre franchement. Elle est vraiment maligne, la bougresse ! C'est aussi la seule qui comprend ma blague. J'accepte la coupe que me tend Léna et lève mon verre en direction de Mark, occupé un peu plus loin à discuter avec un homme tout en ventre que j'imagine être le maire. Malgré le monde et l'effervescence de la soirée, je sens son regard m'engloutir tout entière. Il révèle un léger sourire à mon attention et, automatiquement, le rouge de mes joues s'intensifie.

La prochaine fois, vise mes lèvres…

— C'est quoi un orgasme, Princesse ?

Je manque de m'étouffer avec les bulles de mon champagne et reviens vers Anna qui attend que je lui réponde. C'est quoi cette question ? Et pourquoi elle me demande ça à moi, bordel ? Je risque un coup d'œil autour de nous afin de m'assurer que personne n'a entendu, quémande une aide silencieuse auprès de la tata traîtresse soudainement perdue dans la contemplation de son verre et réfléchis à deux fois avant de parler.

— Euh… alors, un orgasme, c'est un mot que les adultes utilisent pour exprimer une forte émotion.

La petite fronce les sourcils, visiblement insatisfaite de mes explications. Elle a raison, c'est nul.

— C'est un très grand moment de plaisir, ajouté-je tout bas en faisant bien attention au choix de mes mots.

— Vraiment énorme, surenchérit Léna sur un ton similaire au mien.

Soulagée de partager le fardeau avec elle, j'approuve d'un mouvement de tête.

— Oui. On peut même compléter qu'il arrive grâce à l'accumulation d'autres moments de plaisir.

Léna relève un sourcil et opine à son tour.

— Moins forts, les autres, rebondit-elle. Mais tout de même indispensables !

Oh ça, c'est certain ! J'écarquille les yeux et lève les mains au ciel.

— C'est clair ! Je dirais même que sans eux, il n'y a pas de *grand* moment de plaisir !

— Nous sommes d'accord ! Il faudrait expressément que certains explorent cette notion de *petits* plaisirs et prennent conscience que l'or… euh… le très grand plaisir, le vrai, l'unique, précise-t-elle le doigt en l'air, n'arrive pas sans un petit quelque chose avant !

Alléluia. Nos verres closent le débat en tintant joyeusement et nos sourires de connivence parlent pour nous. Léna jette un bref regard derrière son épaule et foudroie Pascal, son mari, occupé à servir son beau-père en vin et vraisemblablement à mille lieues de la discussion qui vient de l'impliquer sans équivoque.

— Il devrait peut-être goûter à l'un de tes cupcakes, ajoute-t-elle, songeuse.

Je retiens un rire et tourne mon attention vers Anna qui n'a pas perdu une miette de notre drôle d'échange. Elle nous dévisage longuement l'une et l'autre, puis enfourne un morceau de muffin à la myrtille dans sa bouche. Je ne sais pas si elle a compris grand-chose, mais elle semble se satisfaire de nos explications, ô combien abstraites, concernant l'ultime plaisir !

— Hop hop hop, lâche Léna à son attention, il est l'heure de rejoindre tes cousins et d'aller au lit, jeune fille !

J'embrasse l'enfant avant qu'elle ne s'éclipse avec sa tante et profite de ce petit moment de répit pour replacer les cupcakes survivants dans les différents plateaux et rendre le buffet plus présentable.

Non, je ne suis pas maniaque.

Juste perfectionniste.

Je suis ravie. Les invités semblent conquis par mes pâtisseries. Je souris bêtement devant les assiettes vides qui jadis contenaient mes minibûchettes aux marrons glacés. J'organise une étoile avec mes Bredeles marbrés à la cannelle et réalise un joli monticule, au centre, avec le reste de mes truffes chocolat-coco. *Pas mal.*

Fière de mon œuvre, je m'autorise à croquer dans l'une d'elles. *Perfection divine. Petit goût de paradis. C'est Noël avant l'heure.* J'en gémirais presque de plaisir si j'étais seule dans la pièce. Jamais je n'aurais pu espérer un tel succès un jour. J'ai déjà distribué la totalité de mes cartes de visite et pris plusieurs contacts avec quelques représentants d'entreprises présents aujourd'hui. Astrid a raison, il va peut-être falloir que je pense à embaucher si je ne veux pas être victime de mon succès.

— Mes parents ont réquisitionné un serveur. Tu n'es pas censée travailler, ce soir…

Je frémis, malgré moi, au timbre familier et au souffle chaud qui frôle ma nuque. Après les présentations formelles et une mise en scène plus ou moins hasardeuse, nous avons très vite été séparés. Apparemment très attendu, l'avocat a dû répondre à de nombreuses sollicitations, et ce, sous la coupe de Madame Miller. Maintenant qu'il se tient près de moi et que son regard me percute, une étrange sensation m'envahit. Je chasse rapidement ce drôle de ressenti de mon esprit, souris et lui tends une truffe sur un morceau de papier.

— En théorie, si. Je te rappelle que je suis là pour représenter mon entreprise qui, je te cite, est en pleine croissance. Tu n'es pas allergique à la coco au moins ?

Il secoue la tête sans me lâcher des yeux et enfourne la truffe entière dans sa bouche. J'en oublie de fermer la mienne. Alors que lui ne se retient pas pour gémir, des pensées libidineuses s'incrustent dans mon esprit pervers. Ce son rauque, brut et sauvage… il est hypersexy. Sans réfléchir, j'ôte la poudre de coco qui s'est invitée sur sa commissure et porte mon doigt à mes lèvres.

La coco, c'est encore meilleur avec un peu de lui.

Il déglutit lentement alors que son regard anthracite suit le mouvement de mon index et se fixe sur ma bouche. Je prends conscience de mon geste quand la teinte de ses iris s'assombrit et qu'il s'apprête à me dire quelque chose.

— Mark ! Te voilà ! intervient sa mère, survoltée. Excusez-moi, Princesse, je vous l'enlève un petit instant… Mark, il faut vraiment que je te présente monsieur Samoussa. Sa femme vient de le quitter, je pense qu'il va avoir besoin d'un excellent avocat !

Sans me lâcher des yeux, Mark se laisse entraîner par sa mère et disparaît de mon champ de vision. Le corps en feu, je plaque un sourire factice sur mon visage et vide le contenu de ma coupe d'une traite.

Ouf ! Il fait chaud !

CHAPITRE 17

C'est ma langue qui a fourché, gracieuse majesté (Triste Sire)

Il faut que je m'occupe les mains et l'esprit. Le serveur étant trop concentré sur les coupes vides des invités, je décide de l'aider un peu. Un petit coup de pouce n'est pas considéré comme du travail. Je ramasse les verrines usagées sur un plateau et me dirige vers la cuisine. Mais je ralentis ma course lorsque je repère Mark, au milieu d'un groupe de personnes en costume, en train de discuter avec la jeune femme qui se trouve à ses côtés. *Et qui n'a visiblement pas une tête à s'appeler Samoussa*… Encore une blonde. Encore un canon qui le bouffe des yeux et multiplie les moues aguicheuses.

Il plaît beaucoup, c'est indéniable. Il suffit d'observer la communauté féminine qui lui colle au train depuis le début de la soirée, et ce malgré le fait qu'il est accompagné. C'est vrai qu'avec son mètre quatre-vingt-dix, sa carrure athlétique, ses cheveux souples et son regard électrique qui ferait fondre toute la neige de la station et toutes les petites culottes environnantes, il est impossible de rester indifférente. Même si je sais que c'est du vent et que c'est uniquement pour ce soir, je me gargarise intérieurement d'être l'élue. Celle qui a conquis son cœur et qui mérite la place à ses côtés.

Ce n'est pas un vrai rencard, Princesse. Tu n'es qu'un alibi.

Merci, voix de la raison ! L'agacement prend le dessus. J'ai vingt-six ans. Je n'ai plus l'âge de me comporter comme une ado excitée par la version française de Superman. Et puis, je n'ai pas du tout envie de m'aventurer dans les eaux troubles de Mister prise de tête, aussi canon soit-il. C'est un piège et je ne tomberai pas dedans. Je suis plus forte que mes hormones. J'ai déjà donné dans l'amour à sens unique. Le prochain, si prochain il y a, sera sur la même longueur d'onde que moi. Il ne cachera aucun secret tordu et surtout, il ne sera pas spécialisé dans le cycle de la vie !

Forte de cette belle résolution, je m'apprête à tracer ma route vers la cuisine, mais un nouvel éclat de rire pique ma curiosité. C'est plus fort que moi, j'évalue de loin la petite cour du roi et dévie un peu de trajectoire, pour espionner.

— Maître Miller, je ne vous ai pas encore présenté ma fille, affirme l'homme grassouillet qui n'est autre que le maire. Voici Rose, elle étudie le droit également.

La jolie blonde, à la silhouette mise en valeur par une robe vert émeraude très ajustée, lui sourit à pleines dents. Je lâche un petit rire mauvais. *Elle est tellement prévisible que c'en est presque drôle !* Sous l'œil conquis de son père, elle se présente dans les formes.

— J'ai choisi l'urbanisme comme spécialisation.

Mark me tourne le dos, pourtant je l'imagine sourire.

— Bon choix. Même si le droit public est un domaine que je connais peu.

Elle lui touche le bras. Je plisse les yeux et zoome sur sa main manucurée qui marque son territoire, l'air de rien.

— Oui, il est à l'antipode du droit privé que vous maîtrisez parfaitement… Votre nom est souvent évoqué sur les bancs de la fac.

C'est ça, brosse-le dans le sens du poil… Si tu crois qu'il va te manger dans le creux de la main, tu te trompes, fillette.

Il est avec moi. Enfin… je me comprends. *Et puis, il ne te tutoie pas, toi !*

Le maire intervient.

— Rose cherche un stage de fin d'études pour le trimestre prochain. Elle est une excellente élève et a terminé major de promo l'an dernier. Peut-être avez-vous, dans votre réseau, un confrère susceptible de l'accueillir ?

— Eh bien, pour être honnête, je n'ai pas pour habitude de recommander des personnes que je ne connais pas…

— Mark sera ravi de vous rendre ce service ! Vous pourriez passer en fin de matinée déposer votre C.V. et pourquoi pas rester pour déjeuner ?

Tous les yeux convergent vers Tatiana qui s'incruste dans la conversation avec ses grands sourires et son envie d'élargir son réseau. Bah voyons ! Je l'aimais bien, mais là, elle vient de descendre tout en bas de ma liste de personnes à estimer. Elle peut toujours courir pour que je lui file ma recette de Bredeles… Elle a oublié ma présence ? Je suis qui, moi ? La potiche de service ? N'ai-je pas mon mot à dire en tant que *petite amie* ? Après tout, si Mark m'a demandé de l'accompagner, c'est pour éviter de se retrouver dans ce genre de posture…

Armée d'une audace que je ne me connais pas, je pose mon plateau sur la première table venue, lisse ma robe et avance d'un pas décidé vers le groupe. Je n'ai aucune idée de ce que je vais dire ni faire, mais il est hors de question que je passe pour la petite amie que l'on laisse dans un coin. RIP Johnny Castle, Princesse est dans la place.

— Heyyy, te voilà, mon macaron…

Bon, j'aurais pu trouver un surnom moins niaiseux, mais le regard égaré de l'autre blonde et la main qu'elle retire vivement galvanisent mon ego. Je pousse le vice en plongeant mes doigts dans les cheveux de Mark qui semble avoir perdu sa capacité d'élocution et, cette fois, je vise les lèvres.

Le chalet s'immerge dans le noir. Dans le silence aussi. Encore un problème de fusible ? Non. Je crois que je viens de faire sauter le bouton central de mon esprit rationnel. Le velours de sa bouche répond à mon audace et emprisonne mes bonnes résolutions d'une pression instinctive, presque sauvage. La tête me tourne, mes jambes flanchent et mon souffle se bloque. Machinalement, de manière un peu animale, je referme les doigts sur sa nuque, dans ses cheveux qui, je confirme, sont incroyablement doux. Ses mains prennent possession de ma taille et attirent mon buste contre lui. Merde. Et remerde. Alors que nos lèvres se découvrent et que nos corps fusionnent, je réalise une chose essentielle… Un baiser de Maître Miller c'est comme la pâtisserie, c'est addictif.

Dans les méandres de la luxure, un son sourd, presque inaudible, fait écho. Un subtil raclement de gorge qui nous ramène dans la lumière et le brouhaha ambiant. Nos bouches se séparent, Mark relève la tête et l'environnement se précise. Nos regards hébétés se perdent un instant l'un dans l'autre et mon cœur, ce traître, s'adonne librement à des exercices de style. Ses yeux paraissent plus sombres, d'un gris presque noir et ses fossettes semblent s'être volatilisées en cours de route.

C'était quoi, ça ?!

Voilà ce que je lis dans ses iris couleur typhon.

Puis,

Bien joué ! Ma mère va se calmer et la blonde au gros pif arrêtera de me tripoter le bras.

Et enfin,

Tu embrasses comme une déesse, épouse-moi. Sur-le-champ.

Bon, OK. J'affabule un peu. Mais j'aime à croire que je ne suis pas trop loin de la vérité.

Je souris béatement, les joues grenat et les jambes en coton. Bien évidemment, je détourne rapidement le regard de lui, au risque de perdre l'Oscar de la meilleure actrice, et force ma concentration sur le timbre de ma voix.

— Et donc, tu ne me présentes pas ?

Je ne retiens aucun nom et les autres pourraient tout aussi bien se mettre à poil, je continuerais à hocher la tête, l'air franchement concerné. Avec cette impression d'avoir le visage qui clignote, je donne le change en affichant un sourire factice. Je jubile tandis la blonde se perd dans la contemplation du parquet et que personne ne paraît remarquer l'imposture. Tatiana, elle, me dévisage avec insistance. De son côté, Mark présente un flegme impassible et un naturel digne également d'un grand acteur. Enfin, je l'imagine vu que je me refuse à croiser son regard. Sa main semble greffée sur ma taille si bien que je suis obligée de me concentrer sur ma respiration pour ne pas qu'il soupçonne le boxon qui est en train de me remuer de l'intérieur. J'accepte volontiers la nouvelle coupe de champagne qui se matérialise devant moi et livre une bataille mentale pour ne pas la vider d'une traite.

— Je me demande quelque chose… Princesse, c'est votre vrai prénom ?

La question du maire tombe à pic. Elle me permet de reprendre un semblant de rationalité et de penser à autre chose qu'à la bouche de Mark sur la mienne.

— Euh… oui, je sais, c'est un peu étrange. J'ai subi de nombreuses moqueries à l'école. Encore actuellement, les gens me regardent comme si je leur racontais une blague Carambar… Ou ils attendent une explication d'ordre étymologique, psychique ou un truc dans ce genre. Quelque chose qui justifierait la signification de ce prénom atypique. C'est ma mère qui me l'a donné juste après m'avoir donné la vie et un peu avant de perdre la sienne. C'est la seule chose qu'il me reste d'elle. Alors, je le porte fièrement, même s'il peut paraître ridicule, absurde ou trop gentillet. C'est le mien.

Je repense à Thomas qui préférait m'appeler Princy, prétextant que ce surnom me convenait mieux. Jusqu'alors, j'ai toujours imaginé qu'il n'aimait pas mon prénom. Qu'il était un peu juvénile et peu adéquat pour une fille de mon âge. Parfois, lorsqu'il me susurrait Princy au creux de l'oreille, j'en venais à me convaincre qu'il avait raison…

Mark accentue légèrement la pression de sa main.

— Moi, je trouve qu'il te va bien.

Je sais que c'est du vent. Je sais qu'il fait comme moi, qu'il fait *comme si* et qu'il se prête au jeu du couple amoureux devant le monde qui nous observe. Pourtant, dans le creux de son bras, je ne me suis jamais sentie aussi femme qu'en cet instant. Je lève mon visage vers lui et croise le gris sombre de ses yeux qui me scrutent avec gravité. Je le remercie d'un timide sourire, parce que je suis bien incapable de sortir un son correct de ma bouche et aussi parce que, mis à part mon père, personne ne m'a jamais complimentée sur mon prénom.

— Mark, j'imagine que tu comptes emmener ta petite amie skier demain ?

Mon visage se crispe et Mark toise sa mère sévèrement.

— Le mieux serait de lui demander directement.

Les yeux de Tatiana s'agrandissent et se dirigent vers moi.

— Vous restez encore un peu, Princesse ?

— Eh bien… J'ai énormément de commandes à honorer avant Noël et les quinze jours qui suivent ne vont pas me laisser beaucoup de temps pour les loisirs…

— Raison de plus pour tirer pleinement avantage du week-end ! La neige est excellente en ce moment, ce serait dommage de ne pas en profiter !

Elle s'approche de moi, pose sa main sur mon bras et affiche un air de connivence.

— Et vous verrez, la chambre d'amis est un vrai petit nid d'amour !

CHAPITRE 18

J'y vais, mais j'ai peur ! (Les bronzés font du ski, Nathalie Morin)

— Les serviettes de toilette sont dans la grande armoire de la salle de bains… Oh, et si vous avez trop chaud cette nuit, n'hésitez pas à baisser le chauffage sur le thermostat trois… Je vous ai laissé une bouteille d'eau sur votre table de chevet, l'air est sec dans le chalet, vous aurez sûrement soif…

Je souris à Tatiana, mais je n'en mène pas large. Je pense que je n'ai pas assez bu pour passer la nuit, l'air de rien, dans le même lit que mon faux petit ami incroyablement sexy. Pourquoi ai-je accepté de rester jusqu'à demain ? Peut-être parce que je me suis sentie piégée, prise à mon propre jeu ? Et que je n'ai pas eu le courage de dire non au regard inquisiteur de la maîtresse de maison.

Mais maintenant qu'elle s'affaire dans la chambre, je fixe maladivement le grand lit double. L'angoisse de me retrouver seule, dans le noir, avec le beau brun, me tord le ventre. Je n'ai ni pyjama ni brosse à dents et pire… j'ai encore mes règles. Pour couronner le tout, la scène du baiser ne cesse de tourner en boucle dans mon cerveau.

— C'est bon ? Vous n'avez besoin de rien d'autre ?

Je secoue la tête et souris laborieusement à Tatiana.

— Ça va. Je vous remercie vraiment de m'accueillir ce week-end.

Elle me sourit chaleureusement en retour.

— Je vous en prie, Princesse. Nous sommes ravis de vous avoir avec nous. J'ai hâte de faire plus ample connaissance demain. Vous savez, ajoute-t-elle sur le ton de la confidence, je commençais à croire que Mark ne…

Les bruits de pas dans le couloir interrompent Tatiana qui revêt un masque plus formel.

— Bonne nuit, Princesse.

— Merci. À vous aussi.

— Bonne nuit, chouchou, lance-t-elle à Mark quand ils se croisent sur le seuil de la chambre.

Je pouffe devant la mine contrite de l'avocat qui se laisse embrasser par sa mère.

— Je vais aller voir Anna, elle ne dort toujours pas, précise-t-elle

— Pas la peine, j'en reviens. Je voulais lui expliquer de vive voix que Princesse restait dormir ici cette nuit… avec moi.

À ces mots, je vire au rouge écrevisse et me tasse sur moi-même avec la volonté farouche de disparaître dans le plancher.

— Oh ! C'est vraiment très récent vous deux, alors ? s'enquiert Tatiana dans un sourire mutin.

Je meurs sur-le-champ tandis que Mark lui répond, l'air de rien.

— Oui, maman. Aussi j'aimerais que Léna et toi ne posiez pas de questions indiscrètes à ma fille qui n'a pas encore compris la nature exacte de notre relation et qui la découvre en même temps que vous. Tu sais bien que je ne veux pas la brusquer.

En écoutant ses consignes claires et simples au sujet de sa fille, je ne peux m'empêcher de faire un lien avec ma propre éducation. J'ai toujours été la priorité de mon père… Enfin, jusqu'à Lise.

— Bien sûr! approuve Tatiana en me ramenant dans cette chambre. Je te laisse le soin de lui expliquer les choses de la vie avec tes propres mots. Bonne nuit, chouchou!

Elle m'adresse un clin d'œil que j'interprète comme étant un «éclatez-vous bien, les jeunes» et quitte la pièce.

— Ne ris pas, intime-t-il tout bas.

— Oh non, je n'oserais pas… chouchou!

Il soupire de résignation alors que je repars dans un ricanement sonore.

— Quand tu auras fini de te moquer, peut-être pourrions-nous envisager de dormir un peu?

Sa réplique a le mérite de me calmer. Si je ne cesse de penser à notre baiser, lui, visiblement, est passé à autre chose. S'il y arrive, alors pourquoi pas moi? Je pointe ma robe du doigt.

— Tu n'as pas un pyjama ou un grand tee-shirt à me prêter?

Après quelques secondes de flottement où son regard consume progressivement ma silhouette, il me tend un paquet de linge plié qu'il sort de son sac.

— Tiens, mets ça. J'espère que cela te conviendra. La salle de bains est au bout du couloir, tu trouveras…

— Des serviettes de toilette dans la grande armoire, complété-je en quittant la pièce.

Je fanfaronne, mais au fond de moi, j'appréhende la nuit à venir. Je sais bien que c'est pour faire semblant, pour donner le change devant sa famille, mais cela ne m'empêche pas de ressentir une profonde attirance pour lui. J'ai peur de mes réactions, peur qu'il lise en moi comme dans un livre ouvert, qu'il découvre que je ne fais peut-être pas si semblant que ça finalement… Je l'ai vu ce soir : un homme comme lui n'a rien à faire avec une femme comme moi. Je ne suis ni la fille du maire, ni l'elfe blond, et encore moins sa petite amie. Et puis, il me l'a clairement dit, il ne croit pas aux relations longue durée.

Une fois dans la salle de bains, je me démaquille, change ce qu'il faut changer, fais un brin de toilette, pique du dentifrice et je me brosse les dents avec le doigt, deux fois. Puis, j'enfile le tee-shirt blanc de Mark. Le nez dans le col, je tente de capter son parfum par-delà l'odeur de lessive. Imagination fertile ou simple intuition, il se précise dans mes narines et immédiatement la scène du baiser revient puissance mille. Je me revois dans ses bras, goûtant ses lèvres avec délectation et volupté. Une vive bouffée de chaleur me saisit. *Fichues hormones !*

Bien que le vêtement soit trop grand, trop large et trop long, je me sens nue. Je passe le short de sport qu'il m'a fourni par-dessus ma culotte, noue le cordon de l'élastique à fond afin qu'il tienne sur mes hanches et me reluque dans le miroir. Je suis ridicule. J'ai envie de chialer tellement je suis moche. J'étais plus engageante dans ma petite robe moulante… Pourquoi dans les films, les filles sont super sexy au naturel avec les fringues de leur mec ? Pourquoi moi je ressemble à une gamine de dix ans ? Même en ramenant mes cheveux sur le côté, même en relevant un peu le short ou en ajustant le tee-shirt, mon reflet demeure pitoyable. Mes jambes bien que toniques me paraissent trop fines, ma peau est trop blanche et je nage littéralement dans les vêtements de Mark. Mes épaules s'affaissent et, après un dernier regard dépité dans la glace, je rejoins la chambre. Après tout, nous allons juste dormir. Non ? Et puis, je dois le reconnaître, ses fringues ne sont pas *seulement* douillettes, elles sont *aussi* en coton bio. Deux points en plus pour Mark Miller. Avant d'entrer dans la pièce, j'inspire un bon coup, blouse un peu le tee-shirt et affiche un visage aussi neutre que possible. *C'est parti pour une nuit de folie !* Vous la sentez l'ironie ?

Mark s'est également changé. Il a troqué ses sempiternels costumes contre une tenue moins couvrante, qui passerait pour confortable chez une personne lambda, mais qui s'avère être carrément démente sur lui. Tee-shirt noir, certainement de la même marque que le mien (sauf que sur lui, c'est super sexy) et bas de survêtement gris, qui je pense a été taillé sur mesure pour lui. Déstabilisée par la perfection au masculin qui se tient devant moi, je me compose un nouveau visage neutre.

— Je suis désolée, je t'ai pris ton pyjama ?

— Non, pas du tout. D'habitude, je dors sans rien.

Je m'apprête à rire, parce que forcément il plaisante, mais je m'arrête net devant son air sérieux.

— Ah.

Oui. Ah. Mes neurones grillent les uns après les autres lorsque mon regard s'attarde juste deux secondes sur ses cuisses puissantes et musclées mises en valeur dans son bas. Ah. C'est tout ce que je suis en capacité de dire. Ça et…

— Tu dors de quel côté ?

Il se frotte la nuque et vise le lit.

— Je n'ai pas vraiment de côté… Prends celui que tu veux. Ça m'est égal.

Je me dirige vers le sommier aussi dignement que ma tenue me le permet et m'installe à gauche. Non pas parce que c'est mon côté de lit, mais parce que c'est celui que j'atteins le plus vite. Je me jette sous la couette, me cale rapidement et referme l'enveloppe sur mon corps. Tatiana avait raison, cette chambre est un vrai petit nid d'amour. Le matelas est très confortable et les oreillers bien moelleux. Mark s'éclipse à son tour dans la salle de bains. Emmitouflée dans les draps aux senteurs de lavande, je fixe le plafond et rembobine mentalement le fil de la soirée.

Quand il revient, j'en suis à l'épisode où mon disjoncteur principal a sauté (oui, je l'aime bien celui-ci). J'évite de le reluquer pendant qu'il traverse la chambre et qu'il s'installe de l'autre côté du lit. Son odeur mélangée à celle mentholée du dentifrice embaume l'espace qui nous sépare et ravive de trop récents souvenirs.

— Écoute, Princesse, commence-t-il tout bas, merci de rester encore un peu et de te prêter au jeu. Tu es d'une efficacité redoutable !

Il sourit insolemment et, moi, j'ai envie de me désintégrer dans les draps. Je me racle la gorge en espérant chasser le boulet dans ma trachée et fixe le plafond.

— N'est-ce pas ? J'envisage de me reconvertir dans le cinéma…

Il ne répond pas, mais je sens le poids de son regard posé sur moi. Puis, il s'allonge sur le dos et passe un bras derrière sa tête.

— J'imagine que tu dois me trouver ridicule de simuler une relation amoureuse devant ma famille… Mais, je t'avoue qu'en ce moment, je n'ai franchement pas de temps à perdre dans une quelconque histoire futile et source d'emmerdes.

J'ose un coup d'œil dans sa direction. Même s'il est impressionnant, qu'il respire la testostérone à l'état pur et qu'il prend toute la couette, sa confession me laisse perplexe. Je fais abstraction de notre proximité et me cale sur l'oreiller.

— Tu n'es pas ridicule. Maintenant que je connais ta mère, je comprends un peu mieux ton besoin de mettre les choses au clair. Néanmoins, je n'ai pas la même définition du mot « futile » que toi et toutes les histoires d'amour ne sont pas sources d'emmerdes…

Il tourne le visage vers moi et serre les lèvres.

— Tu m'as l'air d'être quelqu'un de sensé, pourtant. Tu crois toujours à l'amour chamallow, malgré ta propre expérience ?

Même s'il chuchote, son ton est ironique. J'apprécie moyennement.

— J'ai envie d'y croire ! m'écrié-je tout bas en redressant la tête. Tu as eu un enfant avec quelqu'un ! Donner la vie est infiniment plus puissant que le mariage, selon moi. J'imagine que tu as espéré, à un moment ou à un autre, que votre amour serait indestructible !

Son visage se durcit.

— Touché, admet-il. Mais il y a une différence entre ce que l'on souhaite et les aléas que la vie place sur votre chemin. À savoir la folie, les accidents ou les belles-mères démoniaques, dans ton cas…

— Alors quoi, on met ses désirs de côté sous prétexte qu'un potentiel malheur va nous tomber dessus ?

Il reste silencieux.

— Tu veux que je te dise ? continué-je en chuchotant. Malgré ce qu'il m'a fait subir, je ne regrette rien. Ces instants de bonheur à deux, ces moments de partage… tout n'était pas faux avec Thomas. Je le sais au fond de moi. Je sais que l'amour existe. Prends-moi pour une folle, tu ne changeras pas ma façon de penser.

— Tu as raison, affirme-t-il à peine plus haut que moi. Tu es complètement barrée. Le gars te trompe avec ta belle-mère et tu parles d'amour!

Je vois rouge et lutte pour ne pas hausser le ton.

— Tu n'as rien compris, ou tu ne veux pas comprendre. Peut-être que tu devrais desserrer un peu plus ta cravate au quotidien, ça irriguerait mieux ton cerveau!

Il éclate d'un rire sarcastique qui me donne des envies de meurtre.

— On se calme! Soit ton tampon absorbe toute ta matière grise, soit tu as l'alcool mauvais.

C'est possible de tuer quelqu'un par la seule force du regard? Parce que là, tout de suite, je le finis à coups de pioche.

— Non, mais tu es vraiment sans filtres, toi! Je ne suis pas sous l'empire de l'alcool, je connais parfaitement mes limites. Alors, je te prierais de garder tes réflexions pour toi sinon, je te laisse te dépatouiller tout seul avec Madame *je veux me spécialiser en droit de l'urbanisme*.

Son sourire se fige.

— Attends… tu as entendu la conversation?

Le sang déserte mon visage.

— Attends… Comment sais-tu pour le tampon?

CHAPITRE 19

Aventurez-vous en dehors de votre zone de confort ! (Raiponce)

Mon père me disait toujours qu'il ne fallait jamais s'endormir contrariée, car la nuit, loin de porter conseil, ne faisait que renforcer les émotions négatives.

Chose, dans mon cas, qui ne saurait se vérifier, car je n'ai pas fermé l'œil de toute la nuit. Trop occupée à cogiter sur ma maladresse légendaire, sur le manque de tact de mon voisin et aussi, je l'admets, sur son parfum enivrant. Je me suis retournée dans tous les sens, oscillant entre le désir de le secouer pour lui avouer que, finalement, mon côté du lit c'est le droit, l'envie suicidaire de me blottir dans ses bras et celle de revenir sur le quiproquo de notre échange surréaliste à propos de cette sanglante histoire de tampon. Parce qu'après la relecture discrète de nos précédents échanges par textos, j'ai eu la confirmation que je ne savais décidément pas mentir et que j'étais bidon niveau glamour. Ceci étant dit, retenez bien que l'histoire du nœud dans le foulard pour retrouver les objets perdus est vraie ! Bref, tandis que j'ai cogité et que je me suis autoflagellée, Mark, lui, n'a pas bougé d'un iota. Je sais qu'il n'a pas beaucoup dormi non plus, aux soupirs prononcés qu'il a lâchés plusieurs fois dans la nuit. On a souffert, en silence, chacun de notre côté. Pathétique. J'ai même failli lui proposer un scrabble dans ma case, pour plaisanter, mais me suis ravisée, rancunière et pas certaine qu'il soit sensible à l'humour des Bronzés. Ni à l'humour tout court d'ailleurs. Si bien qu'aux premières lueurs de l'aube, lorsque les timides rayons du soleil percent à travers les rideaux épais de la chambre, je réalise avec humeur que je suis décalquée. Je constate aussi que le lit ressemble, à s'y méprendre, à une scène d'après amour torride avec les draps froissés, la couette à l'envers et les coussins au sol. Sauf que je demeure toujours vierge de presque douze mois d'abstinence.

La faible lumière me permet de reluquer sans complexe l'homme qui semble avoir lâché les armes à côté de moi. Allongé sur le côté, face à moi, le visage à moitié enfoui dans l'oreiller, il paraît beaucoup plus jeune tout à coup. Je détaille ses paupières closes bordées de cils épais, ses traits détendus, ses cheveux en vrac et son torse qui se soulève à un rythme constant. J'inspecte ses lèvres tentatrices et sensuelles qui ont laissé des traces indélébiles sur les miennes. Pourquoi faut-il qu'il soit aussi attirant ? Pourquoi suis-je toujours aimantée par des hommes compliqués ?

Sa présence, son souffle régulier et l'aura charismatique qu'il diffuse, apaisent mes tourments. Je soupire profondément. Je l'imagine, un instant, ouvrir les yeux, me sourire langoureusement, m'attirer à lui, me serrer fort et me murmurer des mots tendres. Les paupières lourdes de fatigue, je m'approche doucement de son corps chaud, en veillant à ne pas le toucher, et laisse sa sérénité se diffuser en moi. Puis, ce traître de marchand de sable se décide enfin à me jeter une belle palanquée de granulés dans la tronche, car je m'endors instantanément.

Ce sont des cris joyeux d'enfants qui me tirent laborieusement du sommeil. Je mets plusieurs minutes avant de repositionner correctement les composants de mon cerveau et de comprendre où je me trouve. Et puis, tout revient. La soirée chez les Miller, les échanges avec Monsieur bipolaire, le baiser et cette nuit chaotique. D'un coup d'œil circulaire, je réalise que le lit est vide et que, de toute évidence, j'ai récupéré le côté droit. À contrecœur, je m'extrais de la chaleur de la couette et tire les rideaux afin de laisser entrer la lumière du jour.

Je bloque un long moment devant la fenêtre qui m'offre un paysage de carte postale. Hier, quand nous sommes arrivés, il faisait nuit. Aussi, ce matin, je découvre avec émerveillement le panorama grandiose qui m'entoure. Une forêt gigantesque d'arbres blancs borde les sommets des montagnes qui surplombent le chalet de toute leur hauteur. Le contraste entre le ciel bleu et la neige immaculée des pentes est saisissant. Au loin, quelques skieurs s'aventurent avec dextérité sur les pistes encore vierges de tout passage. J'ouvre le volet afin de respirer l'air frais de la montagne, avance sur le petit balcon couvert et profite pleinement de l'instant. En contrebas, Anna et ses jeunes cousins s'adonnent avec un plaisir non feint aux joies de la luge. Leurs rires et leur bonne humeur sont communicatifs. Visiblement, le fait que je dorme avec son père ne l'interroge pas plus que ça. Tant mieux ! Je n'ai qu'une envie, les rejoindre et participer à leur bataille de boules de neige.

Je me faufile dans la chambre et m'immobilise net devant l'homme en jean-tee-shirt, fraîchement lavé, qui affiche un air aussi surpris que moi. Une pile de vêtements dans les bras, Mark est tout simplement canon. *Finalement, ce n'est pas le costume, c'est le mec.* Il pose le linge sur le bord du lit et enfonce les mains dans ses poches avant, visiblement mal à l'aise.

— Léna m'a donné ça pour toi… Bien dormi ?

— Pas tellement, avoué-je en tirant discrètement sur mon tee-shirt dans l'espoir de paraître moins chiffonnée. Je voulais m'excuser pour hier soir. Je me suis peut-être un peu laissé emporter…

— Non, c'est moi, coupe-t-il. Ta vie privée ne me regarde pas. Je te l'ai déjà dit, je ne suis pas très doué en relations humaines… Ma sœur pense que je suis une cause perdue.

Je souris et saisis la perche au vol.

— Ton aînée est pleine de sagesse ! Mais tu peux être charmant quand tu te concentres.

En plus d'embrasser comme un dieu…

Il se marre.

— Charmant n'est pas un qualificatif qui me caractérise. Mais je vais essayer de me concentrer plus souvent.

Les fossettes et les yeux rieurs sont de retour. Mon cœur explose.

Fait chier.

Je replace mon bonnet sur ma tête, époussette la neige qui macule ma combinaison, et vise avec accablement la pente abrupte que je suis censée descendre. Je soupire de dépit. Plus bas, Léna et Pascal attendent que nous les rejoignions. Ils risquent de patienter longtemps, à peine décollée du télésiège, j'ai déjà les fesses à terre.

Avec souplesse, Mark ramasse un de mes bâtons échoués plus haut et freine ses skis à côté de moi. La classe à l'état brut.

— Tout va bien ?

— Oui ! Je gère…

Il fronce les sourcils et me tend sa main gantée.

— Rassure-moi… As-tu chaussé, au moins une fois, des skis ?

J'affiche un sourire crispé et tire sur son bras pour me relever.

— Bien sûr ! Quand j'avais 10 ans…

— Bon sang, Princesse ! Tu aurais dû me le dire ! Je ne t'aurais pas emmenée sur une piste rouge !

En équilibre précaire, je manque de tomber, encore. C'est sûr, je ne m'en sortirai pas vivante. Je ne vois qu'une solution. Descendre la pente sur les fesses. *Quitte à y passer la journée !* Je lâche sa main et tente de me rasseoir.

— Pars devant ! Je te rejoins !

Il retient mon mouvement avant que je ne touche le sol et me maintient debout.

— Tu plaisantes ? gronde-t-il. Il est hors de question que je te laisse ici toute seule !

— Mais non, ce n'est rien ! Tu ne vas pas te priver de skier à cause de moi ! Je te dis que ça va aller… Je suis bien, là ! Il fait beau, je fais le plein d'air frais et si je me mets sur le bas-côté, peut-être bien que je croiserai une petite marmotte toute mignonne…

Ma plaisanterie ne le fait pas rire. Il me dévisage gravement.

— Elles sont en hibernation, les marmottes… Bon, écoute, voilà ce qu'on va faire. Je vais passer devant et tu vas suivre mes traces.

Non, mais il n'est pas sérieux ?

Prise de panique, je secoue la tête énergiquement de gauche à droite. Il attrape mon visage entre ses mains (ou plutôt entre ses gants) et m'oblige à fixer mon attention sur lui. Si je n'étais pas complètement flippée à l'idée de descendre cette maudite piste, le magnéto de mon esprit fantasque zoomerait, en gros plan, sur le nouveau baiser passionné qu'il me délivrerait et qui clôturerait en beauté la scène deux du chapitre dix-neuf… Mais, visiblement, la bande est déréglée et la pente s'incline diaboliquement sous mes yeux.

— Tu peux le faire, affirme-t-il avec conviction.

Enfin, c'est ce que je lis sur ses lèvres. Je n'entends rien à cause des gants. Mon regard remonte dans le gris de ses iris et se perd à nouveau dans un film romantique, où je suis l'héroïne principale. Je ne sais vraiment pas de quoi il parle. Je ne suis pas certaine non plus que le tremblement de mes jambes soit uniquement dû à cette satanée piste rouge. *Est-ce que ses lèvres ont le même goût qu'hier ?*

Au loin, Pascal et Léna nous hèlent impatiemment.

— Hey, les amoureux ! Y a des chambres d'hôtel pour ça ! s'époumone la grande brune.

Il est certain que de là où ils sont, notre proximité et mon air égaré prêtent sûrement à confusion. Hermétique à l'humour de sa frangine, Mark leur adresse un signe de la main et élève la voix.

— Avancez ! On se retrouve au chalet !

En moins de deux, voire trois, virages, ils disparaissent de notre champ de vision et nous laissent seuls sur cette piste de la mort qui se dessine sournoisement devant mes yeux. C'est certain, je ne finirai pas l'année vivante. Mes cuisses tremblent de plus belle et ma supplication peine à franchir le seuil de ma bouche.

— Mark… je t'assure que je ne peux pas descendre. Ce n'est pas une blague, c'est vraiment trop pentu pour moi.

— La neige est bonne, insiste-t-il. Je te promets que tu vas y arriver si tu fais exactement ce que je te dis.

Je risque un nouveau coup d'œil vers la piste et déglutis. Je n'ai pas beaucoup de choix.

— Ne promets pas des choses dont tu n'es pas sûr…

— Je ne fais jamais de promesses en l'air, Princesse. Fais-moi confiance, je ne te lâche pas.

CHAPITRE 20

Un dé à coudre, rien de plus (Wendy)

Il avait raison d'être sûr. Je l'ai descendue, cette piste. J'ai mis plus de trois heures, j'ai passé plus de temps à me relever qu'à glisser, mais je l'ai fait. J'ai aussi traversé tout un panel d'émotions assez variées… *L'appréhension, la honte, la peur panique, la folie, l'hystérie, la frustration, les larmes refoulées…* Bref, sur cette piste rouge, Mark a pu découvrir plusieurs facettes de ma personnalité et, croyez-moi, ces dernières n'étaient pas les meilleures.

Malgré tout, il n'a rien lâché. Armé d'une patience que je qualifierais d'extraterrestre, il m'a guidée, supportée, écoutée brailler, conseillée et a choisi avec minutie les petits talus garnis de neige plus épaisse pour mes chutes inévitables. Si ma dignité s'est fait la malle avec mon self-control et que mes fesses porteront quelque temps les marques de la piste maudite, j'en suis tout de même ressortie en un seul morceau. *Et j'en suis fière !*

En fin de matinée, nous arrivons au chalet. Je laisse échapper un soupir intense de soulagement dès lors que je retire mes lourdes chaussures de la mort et enfile des bottes moelleuses. Dans l'étroit cabanon des Miller, Mark range nos skis et fait sécher le matériel. Avachie sur le petit banc en bois brut, je l'observe, amorphe, et tente de récupérer un semblant de rythme cardiaque.

— Tu peux être fière de toi, me félicite-t-il. Tu es la première personne que je vois descendre une piste rouge à reculons.

Je n'ai même plus la force de rire. Je soupire et retire mon bonnet trempé.

— Il faut bien un début à tout… Tu m'as tuée, je suis H.S.

Il crochète les bâtons au mur et se plante devant moi.

— Je suis désolé. Je ne t'aurais jamais emmenée sur une piste aussi abrupte si j'avais su que tu n'avais jamais skié. Mais je tenais à te montrer la vue de ce versant de la montagne qui est sensationnelle. J'espère que tu ne m'en veux pas trop.

Sa culpabilité et son sourire redoutable éradiquent les dernières heures. Ils engendrent aussi l'accélération de mon pouls. J'étire mes lèvres en retour. Évidemment qu'il est tout pardonné quand son visage s'éclaire ainsi. Je suis faible et pas rancunière pour un sou. Je suis une midinette que l'on achète à coups de fossettes rieuses et de regard argent. Je bâillonne mes hormones en ébullition et secoue mon bonnet pour faire diversion. La vérité est que l'épuisement et l'émotion des dernières heures jouent sur mon état affectif. Rien d'autre.

— Je ne t'en veux pas… Mais, la note s'allonge, ça va te coûter cher !

Mais qu'est-ce que je raconte encore ? *La fatigue, Princesse. La fatigue…*

Il arque un sourcil, croise les bras sur son torse et s'appuie sur le chambranle de la porte, l'unique sortie du cabanon. Coincée dans l'antre de l'avocat, je me sens prise à mon propre piège… C'est moi ou les murs se rapprochent de plus en plus ? Ses yeux rivés sur moi, la voix de Mark devient joueuse.

— Cher… comment ?

Flash-back, quelques jours plus tôt, quand il a sauvé mes matières premières en remettant le courant dans ma boutique et qu'il s'en est allé avec mes pâtisseries, son sourire enjôleur et ma libido… Ce dernier échange m'avait coûté la combustion spontanée de mes joues et une nuit de frustration intense. Combustion qui revient en force aujourd'hui et qui se répand dans l'ensemble de mon corps, accompagnée d'une montée d'adrénaline que je pensais avoir semée sur la piste rouge. Maintenant, les rôles sont inversés. Heureusement qu'il fait relativement sombre, car, visuellement, je suis loin d'être crédible en fille désinvolte et sûre d'elle.

— Eh bien, j'hésite à rajouter sur l'ardoise le petit massage des pieds après une matinée sportive dans des chaussures de ski… Mais un énorme chocolat chaud et un sourire feront l'affaire !

Ma voix sonne faux et ma tentative d'humour retombe comme un soufflé au fromage dans le silence électrique de la pièce. À travers la pénombre de l'endroit, je capte l'étrange lueur de ses yeux qui brillent sous le néon du cabanon. Je prends feu dans la combinaison rose de Léna et si je n'étais pas déjà assise, je ne parierais pas un centime sur la fiabilité de mes jambes.

— Les bons comptes font les bons amis. Je tiens à honorer la totalité de mes dettes…

Je déglutis. Le timbre de sa voix est si grave et tellement sexy, que derrière «*je tiens à honorer la totalité de mes dettes*», j'imagine, «*je vais te prendre ici, maintenant, contre ce mur de lambris. Les cloisons trembleront sous l'assaut brutal de mes coups de reins. Ton plaisir sera tel que tu hurleras mon nom fort. Très fort. Tu déclencheras une avalanche, qui ensevelira tout le village et les habitations alentour. Il y aura des centaines de morts et beaucoup de dégâts matériels. Un vrai carnage*».

Je fais une overdose de neige, je crois. Je cligne des yeux plusieurs fois et reviens sur terre.

Non, mais sérieusement ? Il pousse la plaisanterie ou il envisage réellement de me masser les pieds ? Mon esprit divague encore. Je le visualise torse nu, regard brûlant et fossettes tentatrices, caressant de ses mains fermes la plante de mes pieds pendant que je me prélasse sur une peau de bête devant le feu crépitant d'une cheminée.

Je retiens in extremis un gloussement de plaisir et lâche un petit rire forcé à la place.

— Non, mais je te fais grâce du massage. Je ne souhaite pas être responsable de la perte de ton odorat !

Super. Bien joué. Je frôle le paroxysme du glamour.

Son regard énigmatique cherche le mien.

— Ça serait dommage, en effet.

Il s'avance vers moi et me tend la main. Cette fois, il n'a pas de gants. J'accepte son aide et, malgré les courbatures, je me lève d'un bloc. Sa peau est chaude, enveloppante et déstabilisante. Je lui retourne un sourire hésitant. Le temps se fige alors que nous nous dévisageons, ma main toujours dans la sienne.

— L'unique chose dont tu es responsable, murmure-t-il en fixant ma bouche, c'est le joyeux bordel que tu sèmes dans ma tête…

J'en oublie de respirer. Les tempes battantes, je me noie dans le gris sombre de ses iris. Les secondes s'étirent et l'air s'alourdit. Il devient électrique. L'attirance physique est perceptible et, d'après l'intensité de son regard, elle semble réciproque. Oh, merde. Cette fois, il n'y a personne, pas de public à convaincre, pas de belle-mère à moucher ni de blonde à narguer… Juste lui, moi et les skis qui sèchent.

Je suis en danger. Là, au milieu des montagnes, dans cette mise en scène de faux-semblants, je vais droit dans le mur. Mais, flirter avec l'insécurité n'a jamais été aussi grisant qu'en cet instant.

— Que veux-tu faire, Princesse ?

Il me parle du massage des pieds après une journée de ski ou d'autre chose ? Non, mais faut clarifier, parce que j'ai la capacité de réflexion d'une moule…

Je divague. Je panique. On est trop près. Trop confinés. J'ai peur de mon rythme cardiaque et de mes émotions soudaines. C'est du vent. De la comédie. Il m'aide et je lui rends service en retour. Point barre. Et puis, ses secrets m'effraient autant que lui m'attire. Qu'y a-t-il derrière ce regard énigmatique ? Je dois me ressaisir avant d'y laisser des plumes. Je ne veux plus souffrir pour quelqu'un qui ne voit pas les choses de la même manière que moi. Ça fait trop mal. Je lui lâche la main et range la mienne dans la poche de ma combinaison.

— Eh bien, j'ai passé un très bon moment, mais il faudrait tout de même que je songe à rentrer… Je ne souhaite pas prendre de retard sur mes commandes et j'ai de la paperasse à rattraper…

Malgré le feu dans mon corps, ma voix se veut calme et détachée. Je fuis son regard en priant pour qu'il ne remarque pas le trouble qui m'habite. Au bout de quelques secondes de latence où je me perds dans la contemplation de mes après-ski, il se détourne et rejoint la porte en deux enjambées.

— Je comprends. Mais reste au moins pour le déjeuner, ma mère risque de me déshériter si je te laisse partir maintenant…

La distance, son humour noir et son timbre plus formel me permettent de retrouver un semblant de rationalité ainsi qu'un rythme cardiaque raisonnable. Je puise dans toute ma force de concentration et dégaine un sourire factice.

— OK. Mais seulement parce que j'ai faim et je que je m'en voudrais d'être responsable de la perte de tes attributs royaux !

Je touche le fond en matière de répartie. Mais, après tout, ne suis-je pas membre à part entière de la société secrète des SM[9] ?

9 SM : Situations de Merde.

CHAPITRE 21

Hakuna Matata,
ça veut dire pas de soucis !
(Pumba)

La pâtisserie est un art.

Et comme dans tout art, la pâtisserie abrite des secrets que les experts se transmettent de génération en génération. J'ai eu le privilège de bénéficier de ces précieux mystères, dès ma plus tendre enfance. Mon père m'a tout appris.

Comment rendre les cookies plus savoureux…

Comment éviter les bulles d'air dans l'appareil à gâteau…

Quels sont les secrets des blancs en neige et les astuces du caramel…

Quels sont le truc du soufflé et l'énigme de la pâte feuilletée…

Vous aurez beau chercher sur Internet ou dans l'encyclopédie culinaire de votre grand-mère, vous n'obtiendrez jamais la bonne réponse. À mon sens, rien ne peut remplacer l'expérience et la transmission du savoir-faire.

Aujourd'hui, c'est à mon tour d'être la gardienne du secret. Moi et mon précieux livre. Autant vous dire que je prends mon rôle très à cœur. Alors, quand Léna me demande de l'aide en cuisine, sitôt la porte du chalet franchie, je me jure intérieurement de ne rien lâcher sur la mystérieuse recette de Bredeles. Aussi sympathique soit l'aînée des Miller, même si j'ai encore l'esprit dans le cabanon et même si son frère embrasse comme un dieu, je ne dévoilerai rien. Parole de pâtissière.

À ma grande surprise, elle n'insiste pas beaucoup pour les gâteaux alsaciens et me propose de l'aider dans la préparation d'un gratin dauphinois. Alors que nous commençons à éplucher les pommes de terre, elle me tend un verre de vin rouge et, l'air de rien, ouvre la conversation sur la soirée d'hier. Dans cette ambiance faussement légère, j'ai la nette sensation qu'autre chose que le gratin s'apprête à être cuisiné…

La grande brune aux yeux perçants me dévisage.

— Tu as fait fureur dans la petite communauté. Et je ne parle pas que de tes pâtisseries !

Je souris humblement et gratte la gousse d'ail sur le fond du plat à gratin. J'aime beaucoup Léna. La soirée aurait été nettement moins légère si elle n'avait pas été là. Malgré notre connexion évidente d'hier, je la sens un peu plus sur la défensive aujourd'hui. Son inquiétude d'aînée se ressent dans son attitude plus distante.

Mon père était mon unique famille. Je n'ai eu ni frère ni sœur pour me protéger, me chamailler ou partager des moments privilégiés… Mais, je n'ai pas besoin d'avoir fait partie d'une fratrie pour comprendre que le lien qui les unit est fort et que son inquiétude est légitime. Je culpabilise de lui mentir sur la nature exacte de ma relation avec son frère, même si je ne suis plus vraiment certaine de jouer la comédie cette fois. Alors, je me prête volontiers au jeu des questions-réponses sur ma vie, mon travail… et sur mon faux couple. Après tout, je suis là pour ça.

L'interrogatoire est digne d'un grand polar. Je passe littéralement sur le grill, mais bizarrement, ça me fait du bien.

J'évoque brièvement le fiasco de mon mariage, ma relation houleuse avec ma belle-mère et mon dernier emploi de femme-écailles. Pas besoin de puiser dans mon imagination, cette fois, pour lui parler de mon premier baiser avec son frère. Même si le lieu, la date et l'endroit sortent tout droit de mon esprit tordu, le ressenti et le rouge aux joues sont bien réels, eux. Je fais diversion en lui racontant l'épisode des toilettes, dans le bar à vin, qui a le mérite de lui arracher des larmes de rire. La réputation du grand ténor du barreau en prend pour son grade, mais ça me fait du bien de l'humaniser.

La conversation qui s'annonçait formelle au départ dévie rapidement sur des sujets plus intimes. Léna, sous ses faux airs de caporal, se révèle être plus sensible et plus fragile qu'elle ne veut bien le montrer. Peu à peu, elle baisse la garde. Elle se confesse sur les difficultés qu'elle rencontre quant à l'éducation de ses jumeaux hyperactifs.

— Pascal est un très bon père, mais il est souvent absent à cause de son job, ajoute-t-elle, mélancolique. Du coup, je me retrouve seule la plupart du temps. Seule pour les devoirs, pour les rendez-vous médicaux, les sorties extrascolaires… J'ai parfois l'impression de me noyer sous les piles de chaussettes sales, les responsabilités de maman et la pression sociale…

Son air accablé me touche. Je la croyais heureuse et épanouie. Je me rends compte qu'elle est sur le point d'imploser. Les pauvres pommes de terre en font les frais. Instinctivement, je pose ma main sur son avant-bras afin de stopper le massacre.

— Tes garçons sont magnifiques, Léna. Je suis très loin d'imaginer combien il doit être difficile d'être parent. Mais, selon moi, il n'y a pas de recette précise pour être une bonne mère. Tu fais comme tu peux et, crois-moi, tu peux être fière de toi.

Ses yeux s'embuent et son sourire vacille.

— Tu veux m'épouser ?

Je lâche un petit rire et récupère la planche à découper.

— OK, si tu me laisses rattraper ce désastre culinaire.

Pendant que je m'attelle à la confection du gratin, Léna nous ressert en vin.

— Je suis soulagée pour mon frère. Il a de la chance d'avoir rencontré quelqu'un comme toi ! Je ne pensais pas qu'il décrocherait un jour de son rôle de père psychorigide…

Je me contente de hocher la tête afin de ne pas me compromettre. Mais, ça turbine sévère dans mon esprit et je ne suis pas certaine de tout comprendre. En fait, je suis même complètement larguée. Léna ne prête pas attention à mon trouble.

— Au fait, vous avez fait combien de pistes ce matin ? On ne vous a pas recroisés sur les télésièges…

L'épisode du cabanon se projette à nouveau dans mon esprit et mon visage s'enflamme. J'avale une gorgée de vin pour m'hydrater et remettre mes idées en place.

— On a pris notre temps… Je ne skie pas très bien. On a profité de la vue magnifique de ce versant de la montagne.

Demi-mensonge. Je n'ai pas vraiment fait attention au versant de la montagne. J'étais trop focalisée sur le planté de bâton et les talus de neige, acteurs passifs de mes chutes. Quant à la vue, je ne retiens que celle du regard fiévreux de Mark, juste avant que je casse l'ambiance. Je secoue la tête pour chasser de mon esprit l'image du grand brun à la beauté sauvage et entreprends de râper la noix de muscade sur les pommes de terre.

Léna cale sa hanche sur le plan de travail et se tourne vers moi dans un mouvement propice à la confidence.

— Mark aime beaucoup venir ici. Il ne s'octroie pas beaucoup de temps libre depuis que… enfin tu sais !

Je suspends mon geste. *Non, je ne sais rien.*

— Je suis contente qu'il soit arrivé un peu plus tôt cette année, ajoute-t-elle. Et si bien accompagné !

Elle appuie sa phrase d'un clin d'œil complice auquel je ne parviens pas à répondre. Mélangée à la confusion totale, une pointe de culpabilité m'envahit. Si elle savait que nous ne sommes pas vraiment le couple que nous prétendons être, je ne donne pas cher de la peau de l'avocat ni de la mienne. Cette fausse relation que nous affichons frôle le ridicule. Je suis trop impliquée émotionnellement pour avoir les idées claires et le baiser d'hier n'arrange rien. Autant dire que je suis complètement perdue dans ma tête et dans mon cœur. Tout va trop vite, tout va mal. Je m'étais pourtant juré de ne plus craquer pour personne et de rayer ces mièvreries de ma vie et voilà que je tombe en lambeaux pour un homme trop mystérieux pour être réel. Je pose mes mains sur le plan de travail, mal à l'aise, et soudainement étourdie par l'excès de confiance de Léna.

Je ne suis qu'un imposteur, enlisée dans mon propre piège.

— Merci… Je ne devrais pas trop boire de vin, je reprends la route tout à l'heure.

Elle me dévisage, incrédule.

— Mais, tu ne restes pas pour la descente aux flambeaux de ce soir ?

— Non, tu sais bien que j'aurais déjà dû partir hier après la réception, je n'avais pas prévu de prolonger le week-end ici… D'ailleurs merci pour les vêtements !

— Mais de rien ! Une chance que nous fassions quasiment la même taille !

Je grimace. Elle a un morceau de patate dans l'œil, c'est certain. J'ai dû faire deux ourlets au jean que je porte en remerciant le sacro-saint patron du stretching-élastique quand je l'ai enfilé.

Léna insiste.

— Non, mais sérieusement, reste encore un peu !

Je secoue la tête par la négative.

— J'ai passé un excellent moment avec vous, mais toutes les bonnes choses ont une fin. J'ai quelques commandes à honorer avant le réveillon et je dois commencer à réfléchir à une nouvelle organisation pour le début d'année.

Elle soupire et ouvre la porte du four préchauffé.

— Je comprends. La période des fêtes est importante pour ton entreprise.

— Oui, et particulièrement cette année ! Je ne peux pas me permettre de louper le lancement…

J'enfourne le plat et programme le minuteur. C'est à cet instant que Tatiana déboule dans la cuisine, les bras chargés de sacs de courses. Elle attaque d'emblée.

— Ah vous voilà, les filles ! Princesse, que faites-vous pour Noël ?

Apparemment, le manque de transition semble être la marque de fabrique de la famille. Je pince les lèvres et réfléchis un temps avant de fournir une réponse qui ne choquerait pas la maîtresse de maison, visiblement adepte inconditionnelle de l'avent, de la dinde aux marrons, des cadeaux par milliers et de tout le tralala qui va avec… Mon dernier réveillon s'étant révélé désastreux, je suis relativement frileuse à l'idée de célébrer l'anniversaire de ma rupture. Je l'ai décidé, il y a un an, je ne fêterai plus Noël. C'est d'ailleurs pourquoi j'ai refusé de me joindre à la soirée qu'organise Sonia avec ses sœurs. Et puis, j'ai trop de boulot pour perdre mon temps avec cette vaste fumisterie. Si je lui dis que j'envisage de passer le réveillon avec des personnages qui se cuisent et qui s'ingèrent, je ne suis pas certaine qu'elle m'apprécie toujours autant…

Léna soupire.

— Princesse travaille, maman. Tu sais ce truc qu'on fait pour manger, s'habiller et avoir un toit… C'est une période intense pour elle.

Je la remercie d'un léger sourire, mais la matriarche ne l'entend pas de cette oreille. Elle balaie l'intervention de sa fille d'un geste de la main et plante son regard autoritaire dans le mien.

— Écoutez… Peut-être que vous pourriez venir ici, même tard ! Lyon n'est pas si loin. Vous repartiriez comme vous le souhaiteriez !

Son invitation, bien qu'un peu directive, est très généreuse et certainement pleine de bonnes intentions. Elle m'atteint plus que je ne le voudrais. Mon sourire flanche et ma gorge se serre.

— Je suis vraiment touchée, Tatiana. Merci beaucoup, mais…

— Réfléchissez ! coupe-t-elle. Vous n'êtes pas obligée de me répondre maintenant. Ce n'est pas possible ! Les heures défilent en vitesse accélérée ! Il est grand temps de préparer le repas…

Léna lève les yeux au ciel.

— On a déjà commencé, pendant que tu te pavanais au marché !

— Je ne me pavanais pas, se défend-elle. J'avais des courses à faire, figure-toi, et des gens à voir.

— Comme les prétendantes désenchantées de ton fils chéri, par exemple ?

Tatiana affiche un air coupable.

— Oui, bon… Fallait bien que quelqu'un se dévoue pour les informer qu'il n'est plus un cœur à prendre !

Je devrais exulter et m'autochecker, victorieuse. Après tout, ma mission est réussie. Mais, c'est une tout autre émotion qui me remplit et malmène mon estomac. Je me contente de rendre un sourire poli à Tatiana. *C'est de la comédie, Princesse…*

Uniquement de la comédie.

CHAPITRE 22

Tu ne sortiras jamais de cette tour, tu entends ? Jamais !
(Mère Gothel)

— Dans la famille Pirates, je voudrais la fille !

Anna me plume, elle me dépouille, sans une once de culpabilité. Je jette un coup d'œil dépité à Jean-Jacques, son grand-père, qui j'en suis certaine nous espionne derrière son journal. Son sourire en coin m'en dit long sur l'intelligence machiavélique de sa petite-fille. J'accuse ma cuisante défaite dans un soupir et lui tends la seule carte qu'il me reste. Son rictus édenté et victorieux signe la fin de la partie et l'imminence de mon départ. De toute façon, je n'ai jamais eu de chance au jeu…

— J'ai gagné ! s'écrie-t-elle joyeusement en étalant les acolytes de Willy le Borgne devant elle.

— Bien joué, lâché-je en regroupant les cartes de la seule famille que j'ai réussi à lui soutirer. Tu es une adversaire redoutable.

— Oh, tu n'es pas mal non plus ! Et puis, tu es un peu moins nulle que papa !

Quand on parle du loup… Celui-ci entre dans la pièce, son téléphone portable dans la main. Il adresse un regard courroucé à sa fille.

— Je t'ai entendue… Je te rappelle que j'ai failli gagner l'autre jour !

Anna lève les yeux au ciel.

— Oui, *failli* ! Tu sais bien qu'on ne retient que la victoire dans un combat. C'est comme en politique. C'est celui qui remporte l'élection qui est le meilleur.

Parfois, elle me fait flipper. J'entends le rire contenu de Jean-Jacques, le nez toujours plongé dans son journal. Mark s'installe près de sa fille et l'embrasse sur la tête. Ce simple geste d'affection me ramène à de très récents souvenirs. Ma bouche sur la sienne. Mes doigts dans ses cheveux. Je déglutis, rouge de culpabilité. J'avais pourtant réussi à mettre un voile sur mes émotions lors du repas familial. L'ambiance et le joyeux chahut ont largement contribué à ce que je me détende et, de plus, notre gratin dauphinois a obtenu un franc succès. Mark et moi avons continué à donner le change. Je me suis étonnée moi-même de ma capacité à façonner les traits de la petite amie parfaite.

Bien que nos démonstrations de tendresse soient calculées, nos sourires, nos échanges et nos regards trahissent une étrange alchimie difficile à ignorer. Notre jeu d'acteur se trouve à la frontière du virtuel et de la réalité, et je sais d'avance que le clap final ne me plaira pas.

Alors, avant de repartir dans mon château de sucre, je continue à faire *comme si* et je me raccroche à la partie de jeu de sept familles que j'ai promise à Anna. Ainsi qu'à son sourire auquel il est impossible de résister. Je ne sais toujours pas ce qu'elle pense de ma présence, mais le fait qu'elle ne porte pas son casque anti-belle-mère me rassure un peu. Je l'aime bien, cette gamine et je me plais à croire que c'est réciproque.

Après le déjeuner, la petite famille de Léna s'est éclipsée pour la remise des diplômes de ski des jumeaux. La sœur de Mark m'a chaleureusement embrassée en tentant une dernière fois de me convaincre de revenir pour Noël. J'ai laissé sa question en suspens et les ai regardés partir dans leur joyeux brouhaha. Image parfaite d'une tribu heureuse. Même si je sais maintenant qu'elle a ses failles et ses défauts, je me surprends néanmoins à les envier.

La famille Troubadour, que je tiens entre mes mains, se fiche de moi.

Je chasse les idées saugrenues qui s'imbriquent dans ma tête et trempe mes lèvres dans le mug fumant de chocolat chaud que Tatiana vient de me servir. Il est délicieux, parfaitement dosé. Je ferme les yeux de plaisir et savoure les notes prononcées de cacao qui remplissent mes papilles gustatives d'extase. Lorsque j'ouvre les paupières, j'intercepte le regard grave de Mark posé sur moi. Ses billes acier glissent lentement sur mon visage et ravivent le feu de mes joues. Je déglutis (trop) vite, pose mon mug sur la table avant que le tremblement soudain de mes mains ne me trahisse et force ma concentration sur Anna.

— Alors, qu'as-tu commandé pour Noël ?

Elle sourit pleinement et me répond avec aplomb.

— Un poney. J'ai demandé, en plus, un lasso et son étui.

Je ris devant l'air déterminé de la petite et la mine contrite de Mark.

— Ah, c'est original ! C'est vrai que c'est un super moyen de locomotion pour aller à l'école ! Je suis sûre que le père Noël sera ravi de déposer ton kit Indiana Jones au pied du sapin !

Mark crispe un sourire.

— Ouais. Il peut aussi t'apporter autre chose qu'un poney, Mademoiselle cow-girl.

Anna hausse les épaules et défie son père du regard. Leur duel silencieux perdure, même quand Tatiana dépose un bol rempli de truffes au chocolat sur la table. Mark plisse les yeux.

— Comme un nouveau bureau, par exemple ? Ou la panoplie complète du parfait scientifique ?

La petite secoue la tête de gauche à droite, sans ciller.

— Nan ! J'veux un poney et rien d'autre, sinon je n'aurai pas d'orgasme et mon Noël sera gâché.

Un ange passe. Mark cligne des yeux, Jean-Jacques éclate de rire derrière son journal, Tatiana libère un hoquet de stupeur et moi, je suis partagée entre l'envie d'imiter le grand-père et celle de retourner m'isoler sur la piste rouge. Les adultes dévisagent avec horreur le nain brun qui pioche innocemment dans le bol de truffes avant de quitter le salon en sautillant. Là, tout de suite, j'ai envie de me dissoudre dans le lait de mon chocolat chaud.

C'est l'effet Anna, elle balance une bombe avant de partir gaiement, la bouche pleine de sucre. Je vise la sortie qu'elle a prise avec la volonté cuisante de faire pareil.

— Doux Jésus, lâche Tatiana. Comment élèves-tu ta fille, Mark ?

Celui-ci se raidit.

Que la foudre s'abatte sur moi…

— Euh… je pense qu'il y a un petit malentendu, bafouillé-je péniblement

— S'il te plaît, maman, ne commence pas, soupire son fils, visiblement agacé.

— Il faut vraiment que tu arrêtes de lui acheter des livres qui ne sont pas de son âge ! réplique-t-elle. Ce n'est pas un vocabulaire décent pour une jeune fille de cinq ans !

Que la tempête ravage mes terres…

— Non, mais… sur ce coup, ce ne sont pas les livres, c'est…

— Ça suffit ! gronde Mark, en se levant. J'élève mon enfant comme bon me semble ! Et puis, tu sais très bien qu'elle emploie régulièrement des mots dont elle ne connaît pas la nature !

— Encore heureux ! s'offusque la mamie. Car si elle s'amuse à utiliser ce genre de vocabulaire ailleurs que dans le cadre familial, comme à l'école par exemple, tu pourrais bien te retrouver avec les services sociaux aux fesses !

Oh non, pas ça !

Je tente d'intervenir une nouvelle fois, mais je suis interrompue par le regard d'avertissement de Jean-Jacques. D'un signe de la tête, il me signifie de ne pas m'en mêler. Son air sérieux et son visage grave m'incitent à rester silencieuse.

La colère de Mark est palpable et la conversation prend une tournure dangereuse.

— La façon dont j'élève Anna ne te concerne pas.

— Je suis désolée de te contredire, mon cher fils, mais je suis impliquée dans l'avenir de cette enfant puisque je suis sa grand-mère ! La seule figure féminine de son entourage, sans vouloir vous vexer, Princesse…

J'encaisse sa remarque d'une grimace que j'espère nonchalante, alors qu'en fait, une pointe malvenue de je ne sais quoi me perfore le cœur.

Mark affiche maintenant un visage implacable et affronte le regard revêche de Tatiana. Un silence polaire envahit l'espace.

— Anna n'a pas besoin d'autre figure d'autorité que moi. Tu es sa grand-mère, reste à ta place. Je te le redis une dernière fois et je souhaite que tu l'imprimes une bonne fois pour toutes, maman, auquel cas je me verrai dans l'obligation de quitter les lieux sur-le-champ…

Je réprime un frisson devant son timbre tranchant et glacial. Un mauvais pressentiment germe dans mon esprit pendant que la tempête de son regard me perfore le cœur.

— Je n'ai besoin de personne pour gérer ma vie et l'avenir de ma fille. Tu sais très bien ce que je pense de l'engagement.

Tatiana accuse le poids des mots et me jette un bref coup d'œil gêné. Je me rencogne dans mon siège, mal à l'aise.

— Tu n'es pas un surhomme, Mark. Et puis, cette petite a besoin de…

— Stop !

La voix de contre-ténor de Jean-Jacques résonne dans la pièce et me fait sursauter. Ses prunelles foudroient sa femme sur place et la réduisent au silence.

— Mark est suffisamment mature pour faire les bons choix. Anna est une jeune demoiselle épanouie, intelligente et équilibrée. Elle a un père aimant et des grands-parents présents. Tu gères très bien la situation, ajoute-t-il à l'attention de son fils. Sache que, quoi que tu décides, nous serons à tes côtés et nous te soutiendrons.

L'atmosphère est lourde d'émotion, mais aussi de non-dits étouffants et trop difficiles à supporter. Je fixe le jeu de sept familles devant moi, ravalant les larmes qui menacent de trahir mon état affectif. Je ne souhaite pas en savoir plus sur ce soi-disant choix qui, j'en suis sûre, est en rapport avec la mère d'Anna. Je dois partir d'ici. Je veux me réfugier, en sécurité, dans mes casseroles et mes moules à cake.

Je veux me sentir à ma place.

Mark :

[Bonsoir Princesse, merci pour ton message.

Je suis rassuré que tu sois bien rentrée (même si je ne doute pas de ton excellente capacité à conduire).

Merci encore pour ton aide, ta joie de vivre et tout le reste…

Bon courage pour la reprise, tu vas tout déchirer.

À très vite,

L'handicapé des relations humaines.

PS : À moins que tu ne décides de revenir redonner le sourire à Anna, sais-tu où je peux trouver un poney d'ici Noël ?]

CHAPITRE 23

Qu'est-ce que vous m'avez fait ?!?
Je suis verte ! Et je suis pleine de bave !
(Tiana)

Ça fait deux fois que je relis la liste des prochaines commandes. Sur le papier, les noms des clients dansent et se mélangent avec les bûches arc-en-ciel, les citrons givrés et les macarons aux marrons grillés. C'est bien clair, depuis que mon réveil a sonné l'heure de relever le défi du lundi, je suis incapable de fixer mon attention sur quoi que ce soit. Ni même de prendre une décision.

Thé ou café ? Pull rouge ou robe menthe à l'eau ? Je marche ou je monte dans le tram ? Fraise ou chocolat ? J'envoie un SMS à Mark ou je continue d'ignorer le sien ?

Je détaille, sans vraiment la voir, la feuille imprimée que m'a donnée Astrid en arrivant à la boutique puis soupire, impuissante à me concentrer. Mon retour sur Lyon, hier après-midi, s'est fait dans un étrange brouillard. Au sens propre comme au sens figuré. Bien moins exaltant que l'aller, plus solitaire aussi. Un flot de questions, de doutes et de mélancolie a envahi mon esprit dès l'instant où je suis montée dans ma camionnette. Et quand enfin, j'ai poussé la porte de mon appartement, le sentiment d'isolement que j'avais réussi à écarter de ma vie est revenu me heurter de plein fouet. Vidée, exténuée et blessée, je me suis allongée dans mon lit sans prendre la peine de me déshabiller et j'ai sombré dans un univers sans rêves, sans saveur ni couleur. Ce matin, le monde est toujours gris.

Astrid sort la tête de l'arrière-cuisine.

— Tu connais Jean-Michel ? C'est lui qui tient le stand de vin chaud sur le marché de Noël du quartier. Il est venu tout à l'heure et voulait proposer quelques-uns de tes petits sablés à la cannelle sur son stand. Je lui ai dit que tu irais le voir.

Oui, je passerai…

Mon regard se détache de la feuille et dévie vers l'extérieur. Il ne neige pas aujourd'hui. À la place des flocons joyeux, un vent d'est glacial malmène les piétons qui, le nez dans leur écharpe, pressent le pas. Noël est dans moins de deux semaines, la course aux cadeaux n'en est plus au stade de la réflexion ni de l'anticipation. Nous en sommes au stade de la compensation et de la précipitation. J'observe avec détachement l'effervescence extérieure et soupire à nouveau.

Une tasse de café se matérialise devant moi ainsi que mon téléphone.

— Tu connais la technique du NPE ?

Je fronce les sourcils et dévisage Astrid.

— NPE ? Non… C'est un terme marketing ?

Ma collègue lève les yeux au ciel et croise les bras.

— Pas du tout. La technique du NPE se transmet de génération en génération et de copine en copine…

La curiosité me pique.

— Qu'est-ce que c'est ?

Elle étire doucement les lèvres et, du bout de son index, pousse mon téléphone vers moi.

— Ne.Pas.Envoyer.

J'arque un sourcil, perplexe.

— *Ne pas envoyer*… quoi ?

— C'est simple. Tu lui écris un texto.

— À qui ?

Je regrette d'avoir posé la question avant même qu'elle n'ait franchi mes lèvres. J'ai vaguement évoqué le déroulement du week-end à Astrid, mais j'ai surtout détaillé les prises de contact et le succès de mes pâtisseries. Je n'ai pas eu vraiment besoin de lui en raconter plus pour le reste. Le rouge de mes joues et mes bredouillements incompréhensibles ont parlé pour moi.

Astrid affiche un air blasé.

— À ton avis ! Tu ouvres ton cœur et tu livres ce que tu as sur la conscience en n'omettant aucun détail. Tu lui avoues tout, sans mettre les formes, d'un bloc. Bref, tu te lâches.

Dubitative, je fixe l'objet en assimilant ce qu'elle vient de me dire.

— Et j'imagine que c'est à cet instant que le *Ne.Pas. Envoyer* intervient…

Son visage s'éclaire.

— Tu as tout compris ! Tu écris, tu te défoules puis, tu effaces ou tu enregistres dans tes brouillons, mais tu n'envoies rien. Tu vas voir, ça te fera du bien comme si tu le lui avais envoyé, sauf que tu te sentiras fière de ne pas l'avoir fait.

— Si tu le dis…

— Mais si ! Cette technique est aussi efficace qu'un massage des pieds ou qu'une soirée entre filles. Elle est hautement recommandée pour les ruptures difficiles, les conflits intergénérationnels et les amours secrets…

Je rougis violemment et proteste mollement.

— Je ne vois pas de quoi tu parles…

Son regard m'accuse.

— Tu peux te mentir à toi-même, mais pas à moi. Tu n'as pas évoqué une seule fois celui dont-il-ne-faut-pas-prononcer-le-nom alors que je sais pertinemment qu'il est responsable de ton regard morne, de tes affreux cernes et de tes soupirs de frustration qui, soit dit en passant, s'entendent jusque dans la chambre froide…

Elle affiche un air ennuyé en pointant du menton la plaque de cuisson du four qui tiédit sur le plan de travail.

— Et, pardon, mais tes bonshommes de neige au chocolat semblent revenir tout droit d'un combat de boue…

Je suis la direction de son regard et contemple le désastre de ma première fournée. Astrid a mis les formes, mais le fait est que mon tableau culinaire ne ressemble à rien. C'est un beau mélange de tout et de n'importe quoi. Un peu comme mon état d'esprit en ce moment. Je m'étais pourtant juré de ne pas resombrer dans le mélodramatique, de ne pas replonger en mode carpette à cause d'un homme. Ce triste constat me fait réagir.

— Tu as raison. Il faut que je me reprenne, murmuré-je presque pour moi-même.

J'avale une gorgée de mon café, repousse mon téléphone du plat de la main et me lève brusquement devant l'air suspicieux d'Astrid.

— Mais…

Je l'arrête d'un regard.

— Ta technique est sans doute très efficace à partir du moment où l'on a quelque chose à dire. Moi, je n'ai rien à coucher sur papier. Il n'y a jamais rien eu et il n'y aura jamais rien non plus. Il est hors de question que je me laisse distraire et que je réitère un tel désastre culinaire !

Je tape vivement des mains pour clore le débat et relancer un élan de motivation.

— Allez hop hop hop, mets-nous une belle playlist et rallume le gaz, je retourne livrer bataille contre Sire Chocolat !

C'est ainsi que la deuxième fournée de bonshommes de neige au chocolat écrase le souvenir de la première et que la troisième frôle la perfection. La liste de commandes étant relativement conséquente pour les jours à venir, je relègue mes états d'âme dans le compartiment des ustensiles dont on ne se sert jamais et je me lance à corps perdu dans ce que je sais faire de mieux. *Pâtisser*. De son côté, Astrid n'aborde plus le sujet de celui dont-il-ne-faut-pas-prononcer-le-nom et plonge le nez dans la comptabilité.

À l'heure du déjeuner, Sonia se joint à nous pour une pause sandwich et, après avoir compris que je ne souhaitais pas m'étaler sur certains détails de mon week-end, engage la discussion sur l'aménagement de *Mange-moi*. Le succès de mon site et la fréquente demande des clients me font réfléchir sur la possibilité d'ouvrir la boutique au public dans le courant de l'année.

— La dimension du local est très correcte pour accueillir du monde, commente Sonia en croquant dans son baguel au saumon. Tu pourrais mettre quelques tables et chaises derrière la baie vitrée afin de proposer une dégustation sur place…

J'opine en évaluant l'espace du regard.

— C'est une bonne idée ! Les clients profiteraient de la lumière naturelle et de la vue sur la rue passante.

Astrid s'emballe, la bouche pleine de salade.

— Avec de belles couleurs vives, un mobilier récent et une personne de plus à la vente, *Mange-moi* prendrait une tout autre dimension !

Je n'écoute plus ma collègue. Mon attention se porte vers l'extérieur. Une silhouette haute et filiforme traverse la rue d'un pas décidé vers ma vitrine. Au fur et à mesure que ses talons vertigineux claquent sur le bitume, la contrariété me gagne. Qu'est-ce qu'elle me veut ? A-t-elle appris pour la fausse mise en scène ? Va-t-elle m'assassiner de son regard bleu polaire parce que j'ai osé poser mes lèvres sur celles de son dessert préféré ? Vient-elle poser les points sur les i et des mots sur ce que Mark et elle sont réellement ?

Même si je m'autopersuade que je n'ai rien à voir avec tout ça et que je dois rester détachée, sa venue me dérange. Au milieu de la cacophonie de mes pensées, j'entends Sonia commenter.

— Tiens, mais ce n'est pas l'associée de Miller ?

Si, si, c'est bien elle. Élégante, guerrière et redoutable. Prête à affronter le blizzard de l'est et la concurrence à coups de talons aiguilles. Je hoche la tête en me levant de ma chaise. Mes jambes me portent jusqu'à la porte que je déverrouille et ouvre. Tirée à quatre épingles, dans un manteau cintré et noir, elle m'apparaît encore plus grande que d'habitude. Plus fine aussi. Toujours en blouse de travail, les cheveux relevés en un chignon flou et à plat dans mes sempiternelles Converse aujourd'hui plus grises que blanches, je me sens ridicule. Néanmoins, elle m'adresse un sourire parfait qui vacille légèrement lorsqu'elle aperçoit les filles à l'intérieur.

— Bonjour, Princesse. Excusez-moi pour le dérangement, j'aurais aimé m'entretenir avec vous quelques instants. Puis-je vous inviter à boire un café ?

CHAPITRE 24

Tout le monde se rue sur moi,
sauf les culs-de-jatte, ça va de soi
(Georges Brassens)

J'ai retiré ma blouse professionnelle, mais j'ai gardé le chignon en signe de rébellion.

À deux rues de ma boutique seulement, je découvre le style urban chic du *K-Fée*, un café ultracosy à la tapisserie jungle, aux suspensions en bois clair de bambou et aux pierres apparentes. Cet endroit spacieux et lumineux est propice aux échanges, mais également au travail. Sélène salue chaleureusement la patronne. Puis, nous passons commande au comptoir et nous asseyons autour d'une table intimiste, entre deux panneaux en bois, équipée d'une petite lampe et d'une multiprise. J'ôte mon manteau et m'installe en évaluant la décoration environnante.

— C'est très sympa ici.

Le regard de Sélène détaille brièvement mon pull à col en V et dévie sur mon collier. *Ne cherche pas, c'est du toc. Cadeau de moi, à moi.* Je l'imaginais fin et élégant. Mais, maintenant que je découvre le sien serti d'un vrai diamant, je trouve ma pierre de lune insipide et fade.

— Oui, le concept de Katia est très intéressant, répond-elle posément. On peut venir bosser ici, sans avoir à mener une longue bataille silencieuse contre son voisin qui refuse de vous céder la place parce qu'il n'a que 25 % de batterie alors que vous, vous êtes à 10 %…

Sa volonté d'alléger l'atmosphère est évidente. Mais, je n'ai pas envie de rire aujourd'hui.

— Vous n'avez pas de courant ni de bureau au cabinet ?

— Si bien sûr, mais j'aime changer d'environnement de travail de temps à autre. Ils proposent aussi de petits espaces privés derrière les parois vitrées, qui peuvent servir de salles de réunion. Nous adorons venir ici avec Mark. Et puis, vous allez voir, leurs boissons sont à tomber.

Je maintiens le sourire, masquant mon irritation. J'ai écourté ma pause sandwich avec les filles pour éclaircir certaines choses et j'ai accepté de la suivre sur *son* terrain sans opposer de résistance. Mais il est hors de question que je la laisse me bouffer toute crue. Je décide d'entrer tout de suite dans le vif du sujet. Après tout, autant en finir rapidement et la rassurer sur mes intentions.

— Écoutez, Sélène, je crois qu'il y a un petit malentendu…

Je m'interromps quand le serveur apporte notre commande et qu'il dépose deux cafés latte devant nous. *C'est vrai qu'ils ont l'air bons !* Je louche un instant sur le cœur dessiné dans la mousse de lait du mien et relève la tête vers la blonde qui m'observe avec amusement. Un peu agacée par son regard moqueur, je reprends.

— Donc, je disais… je ne suis pas votre ennemie.

— Princesse…

— Non, laissez-moi finir. Je voulais juste vous dire que vous formez un très beau couple tous les deux. J'espère vraiment que vous serez heureux ensemble.

J'ai le cœur en miettes et envie de fourrer mes doigts dans la multiprise, mais j'ai tout lâché d'un bloc. Bizarrement, je ne suis pas soulagée du tout et, visiblement, vu l'expression indéchiffrable qu'elle affiche, elle non plus.

— Pardon ?

Elle est sourde de bonheur ou juste sadique ? Je crispe mon sourire et répète plus fort.

— J'espère vraiment que vous serez heureux ensemble. Mark et vous.

Voilà, c'est dit et redit. C'est clair et concis. Même si, entre nous, je ne suis pas persuadée que Mister Frozen soit enclin à se dégivrer pour qui que ce soit, aussi belle et intelligente soit la fille… Mais bon, ça je le garde pour moi. Et puis vu son air interloqué, je préfère ne plus ouvrir la bouche. Sauf pour goûter cet appétissant café latte qui ne mérite pas de refroidir… Oh, seigneur, c'est une tuerie. Mais qu'est-ce qu'ils mettent dedans ? *On dirait de l'arôme de noisette… ou peut-être de l'extrait de vanille ? Cela se marierait très bien avec mes petits cannelés au caramel croquant… Nota bene pour plus tard : rencontrer la patronne de cet établissement pour lui proposer une collaboration.*

— Je pense qu'en effet, il y a un malentendu.

Le visage fermé, la blonde sort une enveloppe de son sac et la pose devant moi. L'incompréhension et un étrange sentiment de déjà-vu me gagnent. Je crois qu'essuyer la mousse sur mes lèvres est superflu.

— Mais… qu'est-ce que c'est ?

— C'est le courrier à l'attention de votre ex-mari que Mark m'a demandé de faire partir ce jour, expressément. J'ai besoin de votre signature.

J'attrape machinalement l'enveloppe, la nuque raide et les tympans battants.

— Je ne comprends pas…

— C'est simple. Vous paraphez en bas et je m'occupe du reste.

— Mais… (j'agite mollement le papier) c'est pour *ça* que vous vouliez me voir ?

Elle plante ses billes dans les miennes.

— Je suis avocate, Princesse. Et, Mark a beau être canon, intelligent et riche de surcroît, il a un « truc » en trop.

Ma bouche s'ouvre et se referme. Son regard dévie à nouveau plus bas, vers mon collier. Non, en fait, ce sont mes seins qu'elle fixe. Je le réalise maintenant. Je rouvre la bouche, mais elle me devance.

— À vrai dire, je suis plutôt attirée par les rousses incendiaires aux lèvres tentatrices.

Elle étire un lent sourire carnassier, que j'interprète très bien cette fois-ci. Je nous revois dans le bar à vin, l'autre soir…

Moi, un brin éméchée, peut-être un peu trop familière…

Elle, et son rictus destructeur, ses allusions sexuelles et son pamphlet bizarre sur les desserts…

Et maintenant, le cœur dans le café. Oh, merde. Tout s'éclaire, tout s'emboîte, tout se lisse. Mon visage vire au blanc. Le sien est hilare.

— Ne vous donnez pas cette peine et épargnez-moi le râteau du siècle. Vu votre tête, il est évident que vous n'êtes pas prête à explorer l'exotisme d'une relation avec une femme.

Je lui adresse un faible sourire et hausse les épaules.

— Je ne pense pas que je le serai un jour… Je suis plutôt branchée par l'épée d'Excalibur.

Elle soupire en riant et attrape sa tasse.

— Eh bien, c'est dommage. Moi, c'est la dame du lac qui m'électrise.

— Je suis désolée…

Elle balaie mon excuse d'un geste de la main.

— Ne le soyez pas. Je m'en remettrai dans les bras d'une autre. Et puis, pour le moment, vous avez un combat à mener.

J'approuve silencieusement, ravie que nous ayons cette volonté commune de reléguer ce moment gênant dans les oubliettes du donjon. Je baisse rapidement les yeux sur le courrier et le lis entièrement. Il est extrêmement bien écrit, vif et percutant.

— Merci beaucoup de vous en occuper.

— Ne me remerciez pas, je n'ai fait que mettre la date du jour dessus. C'est Mark qui a rédigé la consultation et qui a lourdement insisté pour que je vous la délivre en mains propres.

Je la regarde avec une pointe de culpabilité. J'aurais dû la lire et la signer ce week-end. Mais, c'est un fait, mon esprit cartésien se met sur off lorsque je suis dans le viseur d'un certain regard acier. Comme à chaque fois que mes pensées me portent vers lui, les mots «pas pour toi» clignotent en rouge dans ma tête. Sélène fronce les sourcils et réagit face à mon silence.

— Quelque chose ne va pas ?

— Non, c'est juste que j'ai hâte que cette histoire se termine.

Et je ne parle pas que de mon ex-mari. Je détourne le regard avant qu'elle ne remarque mon trouble et cherche un stylo dans mon sac.

— Je ne connais pas tous les détails de votre passé, mais si je peux me permettre… faites attention à vous, Princesse.

— Ne vous inquiétez pas, je suis plus forte que j'en ai l'air. Leurs menaces ne me font pas peur et d'après votre confrère, ce courrier devrait calmer leurs ardeurs.

Elle hoche la tête, mais son regard ne semble pas convaincu.

— Les histoires d'argent et d'héritages ne sont pas à prendre à la légère. J'ai vu suffisamment de choses étranges pour savoir de quoi je parle. Peut-être devriez-vous déposer une main courante contre eux.

Je tique.

— Ils sont peut-être attirés par l'appât du gain comme des mouches sur un kouign-amann, mais je ne pense pas qu'ils iraient jusqu'à me faire du mal physiquement.

Elle continue à me dévisager avec suspicion. Elle me fait flipper, du coup… Et douter.

— Après tout, quand j'y réfléchis, Lise a traversé le pays pour me remettre un faux document juridique. Et puis, si ça se trouve, sa grossesse, c'est du vent…

Sélène pose sa tasse sur la table et pince les lèvres.

— Vous avez affaire à des personnes qui utilisent leur intelligence à mauvais escient pour vous nuire. Pour être honnête et transparente, je dois vous avouer que nous aimons connaître toute l'histoire de nos clients avant de nous engager à leurs côtés. Il est fréquent que nous fassions appel à des détectives privés pour éclaircir certaines zones d'ombres. Ça fait partie de notre job. Mark a passé quelques coups de fil pour en savoir plus sur votre entourage…

La tête me tourne et l'histoire de ma vie défile en accéléré dans mon cerveau. *L'arrivée de Lise dans le quotidien de mon père, l'arrêt cardiaque de ce dernier, ma rencontre avec Thomas, sa trahison*… Mon café menace de remonter dans le sens inverse. Sélène perçoit mon trouble et se penche vers moi.

— Écoutez-moi. C'est mon devoir de vous ouvrir les yeux et de vous obliger à évaluer toutes les possibilités qui se présentent à vous. Vous devez être vigilante et vous protéger de toutes les éventualités.

Je hoche la tête. Ça m'énerve de l'admettre, mais à cet instant la seule chose qui me rassurerait, ce serait le regard confiant de Mark et son impressionnant charisme. Mais il n'est pas là. Et je me suis juré de ne compter que sur moi. Je me reprends, signe le courrier et le lui tends.

— Je vous remercie, Sélène. Si jamais ils se manifestent à nouveau, j'y penserai. Aujourd'hui, j'ai tourné la page et je ne veux plus regarder en arrière. J'ai énormément de travail qui m'attend et je n'ai pas de temps à perdre pour des personnes qui ne font plus partie de ma vie.

Elle pince les lèvres et range l'enveloppe dans son sac.

— OK, même si je ne partage pas votre point de vue, je comprends. Je fais partir le courrier à 14 heures et j'informe Mark de notre discussion dès mon retour au cabinet.

— Merci, mais il est en vacances avec sa fille. Je ne pense vraiment pas qu'il soit nécessaire de lui polluer l'esprit avec mes petits problèmes.

Ses yeux bleus me fixent intensément si bien qu'un instant, je me demande si je n'ai pas un bout de salade coincé entre les dents. Puis, elle soupire avec lassitude.

— Vous vous trompez, Princesse. Sur vous, comme sur lui.

CHAPITRE 25

Pour oublier (un chanteur gitan, au visage angélique)

Sélène me raccompagne jusqu'à la boutique et s'éclipse au cabinet. Je fais le choix de ne plus penser à Lise ni à Thomas. Je suis sûre qu'ils ne sont pas aussi intelligents et machiavéliques que Sélène le prétend et j'espère que le courrier marquera la fin définitive de notre relation. Ils ne méritent pas que je me mette la tête à l'envers à cause d'eux. Je dois me concentrer sur l'essentiel.

Je rassure Astrid sur mon entretien avec Sélène, n'évoquant avec elle que le prétexte du courrier d'avocat. Les jours qui suivent ne me laissent plus l'occasion de repenser à cette histoire. Tandis que ma collègue m'aide en effectuant les tournées de livraisons, je plonge dans mon univers et passe la majorité de mon temps entre ma plaque de cuisson, l'arrière-cuisine et le plan de travail inondé de nouvelles recettes créatives et sucrées. Le vendredi suivant, quand ma collègue revient de la dernière tournée de la semaine, il est à peine midi. Elle ne cache pas sa surprise en constatant que je cale tout juste le dernier plateau de verrines sucrées dans la chambre froide.

— Ah bah dis donc, tu as été efficace pendant mon absence ! Tu as déjà tout rangé ?

Je souris, fière de moi.

— Oui ! Comme ça, tu peux partir plus tôt et prendre ton après-midi pour toi !

— Oh, mais je n'ai pas fini l'inventaire des ingrédients manquants pour les commandes du réveillon et je…

— C'est réglé ! Je m'en suis occupée.

Je l'empêche de poser son sac à main au sol et la pousse vers la sortie.

— Mais… tu me fiches dehors ?

Je ris de son air outré.

— Tout à fait ! Au moins pour aujourd'hui ! Allez, dégage maintenant, sinon je te vire !

Elle abdique en soupirant.

— OK… Merci, Princesse, profite de ton temps, toi aussi.

— Mais j'y compte bien !

Je lui adresse un clin d'œil et referme la porte derrière elle. Elle a largement gagné cette pause. Son aide m'est indispensable et son sens du travail est plus que précieux. Astrid est l'employée que tout patron rêverait d'avoir. Elle est investie, ne compte pas ses heures et supporte mes sautes d'humeur. Bref, elle mérite grandement de faire un petit break. Et j'avoue que moi aussi ! Avec toutes ces émotions et le travail amassé, je ne suis plus d'une efficacité redoutable aujourd'hui. Je termine de nettoyer, m'assure que toutes les machines sont éteintes, range mon livre de recettes dans le tiroir réservé à cet effet, place mon PC portable dans ma sacoche et pour la première fois depuis son ouverture, ferme la boutique à 13 heures.

J'enfonce le nez dans mon écharpe et déambule dans les rues piétonnes de mon quartier. Sans vraiment le vouloir, je repasse devant le café où je me suis rendue lundi dernier avec Sélène. J'en profite pour goûter leur club sandwich, discuter avec Katia, la patronne, qui promet de venir me voir à la boutique, et je pars explorer d'autres endroits sympas et atypiques. Comme ce magasin de bougies naturelles qui propose des parfums originaux et subtils. Ou cette boutique de créateurs dont les petites statuettes en métal soudé me font de l'œil. Ou cette librairie hors du temps, creusée dans la pierre, qui recèle de nombreux trésors de lecture…

En fin d'après-midi, j'évolue, les bras chargés d'emplettes, vers le marché de Noël, près de chez moi. Je flâne un peu entre les cahutes en bois, accepte le verre de vin chaud que me propose Jean-Michel, lui promets de passer lui déposer quelques-uns de mes Bredeles, puis je me mélange à la foule et prends vraiment le temps de regarder. Cette fois-ci, je m'offre un cornet de marrons parfumés et craque pour de petites figurines en bois qui s'accorderont parfaitement avec la décoration de ma vitrine. Et dire qu'il y a quelques jours, je passais devant sans m'arrêter, refusant de m'ouvrir au monde et de m'autoriser le moindre plaisir. Aujourd'hui, en croquant avec gourmandise dans une châtaigne grillée au goût irrésistible, je réalise que c'était ridicule. Finalement, la seule à être punie dans cette histoire, c'est moi. Un sourire de gamine greffé au visage, je termine mon cornet en laissant la magie de Noël me réapprivoiser.

Avec l'impression de sortir d'un très long sommeil, je rentre chez moi, repue, exténuée, mais pleine d'envies fantasques et d'idées de recettes. Je vérifie l'état de mes prochaines commandes sur mon PC portable, annote deux ou trois idées de nouvelles saveurs, me promets de compléter mon livre dès demain, et décide de prendre un bain. J'ouvre le robinet, allume ma nouvelle bougie à l'eau de rose et me glisse avec délectation dans la mousse parfumée. Je ne retiens ni le gémissement de plaisir ni les idées noires du début de semaine qui s'envolent peu à peu avec la fumée. Je reste longtemps et relance plusieurs fois l'eau chaude. Si bien que lorsque je me décide à sortir, j'ai l'esprit aussi ramolli que la peau. Je finis par m'endormir, emmitouflée dans mon pyjama en soie fétiche et ma couette, devant *Sissi impératrice*.

Je rêve que je danse au milieu d'une salle de bal remplie de monde, avec un homme grand, élégant et au visage flou. J'arbore l'une de ces tenues impossibles à porter de nos jours, mais qui continuent de nous faire secrètement rêver, nous les filles. Les volants en tulle bleu ciel, de la même couleur que le satin de ma robe, virevoltent et suivent le mouvement de notre valse à trois temps. Mes cheveux lâchés et parés de petites perles nacrées s'accordent avec la dentelle de mon corset ultraserré, mais qui ne semble pas m'empêcher de sourire allègrement. Les violons étouffent les chuchotements de l'assemblée qui nous observe avec envie et les lustres de cristal n'illuminent que nous. Avec cette impression d'être seuls au monde, nous tourbillonnons, les yeux rivés dans ceux de l'autre, en parfaite harmonie. En parfaite coordination, souriants et amoureux.

Et puis d'un coup, Kenji Girac débarque avec sa guitare et se met à brailler. Le rêve vire au cauchemar. J'ai beau le frapper à coups de diadème, lui hurler d'arrêter parce que c'est *mon* rêve, il continue à chanter et tout le monde se marre.

On ira faire la fête
On ira faire les rois
Pour se vider la tête
Pour oublier, pour oublier, pour oublier, pour oublier

C'est finalement un grognement animal en provenance de ma gorge qui finit par m'extraire de ce capharnaüm burlesque.

Je vise avec humeur le visage angélique du chanteur gitan qui me sourit insolemment à travers l'écran de la télévision. Ma main fouille sous la couette et se referme sur le boîtier noir salvateur. Malheureusement, ce n'est pas la télécommande que je tiens, mais mon téléphone qui affiche plusieurs appels manqués, un message vocal et un texto. Tous de la même personne. Le nom qui s'inscrit sur l'écran achève de me réveiller totalement. J'en oublie Kenji.

Je me redresse brusquement, colle l'appareil contre mon oreille et écoute le timbre grave et inquiet de l'avocat.

— C'est Mark. La police vient de me contacter au sujet du local. Je prends la route, rappelle-moi vite.

La police ? Le local ? Mes pensées s'embrouillent et la panique me gagne. Le texto n'est guère plus rassurant.

Mark :
[Bordel, où es-tu ?!!!]

L'estomac au bord des lèvres et les mains tremblantes, je compose son numéro. Il décroche tout de suite.

— Bon sang, dis-moi que tu vas bien !

Je n'ai aucune idée de ce qu'il se passe, ni si je suis encore en train de cauchemarder, mais la voix pressante et inquiète de Mark me sort brutalement de mon mutisme.

— Je… ça va…

Le soupir qu'il lâche se répand dans toutes les veines de mon corps. Je l'entends jurer à l'autre bout de la ligne.

— Où es-tu ?

— Chez moi, je me suis endormie et puis j'ai vu tes messages… je ne comprends rien, que se passe-t-il ?

Je le devine chercher ses mots pendant un court temps de latence qui me paraît durer des heures.

— Il y a eu une effraction.

Oh non. Mes oreilles se mettent à bourdonner et l'angoisse me pétrifie.

— *Quoi ?* Mais comment ça, *il y a eu une effraction* ?! répété-je, hystérique.

— Je suis devant la boutique avec la police. Le mieux serait que tu me rejoignes le plus vite possible…

Je suis déjà dans l'entrée, un bras dans la manche de mon manteau, un pied dans l'une de mes UGG.

— J'arrive.

Les gyrophares et les voitures de police sont la première chose que j'aperçois lorsque je déboule dans la rue. Il est plus de trois heures du matin, pourtant, il y a foule devant ma boutique. Les yeux rivés sur mon enseigne grimée de peinture rouge, je peine à me frayer un chemin jusqu'à l'entrée. Je m'arrête net, détaillant le tableau désolant qui se présente à moi. Le volet roulant est relevé, la baie vitrée est complètement explosée et l'intérieur semble ravagé. Livide, j'avance au milieu de l'effervescence des policiers et évalue les dégâts d'un œil impuissant. Les débris de verre se mélangent aux plumes et aux décorations de mon sapin, le lourd plan de travail est renversé, le piano de cuisson est plié en deux et la chambre froide a été entièrement vidée et saccagée. Le sol est parsemé de framboise écrasée, de bouillie verdâtre, de sablés décapités, de nougatine brisée et de chocolat en purée. Mon cœur pulse et résonne dans mes tympans. C'est un cauchemar. J'étouffe un hoquet de stupeur devant l'étendue des dégâts et un désespoir sans nom m'envahit quand je réalise que le tiroir où reposait mon livre est vide. Complètement déboussolée, je me penche pour ramasser mon fouet pâtissier, dont l'armature a été entièrement dessoudée.

La voici devant moi, gisant sur le sol, maculant les murs et rampant jusqu'au plafond… l'histoire macabre de ma vie. Le spectacle pitoyable de Princesse, pauvre fille qui s'est brûlé les ailes en voulant viser trop haut.

— Je suis désolé.

Par-delà le bourdonnement de mes oreilles, la voix de Mark résonne dans mon dos. Je me retourne et le dévisage derrière une barrière de larmes que je ne retiens pas. J'accuse avec douleur le coup de massue et grimace amèrement.

— Ne le sois pas. C'est toi qui avais raison. Je ne suis qu'une idéaliste… Toute bonne chose a une fin, pas vrai ? En amour, comme partout, tôt ou tard, il y a toujours quelqu'un pour détruire et anéantir tout ce pour quoi vous existez.

Il avance d'un pas et pose une main sur mon épaule.

— Princesse… Ne te décourage pas, ce n'est que du matériel. C'est facilement remplaçable…

Je me dégage brusquement de son emprise et le toise avec hargne. Il n'y est pour rien, mais j'ai besoin de lui cracher tout mon désespoir à la figure.

— Comment tu dis, déjà ? C'est le cercle de la vie ? On avance, on détruit tout et on repart… Mais tu ne comprends rien !

Je lui montre l'ustensile abîmé.

— C'est le cadeau qu'*il* m'a offert le jour de mes dix ans.

Je ramasse ma blouse de travail lacérée et maculée de peinture rouge. Les larmes redoublent et ma colère s'intensifie.

— Mon père l'a fait faire sur mesure lorsque je suis sortie diplômée de l'école de pâtisserie. Ce matériel dont tu parles, c'est toute ma vie. C'est l'unique chose qui me permettait de réussir mes projets.

Je renifle de rage et de désolation.

— Mon livre a disparu ! Il était ma dernière connexion avec lui…

Tout est détruit, tout ce que je me suis attelée à construire se mélange avec le rouge vif de cette peinture indélébile. Le vide et l'abattement prennent l'ascendant sur ma colère.

Je n'ai plus rien. Plus de boutique. Plus d'envie. Plus de force.

Tandis qu'il s'approche à nouveau de moi et qu'il m'offre son épaule pour pleurer, je réalise d'un coup que toute mon histoire vient de s'effacer, comme ça, en une seule nuit.

CHAPITRE 26

Le passé c'est douloureux.
Mais, à mon sens, on peut soit
le fuir, soit tout en apprendre (Rafiki)

Son étreinte, comme sa voix, est ferme et autoritaire.

— Stop. Je ne peux pas te laisser dire une chose pareille. Ce ne sont pas ces objets ni ce livre qui te lient à ton père. Son héritage, le vrai, est en toi. Pas dans un morceau de ferraille ni un bout de tissu et encore moins un vieux grimoire de recettes que tu connais par cœur… Elles sont en toi. Tu es forte, intelligente et pleine de ressources. Ne dis pas que tu n'es rien, alors que tu es tout. Par conséquent, tu vas me faire le plaisir de sécher tes larmes et tu vas m'aider à remettre ce local en ordre afin d'honorer les commandes de tes clients.

Je le dévisage, incrédule. Le noir de mon cœur et l'accablement ont pris possession de moi. Il me faut un temps avant d'assimiler ce qu'il me dit. Mais la conviction de sa voix et la force qui se dégage de lui ravivent une minuscule étincelle d'espoir. Mes yeux se posent sur le piano de cuisson plié, puis sur le plan de travail ravagé et reviennent sonder ses iris sombres.

— Mais… regarde autour de toi… tout est détruit !

L'esquisse d'un sourire se dessine sur ses traits tendus.

— Non, pas tout.

Je fronce les sourcils, complètement larguée.

— Tu es encore là, ajoute-t-il. Et, je vais t'aider. J'ai un client, expert en assurance, qui peut venir constater l'ampleur des dégâts rapidement et accélérer la procédure de remboursement. Il me doit bien ça, c'est le quatrième divorce que je supervise… J'ai également un ami restaurateur qui acceptera de te prêter du matériel, le temps qu'il faudra. Si on s'y met tout de suite, on peut gagner du temps.

J'essuie l'humidité de mes joues avec la manche de mon manteau. J'ai envie d'y croire, mais trop de questions et de doutes parasitent mon esprit.

— *On* ?

— Oui, on. Je ne te lâche pas…

J'arque un sourcil, dubitative.

— Toi ? Mais tu ne sais même pas faire de café correct…

Il affiche un air contrit et un sourire adorable.

— J'apprends vite, à ce qu'il paraît. Et puis, je connais du monde qui serait ravi de venir nous prêter main-forte.

Nous sommes interrompus par un homme en uniforme.

— Mademoiselle Laurie, je suppose ?

Je hoche la tête devant le visage grave du policier. Il se présente rapidement et nous demande de sortir afin que ses équipes puissent relever d'éventuelles empreintes. Je resserre les pans de mon manteau, une fois à l'extérieur, et frissonne en observant la façade maquillée de rouge. Un café se matérialise sous mon nez. Je n'ai pas la force de sourire à Momo qui m'offre le plus doux des remèdes, en plus de son soutien. Mark le remercie à ma place, accepte également la boisson chaude et se poste près de moi. Pendant que les policiers s'affairent et prennent un maximum de clichés pour le dossier de l'expert en assurance, le policier en chef m'interroge.

— Vous avez une idée sur la ou les personnes qui pourraient vous en vouloir ?

Je me tourne vers Mark qui conserve un masque fermé, puis vers l'homme de loi aux faux airs de Fabrice Luchini. La conversation de lundi dernier flotte dans mon esprit et les mots de Sélène s'impriment en moi comme une ombre omniprésente. Je me mords la lèvre en proie à une angoisse naissante. Mark pivote vers moi.

— Parle, Princesse. Toute information a son importance.

Je hoche la tête et puise dans son regard pour me donner du courage.

— Mon ex-belle-mère est venue me rendre visite il y a quelques jours. Elle m'a menacée avec un faux courrier d'avocat…

Le sosie de l'acteur français hausse un sourcil.

— Qu'est-ce qu'elle voulait ?

— Elle souhaitait récupérer la moitié de l'héritage de mon père, afin de se la couler douce avec mon ex-mari.

Son deuxième sourcil rejoint l'autre. Je soulève les épaules devant son air étonné et lui explique brièvement ma situation, sans trop m'étendre sur les détails.

— Apparemment, elle serait enceinte de lui, ajouté-je enfin.

Il griffonne quelques lignes sur son carnet.

— Il me faudrait leurs noms et, si vous l'avez, leur adresse.

— Je peux vous la fournir, intervient Mark. Je leur ai fait parvenir un courrier de réponse.

L'officier acquiesce et se tourne vers moi.

— Sinon, vous pensez à quelqu'un d'autre qui pourrait vous en vouloir ?

Je secoue la tête négativement. Il fronce les sourcils et griffonne à nouveau.

— Il va falloir m'en dire un peu plus sur vous, mademoiselle.

— Il n'y a pas grand-chose à raconter… Je suis sûre que mon existence tout entière rentre sur une seule page de votre carnet.

Le téléphone de Mark sonne. Pendant qu'il s'éloigne pour répondre, je relate les grandes lignes de ma vie. De mon enfance heureuse à cette nuit chaotique, en passant par la mort de mon père, mon mariage catastrophique, mon emploi de femme-poisson, ma décision de louer ce local et l'envie de vivre de ma passion. Finalement, le policier noircit deux pages entières.

— Nous allons faire un tour à l'intérieur afin de nous assurer que rien d'autre que votre livre n'a été volé et qu'il s'agit d'un acte délibéré de vandalisme.

Je déglutis. Qui peut *délibérément* vouloir me faire du mal ? Mark nous rejoint très vite au milieu du capharnaüm et se poste près de moi. C'est son local. C'est normal qu'il soit là puisqu'il a été contacté par la police. Malgré tout, égoïstement, je suis tranquillisée par sa présence et je ne souhaite pas qu'il me laisse.

— Pensez à prévenir votre assurance dès que possible, ainsi que la vôtre, monsieur.

Nous hochons la tête de concert et passons plus d'une heure à lister le matériel de ma boutique et à évaluer les dégâts. Je constate avec amertume que mis à part mon livre et le peu d'argent liquide que j'avais laissé dans la caisse, rien ne manque. Le policier nous prend à part.

— Je n'ai aucune autre vocation dans la vie que de m'approcher du sens caché des choses et de le restituer[10]… Mais, pour être tout à fait honnête, mademoiselle Laurie, le remue-ménage de votre local ressemble à la plupart des actes de vandalisme que nous avons l'habitude de gérer. Ils sont fréquents dans le centre-ville, surtout à l'approche des fêtes. Nous avons un cas similaire au vôtre, récemment, dans le quartier de la Croix Rousse. Sans témoins ni empreintes, nous ne pouvons pas faire grand-chose malheureusement…

Le timbre de Mark se durcit.

— Et que faites-vous des menaces directes qu'a reçues ma cliente ?

— Rien ne lie ce brigandage à la venue de l'ex-belle-mère… Ne tirons pas de conclusions trop hâtives et attendons le résultat des prises d'empreintes…

— Donc, concrètement, qu'allez-vous faire ?

La moue résignée du flic parle pour lui quand il s'adresse à moi.

— Je vous recommande d'être vigilante et de me contacter si quelque chose de similaire se reproduit. Pour vous rassurer, j'enverrai mes gars patrouiller dans le quartier les nuits prochaines.

Mark jure entre ses dents et moi, je frémis. La matinée est déjà bien entamée lorsque les policiers quittent les lieux avec leurs recommandations. Et, malgré le passage du client de Mark, l'Expert en assurance qui s'occupe de la déclarations des dégâts, je suis toujours aussi accablée. Le policier en chef m'a laissé sa carte professionnelle. Il s'avère s'appeler Michel Cochon. Ça sonne moins dramaturge. Dépitée, j'observe

10 Citation de Fabrice Luchini

Mark tenter de redresser le plan de travail et l'abattement revient.

— Rentre chez toi, Mark. C'est le dernier week-end avant Noël, tu devrais être avec ta fille…

Il ne relève même pas la tête et repositionne le meuble. *Punaise, il est costaud !*

— Tu m'entends ? Cette histoire ne concerne que ma boutique, ne te sens pas obligé de m'aider… Je vais téléphoner à mon assurance et je me chargerai des travaux de réparation afin que tu puisses relouer l'endroit rapidement.

— Tu as fini ? Je peux parler ?

Cette fois, il se plante devant moi et me défie de ses iris orageux. En le détaillant un peu plus, je devine son départ précipité dans la nuit. Pas seulement dans sa tenue moins conventionnelle que d'habitude. Un jean délavé et un sweat de sport remplacent ses éternels costumes noirs. Ses cheveux désordonnés lui confèrent un côté sauvage qui, ma foi, lui sied à merveille. L'ombre d'une barbe naissante auréole ses mâchoires contractées et des cernes sombres accentuent la tempête de son regard qui s'abat sur moi. Je me rencogne, frappée par la beauté brute et naturelle de cet homme.

— Tu l'as dit. Noël est dans une semaine. Tu as des commandes à honorer dès lundi. Alors soit tu te bouges les fesses, soit c'est moi qui le fais. Et crois-moi, cela risque de ne pas te plaire.

Euh ça, je n'en suis pas si sûre.

J'évalue l'environnement qui nous entoure, submergée par un sentiment d'impuissance. Apparemment, on ne doit pas voir la même chose.

— Mais, je ne sais pas par quoi commencer !

— Moi, je sais. Tu vas rentrer chez toi prendre une douche et remettre tes idées en place. Puis, tu enfileras une tenue plus adéquate…

Je suis la direction de son regard et vise mon pyjama en soie, en partie dissimulé sous mon manteau. Sans se soucier de mon embarras, il dégaine son téléphone de sa poche, compose un numéro et le porte à son oreille.

— Et tu reviendras ici avec ta combativité et l'un de ces sourires dont toi seule as le secret. Je me charge du reste… Oui, bonjour, Mathilda, excusez mon appel un samedi…

Je le regarde enjamber les débris et sortir du local pour parler au téléphone. Son énergie et sa force charismatique viennent de mettre mon cafard au tapis d'un coup de pichenette. Je croyais Mark conquérant, guerrier, je me suis trompée. C'est juste un descendant direct de la planète Krypton. Pas besoin de cape, je suis sûre que le S est planqué sous son sweat. Je jette un nouveau regard autour de moi. Sa foi en moi me galvanise et m'autorise à croire qu'il a peut-être raison. Je suis anéantie, mais je suis encore là et, surtout, je ne suis pas seule. J'inspire longuement et vise le fouet que je tiens toujours en main.

Son héritage, le vrai, est en toi. Pas dans un morceau de ferraille ni dans un bout de tissu…

Mon père était un gagnant, au tempérament de feu. Il m'a élevée en toute simplicité, m'a transmis de belles valeurs humaines et la capacité à rebondir quoi qu'il arrive. Mark a raison. Je ne me laisserai pas faire. Je vais me battre et remettre mon entreprise à flot, à la force de mon poignet. Celui-là même qui brandit ce fouet.

Mais avant, j'ai une douche à prendre.

CHAPITRE 27

En trouvant l'équilibre vous serez vainqueurs (Li Shang)

Lorsque je reviens en tout début d'après-midi, armée de courage, de sacs-poubelle et de serpillières, des femmes en blouses roses s'activent dans la boutique. Telle une vraie fourmilière, elles trient, évacuent et nettoient sous la houlette d'une personne plus âgée. Je fais ainsi connaissance de Mathilda, la fameuse dame au plumeau, dame de ménage de la famille Miller. Pas très bavarde, mais redoutablement efficace. Je pose mes serpillières et mes sacs et rejoins Mark devant la chambre froide.

Équipé d'une visseuse électrique et de gants de protection, il s'affaire sur l'encadrement de la porte. Cette dernière a été déboîtée. Quand j'ai vu dans quel état était la cabine la première fois, j'ai pensé qu'elle était hors d'état de fonctionner. Mais maintenant qu'il consolide les fixations et que tous les boutons s'allument en vert, l'espoir renaît. Sans tarder, j'attrape une éponge et du produit à nettoyer, puis j'attaque les étagères.

— Ne me dis rien… tu as pris option «réparateur de chambre froide» à la fac de droit?

Ses fossettes se creusent, pourtant il reste concentré sur sa tâche. Encore une fois, je suis impressionnée par ses talents manuels.

— Peux-tu me passer le cruciforme?

Je m'exécute et lui tends l'outil.

— Sérieusement, où as-tu appris à bricoler ?

Il resserre un boulon et range le tournevis dans la poche arrière de son jean. Je bugge sur son côté fesses toujours aussi dément et reviens vite sur mes étagères avant qu'il ne me surprenne en train de le mater.

— Pendant mes études, j'ai cumulé plusieurs petits boulots à droite, à gauche…

Je l'observe à nouveau, perplexe, pendant qu'il trifouille la charnière en métal et qu'il évalue la fixation avec concentration.

— J'entends tes pensées d'ici, Princesse… Tu te demandes pourquoi un gosse de riches, à la carrière toute tracée, s'est amusé à mettre les mains dans le cambouis.

Je déglutis bruyamment et m'acharne sur une tache de coulis de fruits rouges, vexée qu'il lise en moi comme dans un livre ouvert, et soulagée qu'il n'ait lu que les grosses lignes… Oui, parce que mon esprit avait aussi dévié sur l'agilité de ses doigts.

— Pardon, ça ne me regarde pas…

Il se racle la gorge et récupère la visseuse électrique.

— Quand la mère d'Anna est tombée enceinte, j'étais encore étudiant. J'ai pris mes responsabilités.

Sa voix sombre, presque caverneuse, est recouverte par l'outil en marche. Je n'ai pas besoin de le regarder, je devine aisément son visage grave et impassible. Il relâche la pression du bouton.

— Je suis désolée, ça n'a pas dû être facile…

— En effet. Mais, je ne regrette rien. Anna est toute ma vie.

Nouveau vrombissement de visseuse. C'est la deuxième fois qu'il me parle ouvertement de la mère d'Anna. Est-ce qu'ils ont été heureux ? Que s'est-il passé pour qu'il soit aussi hermétique sur l'engagement amoureux ? Comment était-*elle* ? Et surtout, où est-elle ?

— Princesse ?

— Humm ?

— Je pense que cette étagère est propre.

Je me retourne et intercepte son regard moqueur. Je souris timidement et le contourne pour rincer mon éponge.

— Ta place est près d'Anna, Mark… Tu devrais la rejoindre.

— Bien sûr que je vais la rejoindre, mais pas avant d'être sûr que tu vas bien. Et puis, crois-moi, je ne passerai pas le pas de porte si elle apprend que je t'ai laissée seule.

Je le dévisage, surprise.

— Tu lui as raconté pour le saccage de ma boutique ?

— Je n'ai aucun secret pour ma fille. Plus elle en sait sur le monde qui l'entoure, plus elle sera à même de faire ses propres choix.

Ses fossettes se creusent légèrement.

— Et puis, quel père ignoble je fais si j'abandonne une Princesse en détresse ?

Je ris au souvenir du petit génie brun, de sa répartie si unique et de sa force de persuasion.

— Vu comme ça… Je pense que tu serais obligé de rentrer à dos de poney pour te faire pardonner.

Une lueur étrange anime le fond de ses pupilles.

— Le revoilà, ce sourire…

Le revoilà, ce regard électrique. Heureusement, l'arrivée d'Astrid fait diversion et me tire d'un nouveau yoyo émotionnel.

— Oh bordel, Princesse ! Mais que s'est-il passé ?

Astrid est dans tous ses états et je me surprends moi-même à la rassurer. Je lui relate rapidement les faits sous ses yeux choqués. Elle s'assied sur le seul tabouret qui tient encore debout, blanche comme un linge.

— Je savais que j'aurais dû rester hier après-midi !

— Ça n'aurait servi à rien. Ils sont intervenus dans la nuit… et puis je m'en serais voulu s'il t'était arrivé quelque chose.

En évaluant l'endroit avec un œil nouveau, je prends conscience de la violence des malfaiteurs. La manière dont ils ont lacéré ma blouse et maculé les murs de rouge me fait frémir d'effroi. Le visage de Thomas s'imprime dans ma tête. Il a beau batifoler avec ma belle-mère et en vouloir à mon héritage, j'ai du mal à imaginer ce grand blond, propre sur lui, agir ainsi. Un drôle de malaise s'installe. Peut-être que le policier a raison. Peut-être que ce n'est pas orienté sur ma personne et que ma boutique a juste servi de défouloir aux casseurs de la ville.

Astrid me prend dans ses bras.

— Oh, ma Princesse ! Je suis tellement désolée pour toi et je…

Elle s'interrompt lorsqu'elle aperçoit Mark. Je surprends la lueur intriguée qui traverse ses pupilles quand elle les repose sur moi. Je crispe un sourire et hausse les épaules.

— Euh oui… La police l'a appelé cette nuit, puisque c'est le propriétaire du local. Il m'aide à tout remettre en état…

Précision superflue puisqu'il termine de réparer la chambre froide. Tout seul.

— Nous ne serons pas trop de trois, ajouté-je avec un air convaincu.

Le regard d'Astrid dévie derrière moi et son visage s'éclaire.

— Je crois que tu peux allonger la liste de bras disponibles, Princesse.

Je me retourne vivement et dévisage, incrédule, les personnes qui franchissent le pas de porte. Momo, son fils, Catherine la yogiste, Pierre-Yves mon voisin boucher, Liliane la buraliste, Thierry le caviste et même Sélène en jean baskets arrivent en renfort. Je ne cache pas ma surprise ni mon émotion, quand Sonia et Liam, le tatoueur, entrent à leur tour dans la boutique. La première m'informe que ses sœurs la remplacent au magasin et le second précise qu'il a simplement reporté ses rendez-vous clients pour la journée. La présence et le soutien des commerçants de la rue sont aussi inattendus qu'ils sont d'or. Pas besoin de cadeaux, de dindes aux marrons, ni de guirlandes lumineuses… La magie de Noël est bien là, au milieu des sacs-poubelles, armée de gants, de seaux et de bienveillance. Je verse des litres de larmes de reconnaissance, me jure de les remercier comme il se doit quand tout sera terminé, puis nous lançons le début des festivités.

Sous les directives de Mark, les commerçants évacuent, réparent et multiplient les allers-retours à la déchèterie. Comme promis, le piano de cuisson et le four professionnel de dépannage sont livrés par le client restaurateur de l'avocat. En plus du matériel, ce dernier me prête une quantité phénoménale d'ustensiles indispensables et providentiels. Mathilda et son équipe, digne de l'émission « c'est du propre », décapent, nettoient et désinfectent le sol, les placards et les étagères. J'établis avec Astrid la liste des moules et appareils à remplacer rapidement, celle des courses et inventorie toutes les denrées alimentaires restantes et utilisables. Le timing est très serré et l'ambition démesurée, mais je ne suis plus seule.

Heureusement, je connais le grossiste comme ma poche. Ce dernier, prévoyant, a prévu plus de stock que d'habitude pour pallier les demandes liées aux fêtes de fin d'année. C'est pourquoi, malgré l'heure tardive de la journée, ses rayons sont encore bien fournis. Nos chariots se remplissent aussi vite que mon compte en banque se vide et l'aide de Sonia n'est pas de trop. Sur le chemin du retour, je la charrie sur son arrivée avec Liam. Elle qui ne définissait pas leur relation comme étant sérieuse se perd maintenant dans une suite de mots sans queue ni tête, le regard fuyant et les joues rouges. Il semblerait que le tatoueur bourru ait enfin marqué quelques points supplémentaires dans le cœur de mon amie… Je me réjouis intérieurement pour elle et j'espère que le grand nounours aux allures de bad boy se tiendra à carreau. Sinon, j'irai personnellement crever les pneus de sa moto.

Lorsque nous nous engageons dans la rue, les trottoirs sont en ébullition. À J-7 avant Noël, les retardataires jouent la course contre le temps qui les sépare de la terrible échéance. Je me sers de mon macaron de commerçant pour me garer devant *Mange-moi* et marque un moment en descendant de mon utilitaire. Je suis étonnée et agréablement surprise de la réactivité de l'assurance professionnelle, mandatée par le client de Mark. Une équipe de dépannage d'urgence est déjà sur place et s'affaire à remplacer le verre de ma vitrine endommagée. Elle installe également un nouveau rideau métallique, soi-disant impossible à fracturer. Même si je pense que les choses se sont accélérées sous la pression efficace d'un certain homme de loi, je me promets de moins râler quant à la somme conséquente que mon assurance prélève chaque mois sur mon compte en banque.

Pendant qu'avec les filles nous déchargeons et rangeons les courses, Thierry, Momo et Mark installent des planches sur des tréteaux afin de remplacer le plan de travail endommagé. Je ne m'attarde pas sur la reconnaissance éternelle que j'éprouve envers eux pendant que j'évalue mon local. Les murs sont encore maculés de peinture rouge, je ne suis pas certaine de la fiabilité des machines intérimaires et je n'ai pas trouvé d'emporte-pièce en inox, mais l'énergie positive qui règne dans cette cuisine remplace tout le matériel professionnel du monde.

La pâtisserie est un bonheur à partager.

Les mots de mon père n'ont jamais été aussi criants de vérité qu'en cet instant.

CHAPITRE 28

Rien ne se ressemble, rien n'est plus pareil, mais comment savoir, la peur envolée, que l'on s'est trompé (Madame Samovar)

L'équipe de nettoyage, ayant terminé sa mission, s'éclipse avec le reste des débris dans leur camionnette et des airs de conquérantes. Momo et son fils repartent chez eux non sans me promettre de venir m'aider demain. Catherine m'embrasse chaleureusement et s'évade retrouver ses enfants. Enfin, Liliane s'échappe afin d'aider son mari à baisser le rideau de son tabac-presse. Leur générosité m'arrache encore beaucoup de larmes, le soir quand, exténuée, je retrouve mon lit.

Le lendemain, dimanche 18 décembre, à l'aube, je retrouve mon équipe solidaire de novices pour une journée intense de travail. Pas le temps de m'épancher, ici commence l'utopique mission de rattraper mon retard et de respecter mes livraisons, dans une cuisine bancale, sur un laps de temps plus court que court. Le tout, sans me laisser distraire par le rouge des murs, par le flot incessant des passants curieux et par les fossettes sexy d'un certain grand brun en tablier de cuisine…

Mais, si j'ai bien hérité d'une chose de mon père, c'est de son éternel optimisme. Même si je l'ai oublié un instant quand j'ai découvert le saccage de ma boutique… Alors, je leur enseigne avec conviction la technique de la meringue, j'explique patiemment comment battre les jaunes d'œufs jusqu'à ce qu'ils blanchissent, je récupère en riant le loupé du caramel au beurre salé de Sonia et évacue les grumeaux de la crème anglaise. Le tout, avec le sourire et une bonne playlist. Je me lance à corps perdu dans la pâtisserie en appréciant, chaque seconde qui passe, la chance et le plaisir d'être si bien entourée.

Très vite, des ateliers se mettent en place. Mes amis viennent, repartent et réapparaissent au gré de leurs disponibilités tout au long de la journée. Mes bonshommes en pain d'épice reprennent vie, mes sucettes surprises se colorent de rose, de vert et de teintes vives, et mes terrines norvégiennes meringuées trônent fièrement dans la chambre froide. Évidemment, j'adapte et simplifie mes recettes, car malgré toute la bonne volonté de mes apprentis, le temps court, tel le lapin blanc (et sa montre à gousset qu'il consulte sans cesse) qui s'écrie sans cesse qu'il est en retard.

Ainsi, je découvre un Liam aussi drôle que maladroit, une Sélène déterminée avec une poche à douille, un Pierre-Yves plus doux qu'un glaçage au sucre vanillé, une Astrid survoltée et un Mark certainement plus à l'aise en robe d'avocat que dans un tablier de cuisine…

Il peut bien y avoir un tremblement de terre, un tsunami dévastateur ou une invasion de sauterelles mutantes, je n'échangerais ma place pour rien au monde. Bon, il y a des ratés. Beaucoup. Surtout chez les garçons, sans vouloir balancer. Mais cela n'est rien en comparaison de leur aide et de leur bonne volonté… Lorsque Thierry, Momo et Catherine apparaissent avec des bras chargés de victuailles, je prends conscience de l'heure avancée de la soirée. J'accepte volontiers le verre que me tend le caviste et m'autorise enfin à souffler.

Au milieu des cartons de commandes joliment enrubannés par Astrid et Liliane, nous apprécions le bonheur d'être ensemble et le plaisir d'un travail accompli. Je contemple le nouveau sapin que Sonia a rapporté plus tôt dans la journée et savoure, un peu en retrait, le joyeux brouhaha de ma boutique. La décoratrice se joint à moi.

— Tu m'expliques ce qu'il se passe avec Miller ?

Je me retourne vivement vérifiant que ce dernier n'a pas entendu et adresse un regard noir à Sonia.

— Je ne vois pas du tout de quoi tu parles.

— Oh, arrête ! Il ne t'a pas lâchée d'une semelle aujourd'hui et, toi, tu ressembles à un projecteur LED de boîte de nuit !

— Mais, n'importe quoi ! Tu sais bien que j'ai une peau super réactive !

— Elle a bon dos ta peau de rousse ! À d'autres, Princesse… tu craques pour l'avocat, et pas qu'un peu !

Je me mords la lèvre et ose un nouveau regard vers lui qui discute avec Pierre-Yves et Liam autour d'une pizza. Tout en parlant, il passe une main lasse et nonchalante dans ses cheveux. Je déglutis en suivant le parcours de ses doigts. Dans mon souvenir, ils sont doux, épais et incroyables. Je me tourne face au sapin.

— Ça se voit tant que ça ?

Ma copine affiche une moue compatissante.

— Quand on te connaît un peu, oui.

Mes épaules s'affaissent.

— Fait chier…

— Pourquoi ? Il est canon, intelligent, c'est un bon parti et là, il te bouffe littéralement des yeux…

Je m'enflamme et elle se marre.

— Tu clignotes, Princesse !

Je grogne de frustration et avale une gorgée de mon vin.

— Arrête, ce n'est pas drôle…

— Mais pourquoi ? Vu comment il te regarde, ça ne m'étonnerait pas qu…

Je l'interromps.

— On n'est pas compatibles.

Elle continue à rire.

— Parce que tu te crois dans l'émission *Tournez manège*[11] ?

Son hilarité s'éteint dans le fond de sa gorge lorsqu'elle croise mon regard dépité.

— Sans déconner, Princesse ! Tu n'as pas vécu assez de merdes pour t'autoflageller avec tes idées à la noix ? Mais, lâche prise, un peu ! Envoie-toi en l'air avec Miller !

— Chuuutttt !!!!

Elle se penche vers moi.

— *Envoie-toi en l'air avec Miller…*

— Ce n'est pas la peine de le répéter en chuchotant, j'ai compris !

Je souffle de dépit.

— Je n'ai plus envie de souffrir… ça fait trop mal. J'ai mis énormément de temps avant de me remettre sur pieds et de me reconstruire après mon mariage foireux. Il y a trop d'enjeux avec Mark, trop de mystères et, peut-être, trop de sentiments aussi…

Sonia pose sa main sur mon épaule.

— Je vois ce que tu veux dire… mais je pense que tu te brides toute seule. Des fois, ça fait du bien de lâcher

---

11 *Tournez-manège* était une émission télévisée française des années 80-90, pour les célibataires, qui consistait à trouver l'âme sœur.

prise et de faire confiance à ses émotions. Je l'ai compris dernièrement…

Elle parle de Liam et de leur rapprochement officiel. Je sais au fond de moi qu'elle a raison, comme je sais que je suis amoureuse de Mark Miller et que je suis fichue d'avance. Parce que même si l'attraction semble réciproque, il n'en est pas de même pour les sentiments. Il me l'a dit. Il ne croit pas à l'engagement. Je finis mon verre, trop fatiguée pour cogiter et relègue cette information dans un coin de ma tête. Les victuailles ramenées par Momo abondent dans tous les sens. Même si je n'ai aucun appétit, j'apprécie d'être aussi bien entourée et le vin est bon.

Liam lève son verre et m'envoie un clin d'œil.

— À ma pauvre langue, grande brûlée rescapée du caramel au beurre salé…

Un rire spontané m'échappe.

— Ta gourmandise te perdra !

Le barbu prend un air faussement outré.

— Tu pourrais être un peu plus compatissante ! J'aurais pu zézayer à vie avec ces conneries ! Vois le tableau du mec tatoué, baraqué et beau gosse qui drague en postillonnant des z à la place des s.

Je m'esclaffe en imaginant la scène. Sonia lui sourit insolemment.

— Ça ne risque pas de t'arriver, tu n'as rien d'un beau gosse.

Le regard qu'il lui décoche promet une suite entre quatre yeux explosive et incendiaire. Ils se sont bien trouvés ces deux-là ! Ils se chamaillent et se lancent des piques qui n'ont rien d'innocent, mais qui témoignent d'une alchimie sensuelle bien prégnante. Si bien que lorsqu'ils s'éclipsent dans l'arrière-cuisine pour chercher un des desserts que j'avais mis de côté pour ce soir, un doute m'assaille. J'intercepte le sourire amusé de Mark qui confirme mes interrogations. Mes bonshommes en pain d'épice risquent d'être les témoins du zézaiement intempestif de Liam… Même si je croise les doigts pour qu'ils ne fassent pas de cochonneries dans mon arrière-cuisine toute propre, je me réjouis pour ma copine qui brille de bonheur.

La soirée s'éternise encore un moment. La solidarité dont ont fait preuve les commerçants de cette rue ce week-end me remplit de fierté et d'amour. Je suis tellement heureuse de faire partie de cette grande famille et soulagée que la solitude se soit enfin lassée de moi. Sélène sonne l'heure du départ en quittant la boutique en premier. Peu à peu, les autres la suivent. En embrassant mes amis, je prends conscience que je suis exténuée. J'encaisse et ingère les émotions des dernières 48 heures. Il faut vraiment que je dorme. D'autant plus que la journée de demain s'annonce chargée… Mais, au fur et à mesure que ma boutique se vide, ma fatigue devient nerveuse. Et si ce n'était pas fini ? Si les malfaiteurs revenaient cette nuit pour recommencer ? Quand j'ai téléphoné au policier un peu plus tôt, il m'a informée que les relevés d'empreintes n'avaient rien donné de concret. Il m'a également appris que Lise avait un alibi hier soir et qu'il devait encore vérifier quelques détails. Il n'a, par contre, pas pu joindre Thomas. J'ai toujours du mal à croire que ce dernier pourrait être capable d'un tel acte de barbarie. Néanmoins, le manque de sommeil et mon émotivité à fleur de peau font défiler chez moi une succession de mauvais scénarios.

— Le nouveau rideau métallique assure une protection très efficace contre les intrusions et les policiers patrouillent…

La voix de Mark me tire de mes sombres tergiversations. Il a enfilé sa veste et il est le dernier à partir. Je lui adresse un sourire peu convaincant au vu de son froncement de sourcils.

— J'entends encore tes pensées, Princesse. Quoi que je te dise, tu ne cesseras de t'inquiéter, n'est-ce pas ?

Agacée qu'il puisse à nouveau lire en moi aussi facilement, je pince les lèvres. Le douzième coup de minuit vient de sonner, les autres sont partis se coucher et il devrait être avec sa fille. Mais il est encore là, solide et fort, à se soucier de ce que je ressens. La culpabilité me serre la gorge.

— Tu as tellement fait pour moi. Sans toi, j'aurais baissé les bras et j'aurais sombré. Merci beaucoup…

Je puise dans mes faibles réserves de persuasion, force le sourire et plante mon regard dans le sien.

— Grâce à toi et à tous ces gens si généreux, je vais bien. Je vais assurer mes livraisons demain, mes commandes seront honorées et ma boutique va continuer à tourner. Je vais bien, insisté-je à nouveau.

Il penche la tête et m'observe, dubitatif.

— Je ne te crois pas et tu te défiles, encore.

Mes mains se mettent à trembler. Je les camoufle dans les poches arrière de mon jean et adopte un air désinvolte.

— Quoi ? Mais, non… je ne me défile pas !

Ses yeux inquisiteurs me sondent et s'animent d'une lueur amusée.

— Ah non ? Alors pourquoi tu recules ? Je te fais peur ?

Je déglutis quand je réalise que mon dos touche presque le mur.

— Mais pas du tout, tu ne me fais pas peur ! Je recule parce que j'ai des impatiences dans les jambes… Il faut que j'active la circulation de mon sang, sinon je risque d'avoir les chevilles toutes gonflées demain !

Super. Madame glamour est de retour. Pathétique.

Mark étire un drôle de sourire et mon esprit divague. Soit, il se fiche de moi et il aurait bien raison, je suis ridicule. Soit, il se la joue à la Dexter. *Il va m'étrangler à mains nues, se débarrasser de mon corps et bouffer tous mes pains d'épices…*

— Il faut vraiment que l'on statue sur la tension ambiante, Princesse.

J'ai peur de comprendre où il veut en venir… Incapable de détacher mes yeux des siens, j'inspire doucement, aussi calmement que mon pouls me l'autorise.

— De quelle tension parles-tu ?

Son regard s'assombrit alors qu'il avance vers moi. Je déglutis et cette fois, m'immobilise.

— Je parle de celle-ci, précisément.

Mon cerveau se met sur off dès l'instant où ses lèvres percutent les miennes.

CHAPITRE 29

Un cavalier qui surgit hors de la nuit, court vers l'aventure au galop… (Zorro)

Ce baiser n'a rien à voir avec le premier. Il est exigeant, passionné et possessif. Je ferme les yeux sous la force de ce contact et me laisse happer par l'instant. Dans le calme de ma boutique, Mark m'enveloppe dans ses bras puissants et son aura charismatique. Peu à peu, nos langues entrent dans la danse, nos respirations s'accélèrent et nos corps réduisent l'infime distance qui nous sépare. Je rends les armes. Je me perds en lui et m'abandonne entièrement.

Moulés l'un à l'autre, l'environnement se brouille, mes pensées se disloquent et mes émotions se décuplent. La folie me guette. J'en veux plus. Je deviens l'esclave de mes sens qui réclament sa proximité, sa bouche, ses mains… Je succombe à un ressenti électrique, cuisant, jusque-là en hibernation chez les marmottes.

Mon cœur s'affole et bat à tout rompre lorsqu'il me serre fermement contre lui, qu'il me respire, qu'il me goûte et qu'il m'embrasse à corps perdu, comme s'il ne pouvait plus s'arrêter. Je gémis contre ses lèvres. C'est Mark que je veux. Mark que je sens. Mark qui fait l'amour à ma langue, qui empoigne ma nuque d'une main et qui me plaque contre lui de l'autre. Un nouveau souffle incontrôlé m'échappe devant cette démonstration de désir sensuel. Il faut que je le touche, que je glisse mes doigts sous son sweat, que je sente l'incandescence de sa peau et la fermeté de son torse sous mes paumes. Mais à la place, je m'accroche désespérément au col de son vêtement et l'attire plus encore contre moi.

— Tes lèvres ont le goût de cerise, lâche-t-il dans un souffle.

Si je souris extérieurement, à l'intérieur, c'est le bordel. Trop secouée, trop proche de lui, trop effrayée de lire d'éventuelles traces de doutes ou de regrets sur son visage… Mais c'est un second baiser que je reçois. Plus doux, plus tendre, plus rassurant aussi. Je plonge le nez dans son cou, m'imprègne de la chaleur de son corps et inspire longuement son odeur addictive. J'ai besoin de lui. Cette nuit, plus que jamais. Dans un état second et sous l'emprise de ses baisers, je baisse le lourd rideau de ma boutique, puis je l'entraîne chez moi.

Je n'ai aucune idée du temps que nous mettons à rejoindre mon appartement, ni comment je réussis à ouvrir la porte d'entrée, mais la seule chose dont je suis consciente, c'est de sa bouche sur la mienne et de ses mains sur ma peau. Très vite, je perds également la notion d'espace. Ma tête se vide de tout à l'exception de lui, de son odeur et de son goût. Je suis bien incapable de définir lequel de mes murs nous percutons, ni quel cadre vient de tomber ou si nous avons allumé la lumière. Ma faculté à réfléchir et ma lucidité sont prises en otage par les sensations inouïes que je ressens sous ses caresses. Entre mes gémissements incontrôlables et ses grognements gutturaux, j'accuse de plein fouet la brûlure qui se répand dans tout mon corps. *Douze mois, quand même.*

Je glisse mes mains sous son sweat et frémis au contact de sa peau bouillante et de ses muscles parfaitement dessinés. Mon imagination fertile était bien en deçà de la réalité… Je ne découvre pas de S quand il retire son tee-shirt, mais c'est encore mieux. Il est la perfection masculine à l'état brut. Viril, magnifique et tout à moi. Je le désire comme jamais je n'avais désiré avant lui. Ses mains, ses lèvres, son souffle, je les veux partout.

Le temps se suspend tandis que je le dévore d'un regard avide et affamé. Mes yeux n'arrivent pas à fixer leur attention tant le tableau est grandiose. Entre ses épaules solides, ses pectoraux parfaitement dessinés, ses abdos sculptés et ses prunelles orageuses, annonçant d'ici peu un séisme de magnitude 9.1, je ne sais plus vraiment où je suis ni comment je m'appelle. Je déglutis d'excitation. D'appréhension aussi. Lentement, avec des gestes d'apparence plus contrôlés que les miens, il attrape à son tour le bas de mon tee-shirt, le passe par-dessus ma tête et le lâche au sol, exposant ainsi ma peau blanche et provoquant le tressaillement involontaire de ma poitrine. Ses prunelles sombres étudient également en détail la moindre parcelle de mon corps découvert. Son torse se soulève à un rythme rapide et son souffle s'échoue dans le creux de mon cou quand, d'une caresse précautionneuse, il effleure du bout de son index l'épiderme de mon décolleté partiellement recouvert d'un sous-vêtement de dentelle blanche. Un soupir de plaisir m'échappe à ce simple contact.

— Bon sang, Princesse, j'ai tellement envie de toi, murmure-t-il d'une voix rauque.

Une myriade de désirs ravage tout mon être sous sa confession aussi spontanée qu'érotique. Rassurée par l'effet que je lui fais et enhardie par la soif que je lis sur ses traits, je dégrafe mon soutien-gorge devant ses yeux désormais noirs.

Ainsi, la dernière barrière qui obstruait l'exposition de ma poitrine rejoint rapidement mon tee-shirt au sol. Il retient son souffle. Je fais de même. Je n'ai pas un corps parfait. J'ai de petits seins, une taille marquée et, malgré un ventre relativement plat, des hanches qui apprécient un peu trop le sucre… Mais ce soir, devant son regard incandescent, je me trouve belle, désirable. Je me trouve femme. Dans un geste possessif, il m'attire à lui par la taille et nos peaux bouillantes entrent en contact signant alors le retour d'une passion incontrôlable.

Le reste de nos fringues vole, nos bouches fusionnent, se percutent, s'affrontent et se dévorent. Pendant que mes doigts tirent et malmènent ses cheveux, les siens, chauds et impatients, s'approprient les courbes de mon corps et déclenchent une affluence de sensations exquises.

Exit les idées noires, ma capacité de réflexion et ma retenue… J'abandonne mon souffle et ma raison lorsque enfin, il fond en moi et qu'il signe de la pointe de son épée un M, qui veut dire Mark. Contre son corps d'homme pulsant de désir, vibrant d'un appétit viril et insatiable, j'en oublie mon nom.

Là, au milieu de mon petit salon, allongés à même le sol sur un lit de vêtements froissés, éclairés par la lumière naturelle d'une lune nouvelle, nous ne faisons plus qu'un. Il inspire mes soupirs, je dévore sa bouche et nos bassins ondulent en parfaite harmonie dans une danse qui n'appartient qu'à nous.

Lorsque enfin l'ultime plaisir nous ravage et emporte avec lui nos dernières forces, je prends conscience d'une chose. L'amour avec Mark Miller, c'est comme la tarte Tatin. C'est renversant.

Accrochée à la barre du tramway que j'ai préféré cette fois à la marche à pied, j'ai des difficultés à reconnaître mon reflet dans la vitre ce matin. J'ai la tête de quelqu'un qui n'a pas dormi plus de quatre heures cette nuit et qui vient de perdre sa virginité d'un an d'abstinence… La faute au grand brun qui sommeille encore dans mon lit, entièrement nu et que j'ai eu du mal à quitter… J'aurais aimé lui cuisiner des pancakes aux pépites de chocolat avant de partir, mais ses bras chauds et puissants m'ont retenue prisonnière d'un plaisir coupable. Résultat, je ne suis pas très en avance sur mon planning et, même si je ne regrette rien, il va falloir que je m'active un peu plus… Il passera me voir dans la journée pour me rendre les clés de mon appartement et pour s'assurer que mes lèvres sont toujours aussi douces… Il me l'a affirmé avec un sourire charmeur, ensommeillé et super sexy. Malgré mes cernes que je n'ai pas pris le temps de dissimuler, mes joues sont un peu plus roses que d'habitude et un rictus coupable paraît s'être définitivement installé sur mon visage. Il va me falloir une double dose de café pour que je redescende sur terre et que je tienne le marathon de ma tournée.

Nous sommes le 19 décembre et ce matin, toute la ville semble rechigner à se tirer du lit. Le marché de Noël est encore fermé, le tramway ne compte pas beaucoup de travailleurs de l'aube et le soleil n'est toujours pas levé. Je regarde le paysage défiler sans vraiment le voir et, alors que les stations s'enchaînent, mon esprit rejoint le corps chaud de Mark dans mon lit. Le souvenir encore frais de sa peau bouillante contre la mienne et de son regard fiévreux me plonge dans un tel état d'euphorie que j'en oublie presque de descendre à mon arrêt. Douze mois d'abstinence réduits à néant par des yeux gris acier, des mains expertes et une baguette magique aux dimensions plaisantes. Cette nuit, c'était fou, incontrôlable, enivrant… Mais qu'en est-il de la suite ? J'enfonce le nez dans mon écharpe, accélère le pas en direction de *Mange*-moi et sombre dans le déni. Je dois me ressaisir. Me protéger. Hier, c'était un bon moment de lâcher-prise, un beau défouloir, un cours de CrossFit, niveau trois, sans le chrono. Mais aujourd'hui, malgré mes courbatures et mes pensées embrouillées, je dois me concentrer sur la boutique.

Lorsque je tourne dans la rue piétonne, je constate avec soulagement que le rideau de fer est toujours en place. Je m'arrête acheter quelques oranges chez Momo, échange quelques mots avec lui, puis j'ouvre *Mange-moi* avec une excitation contenue. Je reprends vite mes habitudes. Je me fais un café pendant que le PC portable s'allume, vérifie que ma pâte à brioche est bien montée cette nuit, je liste les nouvelles commandes et pointe celles qui s'apprêtent à partir. Astrid arrive peu de temps après et m'aide à charger mon utilitaire.

— Tu m'as l'air toute guillerette, aujourd'hui ! lance-t-elle avec une lueur espiègle dans le regard. Que s'est-il passé cette nuit ?

Trois fois rien. Juste trois orgasmes, une chevauchée sauvage et un corps-à-corps endiablé avec le dernier fils de Krypton.

J'étire mes lèvres et lui adresse un sourire pétillant.

— J'ai eu mon cadeau de Noël avant l'heure !

Ma collègue se marre en posant le plateau de bûchettes glacées dans le camion.

— C'est bon de te voir sourire à nouveau, Princesse.

Je rougis jusqu'aux oreilles. La remarque d'Astrid fait mouche et je prends conscience du changement qui s'opère en moi depuis hier. La solidarité des commerçants, Mark, cette nuit… Pour avancer, il faut parfois savoir s'ouvrir aux autres et accepter la main qu'on nous tend. Aujourd'hui, je me sens bien. Mieux, je me sens en confiance. Avec l'envie cuisante de concrétiser mon projet fou et de conquérir le monde, je souris à nouveau. Je vérifie que tout est bien calé dans le coffre et me tourne vers ma collègue.

— Merci Astrid, pour ton aide et ton amitié. Je souhaite que tu profites de tes fêtes et de tes proches. Tes parents arrivent toujours ce midi ?

— Oui, j'ai hâte de les voir. Tu vas t'en sortir sans moi ? Je peux revenir te prêter main-forte si tu veux…

Je secoue la tête, catégorique.

— Pas question. Ces moments en famille sont plus précieux que n'importe quel travail… Et puis, je peux gérer seule les prochains jours. Je vais faire les livraisons ce matin et j'assurerai les dernières urgences par la suite. Je vais y arriver, ne t'inquiète pas.

Ma collègue m'adresse un sourire soulagé. Ses parents viennent de Russie pour la voir. Je sais que cette fête est sacrée pour elle et sa famille. Je culpabilise déjà de la courte nuit et du travail harassant qu'elle a dû fournir dernièrement pour moi. Elle me confirme qu'elle ferme la boutique derrière moi. Je la remercie, lui intime de prendre quelques bûches glacées avant de s'en aller, lui souhaite de belles vacances et grimpe dans mon camion. Puis, je pars, ma liste d'adresses en poche et la voix du GPS pour unique compagnie.

Ce que j'aime par-dessus tout dans mon métier ce sont les regards gourmands et les sourires conquis des clients. À quelques jours du réveillon, je suis servie. Tous mes efforts et les sacrifices de ces derniers jours sont récompensés. C'est mon plus beau cadeau, après les baisers de Mark bien sûr. À chaque arrêt, qu'ils soient particuliers ou entreprises, ma camionnette bleue est accueillie comme le Messie. Je mange des kilomètres, serre beaucoup de mains et échange un milliard de vœux. Si bien que lorsque je reviens au point zéro, le coffre et le réservoir d'essence vides, j'ai le visage d'un matin de Noël.

La journée est bien avancée lorsque je rejoins la boutique. J'utilise mon macaron de stationnement et, avant de descendre, je consulte mon téléphone. J'écoute avec un sourire à peine contenu la voix grave de Mark qui me demande si mes livraisons se sont bien passées et qu'il peut remettre le tablier si jamais j'ai besoin d'aide derrière les fourneaux…

Les pensées coquines font disjoncter les rationnelles. Mark. En tablier. Uniquement en tablier…

Il ajoute qu'il rentre sur la station en fin d'après-midi après avoir réglé quelques affaires et que, je cite, parce que c'est Noël et qu'il se sent l'âme généreuse, il est prêt à me céder le côté droit du lit dans la chambre d'amis du chalet. Façon joliment déguisée de signifier qu'il aimerait que je le rejoigne pour les fêtes. Visiblement, il a décidé qu'il aimerait me revoir.

Je me mords la joue et fixe mon tableau de bord un long moment. C'est jouable. Je peux livrer tôt les matins et et, grâce aux petites mains bienfaitrices d'hier, je suis quasiment à jour dans mes préparations de commandes. Je fais quoi ? Je passe le réveillon avec Patrick Sébastien ou je rejoins l'homme au regard incandescent, ainsi que sa charmante famille ? Je choisis la sécurité rassurante pour mon cœur ou j'opte pour une relation incertaine ? Bêtisier ou Man of Steel ?

J'étire les lèvres et saute de ma camionnette, la tête déjà dans les montagnes.

Et puis je me fige.

Un grand blond à la beauté qu'autrefois je trouvais ravageuse m'attend sur le pas de porte de ma boutique.

CHAPITRE 30

On ne voyait que trop que le Prince était charmant…
(Blanche-Neige)

Au cinéma ou dans les contes de fées, les histoires d'amour semblent si faciles. La fille se rend compte, parfois tardivement, que l'homme de sa vie est juste là, sous son nez, un bouquet de roses à la main et un regard plein d'espoir. Bien sûr, elle est ultralookée, pas un cheveu de travers et elle a toujours le droit à son happy end en mode gros plan sur le bisou smack. On nous balance, depuis la nuit des temps, qu'*un jour notre prince viendra*, que les oiseaux chanteront et que les cloches sonneront l'union de nos cœurs. Bla-bla-bla. Ne cherchez pas, j'ai plagié la fille au serre-tête rouge. Résultat des courses, on espère toutes en secret qu'un jour cela nous arrive… et quand on tombe sur l'homme avec un grand H, on y croit. Franchement, qui n'a jamais rêvé de porter la robe de bal de Cendrillon, de se balader en barque entourée de lanternes flottant dans les airs comme Raiponce ou de guérir d'une intoxication mortelle à la pectine grâce au bisou magique de l'homme à l'épée aiguisée ?

C'est magnifique, ça fait rêver et, de nos jours, on a besoin de croire en quelque chose de charmant… Mais, j'ai beau m'appeler Princesse et adhérer à l'amour véritable, sincère et durable, il n'y a pas écrit pigeon sur mon front. Aujourd'hui, si tu perds ta chaussure à minuit, que tu parles toute seule aux animaux ou que tu vois des nains partout, c'est que t'es bourrée ou complètement cinglée. Si tu crois qu'un unique baiser t'assurera l'amour éternel, les gosses et le happy end, c'est parce que tu n'as pas encore goûté aux joies ô combien extraordinaires de la love story à l'horizontale. Et enfin, si tu penses que des fleurs et un sourire penaud suffiront à tout pardonner, alors tu te fourres le doigt dans l'œil jusqu'au nez.

Thomas est là. L'animation effervescente de la ville, les illuminations de Noël et les nombreux passants me permettent de garder un pied dans ma réalité. Je suis ici chez moi, dans ma rue, devant ma boutique. Sa présence, comme un point noir sur une peau lisse, me dérange. Elle m'étouffe et m'asphyxie. Cet homme qui fut jadis mon tout, mon prince et le centre de mon monde, semble revenir du passé. Droit, fier, armé non pas d'une épée, mais d'un sourire goguenard et d'un bouquet Interflora. Il a toujours autant de prestance et d'allure. Mais, s'il fut un temps où je le croyais magnifique, fiable et amoureux, aujourd'hui, à l'image de ses roses jaunes, il me paraît terne, artificiel, et totalement hors-saison. *Et puis jaune, dans le langage des fleurs, n'est-ce pas la couleur de la trahison ?*

Alors que ses billes noisette balaient ma silhouette, un frisson déplaisant court le long de mon échine. Avant, je me serais souciée de mon apparence. Il aimait mes longueurs relevées en chignon, mes petits sablés au caramel et mon écoute attentive. J'aurais certainement enfilé autre chose que des boots motardes et un jean déchiré. J'aurais aussi attaché ma chevelure, comme il préfère, et surtout, je n'aurais pas porté ce bonnet en laine jaune à pompon. Seulement voilà, il a merdé et j'ai arrêté de m'habiller pour les autres.

— Bonjour, Princy.

Je pince les lèvres au son de sa voix familière qui me ramène à de malheureux souvenirs. Mon cœur se comprime malgré moi et mon ventre se noue. Par réflexe d'autoprotection, je baisse les yeux et m'accroche aux clés de ma boutique dans la poche de mon blouson.

Bibbidi-Bobbidi-Boo, faites qu'il disparaisse sur-le-champ.

— Au revoir, Thomas.

Sans relever la tête, je le contourne et sors la clé de ma poche.

— Attends… s'il te plaît, je peux te parler ?

Il s'est approché. Il est tout près. Son parfum familier boisé me monte au nez et mon malaise s'intensifie. Ce dernier se transforme peu à peu en une colère sourde et froide. Je fais volte-face et pointe mon index vers lui.

— Est-ce que c'est toi ?

Surpris par mon brusque changement d'humeur, il fronce les sourcils et esquisse un mouvement de recul.

— Pardon ?

Je plisse les yeux et sonde son âme, à la recherche d'une trace de foutage de gueule.

— Est-ce que c'est toi qui as volé mon livre ?

J'avance, menaçante, le doigt pointé sur lui.

— Est-ce que c'est toi qui as maculé les murs et les plafonds de ma boutique de cette couleur abjecte ?

Il recule d'un pas. Ses yeux s'agrandissent, les miens se rétrécissent en une fente accusatrice et dominatrice.

— Est-ce que c'est toi qui as lâchement brisé mon fouet et lacéré ma blouse ?

Ses sourcils pointent vers le ciel.

— Tu m'accuses à tort ! Pourquoi j'aurais fait une chose pareille ?

Je tique sur son air sincère et sur sa vive réaction. Thomas est un queutard de belle-mère et un mangeur de gâteaux industriels, mais c'est un très mauvais menteur. Même s'il n'a pas d'alibi pour vendredi dernier, selon les policiers, je le crois. Je croise les bras et fronce les sourcils.

— Qu'est-ce que tu fiches ici ?

Il soutient mon regard comme s'il cherchait une faille, un signe de faiblesse que je me garde de montrer. Puis, il soupire et sort une enveloppe de sa veste. Je n'ai pas besoin de la lire, je reconnais le tampon du cabinet de Mark. Il tient entre ses mains ma lettre de défense. Celle où je dis qu'il ne touchera pas un sou de mon héritage. Il agite l'objet devant lui avec lassitude.

— C'est quoi, *ça* ?

Je hausse les épaules avec évidence.

— C'est une réponse à la menace de Lise.

Il emprunte un air outré.

— La menace de Lise ? Tout de suite les grands mots… Elle ne t'a pas *menacée*, Princy ! Elle est venue prendre de tes nouvelles… Je sais que tu nous en veux et c'est parfaitement compréhensible. Mais si c'est une façon de te venger de moi, c'est vraiment petit…

Je lâche un rire mi-désabusé, mi-choqué.

— Me venger de toi ? Non, mais tu te moques de moi ? Arrête de te regarder le nombril ! Lise est venue avec un faux courrier d'avocat. Elle m'a sommée de lui verser la moitié de mon héritage avant la fin du mois ! Elle m'a bien *menacée*.

Il soupire bruyamment, l'air excédé.

— Elle m'a prévenu que tu dirais ça… C'est à cause de moi si tu as viré parano et j'en suis sincèrement désolé. Tu sais, j'ai eu quelques problèmes de santé cette année qui m'ont permis de relativiser sur le sens de la vie. Si Lise n'avait pas été là, je serais sans doute devenu alcoolique ou dépressif… Cette douloureuse épreuve m'a ouvert les yeux et j'ai pu faire le bilan de mes erreurs. J'ai réalisé que je t'avais profondément blessée. C'est la raison de ma venue. Je sais que tu te sens seule et que tu bloques toujours sur moi. Je suis conscient que je t'ai fait souffrir. Mais il faut vraiment que tu avances comme j'ai réussi à le faire…

Je suis estomaquée par ses mots et sa force de persuasion. Je le croyais intelligent sous ses faux airs mystérieux, en fait il est juste con. Soit il est très bon acteur, soit Lise lui a retourné le cerveau. Vu sa tête de merlan frit, je penche pour la deuxième option. Il regarde le bouquet qu'il tient toujours en main et me le tend avec un sourire niais.

— Je viens en paix12.

Je ne résiste pas plus de deux secondes avant d'éclater de rire.

— Non, mais tu fais surdose de rayons XLise ma parole ! Elle t'a cramé le neurone de l'humilité !

— Tu as fini ?

— Oh non, c'est trop bon ! répliqué-je, franchement amusée.

— Je crois que tu es ivre…

Je repars de plus belle. *Même pas !*

---

12 Avis aux amateurs de films d'animation… Un bon point pour celui ou celle qui trouvera le nom du personnage qui prononce cette phrase ! Pas de triche ni de Google et encore moins l'aide de vos enfants !

— Qu'est-ce que tu peux être gamine parfois ! Tu n'as pas l'air de bien comprendre, s'énerve-t-il. Je suis venu ici afin d'apaiser les tensions et régulariser la situation. Lili n'en peut plus de tout ça et je dois te dire que je suis fatigué. Alors, s'il te plaît, est-ce qu'on peut discuter calmement, entre adultes raisonnables ?

— Je n'ai pas envie de parler avec toi. J'ai des choses à faire plus importantes, figure-toi, comme d'aller faire pipi…

— Non, mais ça ne s'arrange pas dans ta tête ! Et dire que je culpabilisais. Lise dit vrai, tu n'es qu'une petite écervelée capricieuse et complètement barge.

Il se passe une, voire deux secondes de latence avant que je n'assimile ce qu'il vient de me dire. J'évalue son air revêche et me revois, un an plus tôt, au fond du gouffre, en train de vomir notre mariage à l'arrière-goût de Gewurztraminer. Mon sourire s'efface.

— Tu as passé un contrat avec le Grinch ? Tu reçois des intéressements à chaque fois que tu fais une mauvaise action juste avant Noël ? J'ai autre chose à faire que d'écouter tes confessions intimes de minable. Offre tes fleurs à quelqu'un d'autre et garde tes leçons de vie pour ton enfant à venir !

Son visage se déforme sous un afflux brutal de colère. Il jette violemment le bouquet au sol.

— Comment peux-tu me dire une chose pareille ? Je… je suis stérile !

Alors qu'il hurle, sidéré, la fin de sa phrase et que toute la rue se tourne vers nous, je reste muette de surprise. Mon ex-mari vire au rouge et je prends conscience de trois vérités essentielles :

Un : je n'aime plus Thomas.

Deux : Thomas n'est ni mauvais ni dangereux. Il est juste complètement idiot.

Trois : Thomas est cocu.

CHAPITRE 31

En garde, Monsieur ! (Prince Éric)

J'aime les gens. Parfois même, un peu trop. Mon père se moquait souvent de moi à ce sujet. Voir les personnes heureuses me remplit de joie et quand elles sont tristes, eh bien les trois-quarts du temps, je pleure avec elles. Aussi, quand Thomas percute et blêmit sur le pas de porte de ma boutique, je retiens mon sourire (j'ai dit les trois-quarts du temps…). Le visage livide et le regard égaré, il me pointe du doigt.

— Sorcière !

Ah non, ça ne va pas recommencer !

— Tu n'es qu'une menteuse ! Tout ça parce que je n'ai jamais voulu faire de mômes avec toi !

Il m'aurait enfoncé une lame froide et tranchante dans le cœur, ça aurait été moins douloureux. J'accuse le coup. Il m'a balancé sa patate chaude et me regarde me consumer de stupéfaction avec ses yeux remplis de colère. Des enfants, bien sûr que j'en voulais ! Plein ! Je me projetais en maman gâteau, conductrice de carrosse à quatre roues, version Scénic, autant qu'en épouse fidèle. Mais mes rêves sont tombés à l'eau quand il est parti avec l'autre. Dos au mur, je l'observe s'avancer vers moi, le regard fou et les poings serrés.

— Thomas… Je suis désolée pour ton problème, mais tu te trompes de méchante, là !

Il ne semble pas m'entendre. Je devrais bouger, appeler de l'aide ou réagir… Mais, allez savoir pourquoi, je reste bloquée devant lui. Je reviens sur ce que j'ai dit précédemment, Thomas est peut-être dangereux finalement (même s'il est toujours aussi con). Mes yeux virevoltent de ses mains à son expression hargneuse avec rapidité, appréhension et culpabilité. Je n'ai pourtant rien à me reprocher, j'ai été sincère et droite dans mes boots. Il avance encore et, alors qu'il entre dans ma zone intime et mange mon espace vital, une voix grave et familière résonne en arrière-plan.

— Un problème ?

Thomas se retourne vivement et ma vue se dégage. Mark, visage sévère et sourcils froncés, me détaille avec inquiétude. J'imagine que mon teint livide et ma posture rigide répondent à sa question puisqu'il avance d'un pas.

— Princesse, tu vas bien ? insiste-t-il en focalisant toute son attention sur moi.

— C'est Thomas, murmuré-je en pointant mon ex-mari du doigt. Il vient pour…

Je n'ai pas le temps d'ajouter autre chose que Thomas, visiblement mécontent de l'intrusion de l'avocat, s'interpose.

— Non, mais, t'es qui, toi ? De quoi tu te mêles ?

L'expression sévère qu'affiche Mark est certainement celle qu'il emprunte face à un confrère teigneux ou à un juge intransigeant. Impressionnant par son charisme, il plante un regard franc et autoritaire dans celui de Thomas.

— Je suis Maître Miller, avocat spécialisé en droit du divorce et de la famille. Je représente Princesse dans le litige qui vous oppose à elle. Aussi, je vous demande de reculer d'un pas et de vous éloigner de ma cliente, auquel cas, je me verrais dans l'obligation de faire appel aux services de police.

Ça claque. J'adore. Mon esprit occulte rapidement la vision de mon ex et se projette vers la nuit dernière… *Sa bouche sur la mienne… Ses mains sur ma peau…* Stop.

Thomas et son rire sarcastique me ramènent au présent.

— Ah ouais ! Je vois ! crache-t-il en toisant mon sourire niais. Et ses honoraires, tu les paies en nature ?

Je souffle de dépit et fronce les sourcils.

— Tu es complètement ridicule, Thomas. Je ne comprends pas comment j'ai pu perdre deux ans de ma vie aux côtés d'un macho décérébré. C'est vraiment très triste que tu ne puisses pas avoir d'enfant, mais ce n'est pas une raison pour être aussi mauvais !

Son visage se déforme de façon hideuse. Je ne l'ai jamais vu s'énerver au point d'en être aussi moche. Mais le contact de mon ex-belle-mère l'a transformé. Et pas en bien. Alors que je le défie du regard, il s'avance vers moi, les joues rouges et le front luisant.

— Fais attention à ce que tu dis, siffle-t-il. C'est un sujet très sensible pour moi…

— Bon, ça suffit, intervient Mark sèchement. Maintenant, tu ramasses tes fleurs, tes discours de phallocrate frustré et tu dégages.

Les deux hommes s'affrontent du regard. Un mauvais pressentiment germe dans mon esprit alors que la tension ambiante s'intensifie. Je bloque mon souffle. Ils ne vont pas se battre tout de même ? Thomas renifle avec dédain et crache au sol.

— Je n'ai pas d'ordre à recevoir de toi, avocat de mes deux… C'est une histoire entre *elle* et moi.

— Plus maintenant, tranche Mark. C'est une histoire entre toi et la loi.

Thomas ricane.

— Ah ouais, *la loi*! Carrément! Et depuis quand *la loi* se tape sa cliente? Dis-moi, elle s'est mise à genoux avant ou après le courrier?

La bouche ouverte et les yeux comme des soucoupes, j'assiste en direct à une scène inouïe. Thomas, son excès de sébum et son air enragé face à Mark dont le regard s'assombrit de seconde en seconde. Et puis, ça va très vite. Je ne sais pas lequel des deux lance les hostilités, mais il suffit d'un clignement de paupières pour qu'ils se retrouvent au beau milieu de la chaussée dans un combat surréaliste. Dans l'arène de la rue, les passants et les commerçants se regroupent autour d'eux. Thomas, une main sur le nez, vise le sang qui macule ses doigts et se jette sur l'avocat de tout son poids. Comme un fou, il entraîne Mark dans sa chute. Les deux hommes tombent lourdement au sol et s'agrippent par le col. S'ensuit un joyeux bordel de coups de poing, de genou et de tête. Tout va vite, les injures fusent abondamment et les frappes redoublent d'intensité. *Mais, ils vont s'entretuer!* Mes cris sont recouverts par ceux de la foule qui s'emballe. J'aperçois le tatoueur qui sort de son salon, pour assister à la scène. Je me précipite vers lui.

— Liam! Il faut les séparer!

Le commerçant me fixe comme si je lui parlais dans une autre langue puis il croise ses bras musclés sur son torse et pointe les hommes du menton avec un sourire railleur.

— Tu rigoles? J'ai parié cinquante balles sur l'avocat!

Les yeux sortent de mes orbites.

— *Quoi?* Mais… tu as parié avec qui?

— Avec moi ! lance Pierre-Yves, le boucher, qui s'essuie les mains sur son tablier plein de sang. Le blond a l'air vénère et il a un bon crochet du droit… je double la mise !

Et dire que je le trouvais aussi doux qu'un glaçage à la vanille hier… Liam plisse les yeux et se frotte la barbe.

— Ouais, mais l'avocat veut la fille ! Je reste sur lui !

— Hey ho ! Je suis là ! me manifesté-je en agitant la main devant lui.

— Je suis ! lâche Momo que je ne vois pas arriver. Allez, Miller, vise le plexus !

Je regarde estomaquée ces hommes que je croyais mes amis lancer les paris et encourager le combat. Sous les cris et les acclamations de la foule de plus en plus nombreuse, Thomas envoie son fameux crochet du droit, selon les dires du boucher, dans l'arcade sourcilière de Mark. Ce dernier chancelle, percute l'établi de Momo et les oranges rebondissent sur le sol. Pierre-Yves exulte et mon cœur loupe un battement. Le primeur ne se formalise pas pour ses fruits, au contraire, il continue d'encourager Mark qui se relève et riposte avec un uppercut du gauche. Thomas roule sur un agrume, recule de trois pas et s'écroule sur la pancarte du tabac-presse. Bruno, le mari de Liliane, sort son portefeuille de sa poche.

— Je suis, les gars ! Soixante-dix euros sur Tyson ! Ne baisse pas ta garde, nom de Dieu !

Je suis en plein cauchemar. Apparemment, je suis la seule à ne pas trouver le divertissement amusant. Je pourrais danser le sirtaki sur les mains ou me foutre à poil, personne ne le remarquerait.

— Non, mais arrêtez ! On ne résout rien par la violence !

Bon, en même temps, heureusement qu'ils n'entendent rien… Ma réplique est naze. Ils sont quasiment rendus au bout de la rue, et se dirigent droit vers la fontaine. Accompagnés par la voix de Stevie Wonder qui chantonne gaiement son *What Christmas Means to Me* dans les haut-parleurs, ils sautent, cognent, roulent, re-cognent, ressautent et tombent dans l'eau. Elle doit être glacée, mais ils ne semblent pas s'en formaliser. Mark projette Thomas hors de la fontaine et se rue sur lui. Mon ex lui envoie son coude dans les côtes et profite de l'impact pour ramper plus loin.

— Allez, Mark !!!

Sonia s'égosille à côté de moi et m'entraîne à sa suite, plus près de l'action. Je manque de m'étouffer avec ma salive quand la plus jeune de ses sœurs ramène des chips.

— Il est trop beau ! s'extasie-t-elle alors que l'intéressé se relève.

Je la dévisage, ahurie.

— Non, mais il faut appeler la police, m'entends-je dire d'une voix blanche.

— Oh, mais profite, Princesse ! se marre Sonia. Il se bat pour toi !

— C'est hyper romantique, surenchérit sa frangine en croquant dans une chips.

Là, j'ai définitivement sombré dans une autre dimension. Un monde parallèle où mon ex, enragé, se jette sur mon… avocat-amant-incroyablement-sexy-avec-sa-chemise-mouillée-et-pleine-de-sang. Je lâche le fil tandis que les mots de Sonia ricochent dans ma tête. *Il se bat pour moi ?* Ce spécialiste du divorce, énigmatique et hermétique à tout engagement sentimental, *défend* mon honneur. En plus de mettre les mains dans la pâte à cookies et de jouer de la gâchette avec sa visseuse dans ma chambre froide (sans mauvais jeu de mots).

Se pourrait-il que la muraille de glace de Mister Frozen ait des failles ?

Ce sont les cris et les applaudissements qui me tirent de ma léthargie et signent la fin du combat. Les billets fusent, les checks poing contre poing claquent et les sourires victorieux s'étirent. Au milieu de toute cette cacophonie, je découvre l'homme du jour. Debout, fier, conquérant, essoufflé et amoché, le descendant direct de Krypton vient de remporter la partie (et le cœur de la fille) par K.-O.

I feel like running wild
J'ai envie de courir sauvagement
Those angels and a little child
Ces anges et un petit enfant
I caught you 'neath the mistletoe
Je t'ai attrapée sous le gui
I kiss you once and then some more
Je t'embrasse une fois et ensuite plusieurs fois encore
I wish you a Merry Christmas baby
Je te souhaite un joyeux Noël bébé
I wish you a Merry Chirstmas baby
Je te souhaite un joyeux Noël bébé
And a Happy, Happy New Year, oh
Et une bonne, bonne année, oh[13]

---

13 *What Christmas Means to Me* de Stevie Wonder

CHAPITRE 32

Si tu peux pardonner,
si tu peux pardonner, l'amour
peut gagner (Manolo Sanchez)

Son regard gris sauvage balaie l'assemblée et s'arrête dans le mien. Je frémis sous l'intensité de notre échange visuel qui me rappelle celui de la nuit dernière, quand il était en moi et que je récitais les voyelles de l'alphabet à l'envers. Une vague de chaleur m'envahit soudainement ainsi qu'une dangereuse accélération des battements de mon cœur. Mes jambes cotonneuses me portent jusqu'à lui. Il est trempé, sa chemise jadis blanche lui colle à la peau, ses cheveux lui tombent devant les yeux et du sang coule le long de sa joue, mais il ne paraît pas s'en soucier. Ses billes argentées parcourent rapidement mon visage.

— Tu vas bien ?

C'est l'hôpital qui se fiche de la charité. C'est lui qui pisse le sang et il me demande si je vais bien. Je hoche doucement la tête, flattée de son attention, et aussi super impressionnée. Il a livré une bataille sans merci, il a mis un homme K.-O., il transpire la testostérone et j'ai envie de plonger dans la fontaine également…

— C'est la vue du sang qui te fait rougir ?

Mon visage prend feu et ses fossettes se creusent. *Il est content de lui en plus !*

— Quoi ? Mais non ! Et puis, je peux savoir ce qui t'a pris ?

Diversion OK. Il affiche un air surpris et grimace de douleur instantanément.

— Je te l'ai dit, je ne supporte pas l'injustice et encore moins les hommes violents envers les femmes.

Je masque ma déception derrière une expression entendue. Sa version se tient. Mais j'aurais nettement préféré qu'il m'avoue qu'il s'est battu uniquement pour moi, parce qu'il brûle d'un désir ardent, qu'il me veut entièrement, rien que pour lui, et à jamais dans son cœur. Oui, je sais, j'affabule encore sur les happy ends version Jane Austen. Mais après tout, l'espoir fait vivre !

L'euphorie de la rue s'est dissipée. Chacun est retourné à ses affaires comme si cette parenthèse épique n'avait jamais eu lieu. Nous sommes seuls sur la petite place. Mark se tourne vers Thomas, encore sonné et avachi contre le muret de la fontaine.

— Est-ce que j'appelle la police ? Tu veux porter plainte contre lui ?

Je tique et hausse les épaules.

— Non. Je ne crois pas que cela serve à grand-chose. Et puis, après tout, c'est bientôt Noël…

— Ouais. Il était quand même sur le point de te rentrer dedans, je te rappelle.

Je réponds à son air sceptique par un franc sourire.

— Oui, mais tu es arrivé à temps. Je pense qu'il a assez morflé pour aujourd'hui… et je ne parle pas que de ton magnifique uppercut du gauche ! Je vais le voir.

Mark fronce à nouveau les sourcils, mais il est vite rattrapé par la douleur.

— OK, si tu y tiens, mais je reste dans les parages, grimace-t-il en effleurant du bout des doigts son arcade. Je vais à la pharmacie, juste là. Appelle-moi si besoin.

Je ris en fixant sa bouche avec convoitise.

— Je ne sais pas si tu me seras d'une grande utilité !

Je fanfaronne, mais j'admets que sa présence commence à devenir sérieusement indispensable. Une drôle de lueur traverse le fond de ses pupilles. Puis, sans prévenir, il s'avance vers moi, pose sa main sur ma nuque et colle ses lèvres sur les miennes. Je crois que je ne m'habituerai jamais à ce contact grisant et galvanisant. C'est à la fois chaud, doux et électrique. *Un peu mouillé aussi*… Il approfondit son baiser et glisse lentement, audacieusement, sa langue entre mes lèvres. Mes pensées se démantibulent et je me transforme en guimauve sur pattes. Impuissante et complètement sous son emprise, je l'accueille en moi. Comme la nuit dernière, je perds la notion de temps et d'espace. Je sais juste que je deviens combustible sous ses assauts entreprenants. Mon cœur s'emballe bien trop fort et lorsqu'il se détache de moi, qu'il plonge ses yeux dans les miens, je prie pour que mon regard ne soit ni éperdu ni trop rempli d'espoir.

Ses fossettes réapparaissent.

— Tu doutes toujours de mon état ?

Oh ça non ! Tu es en pleine maîtrise de tes moyens et tu me fais perdre les miens à coups de prunelles charmeuses.

— Seriez-vous jaloux, Maître Miller ?

Agacée d'avoir parlé trop vite et de me laisser submerger par mes émotions, je me détourne de lui avant qu'il ne me réponde. Je suis amoureuse de lui, c'est certain. Je suis aussi complètement kamikaze du sentiment, prête à l'accepter tel qu'il est, avec ses secrets et son refus de l'engagement. *Après tout, situation de merde et sadomaso ont les mêmes initiales…*

Thomas, les yeux toujours rivés au sol, ne réagit pas quand je m'assieds près de lui. Mark s'éloigne vers la pharmacie, non sans avoir jeté un regard d'avertissement à mon ex. Je ne sais pas pourquoi je fais ça. Thomas a été odieux, con et arrogant. Il a dépassé certaines limites. Il est tellement différent du Thomas que j'ai connu ! Malgré tout, je ne lui en veux pas. Il n'est qu'une nouvelle victime de Lise. J'agite un mouchoir en papier devant moi, en guise de drapeau blanc, et le lui tends.

— J'accepte tes excuses, commencé-je doucement.

Il cligne des yeux avec ses paupières tuméfiées et attrape le linge sans relever la tête.

— Avoue-le que tu jubiles, grogne-t-il tristement.

Je retiens un sourire en découvrant qu'il lui manque une dent. Il a pris cher. Tandis que Mark n'affiche qu'un sourcil ouvert, lui semble être passé sous un train. Je soupire avec lassitude et regarde devant moi, en direction de ma rue qui brille sous les illuminations de Noël.

— Je t'ai vraiment aimé, Thomas, avoué-je. J'ai abandonné mes ambitions professionnelles pour toi et j'ai tout misé sur notre mariage. Je croyais qu'on formait une équipe. J'étais persuadée que c'était *toi*, mon homme… mon unique. Quand tu es parti, tu as brisé mes rêves et mon cœur. J'ai souffert le martyre et j'ai traversé onze mois de solitude infernale dans un brouillard épais de mélancolie.

Il s'est arrêté de tamponner son nez et me dévisage étrangement. Je lui souris tristement.

— Mais, contrairement à ce que tu crois, je n'ai pas de rancœur envers toi. J'éprouve même une sorte de reconnaissance. Sans le vouloir, tu m'as ouvert les yeux et tu m'as permis de comprendre d'une part, que tu n'es pas mon prince et, d'autre part, que j'allais dans la mauvaise direction. Je me suis lancée dans ce projet fou, je me suis enfin tournée vers l'extérieur et, ajouté-je plus bas comme si Mark, pourtant loin, pouvait m'entendre, j'ai autorisé mon cœur à aimer de nouveau.

Je réalise avec étonnement que j'ai réussi à dire à voix haute ce que je ressens. Même si je l'ai soufflé à une personne qui semble à dix mille lieues de l'ampleur et des conséquences de mes aveux… Mais, tant pis. J'assume. Avec un immense soulagement, j'inspire profondément, me tourne vers le visage hagard de Thomas et lui offre le plus sincère des sourires.

— Alors, non, je ne jubile pas de te voir dans cet état. J'ai de la peine pour toi, en fait. J'espère que tu vas toi aussi ouvrir les yeux et comprendre que Lise est une personne toxique. Je te souhaite du fond du cœur de trouver également ton projet fou et quelqu'un qui t'aimera sincèrement.

Il affiche un air contrit et observe, méfiant, l'entrée de la pharmacie où se situe Mark.

— Je suis désolé pour tout ça… et pour ta boutique aussi. J'espère que tu as compris que ce n'est pas moi…

Je hoche la tête et me relève.

— Je le sais maintenant et j'accepte tes excuses. Joyeux Noël, Thomas.

CHAPITRE 33

Toutes dans l'union, menons notre guerre.
Devenons de nos mères les vengeresses
(Les sœurs suffragettes)

Cet épisode m'a permis de comprendre une chose. Une page de ma vie s'est définitivement tournée. Je n'aime plus Thomas et je n'éprouve plus de ressentiment envers lui. Il est temps d'aller de l'avant.

Avec une sensation exquise de légèreté et d'excitation, j'ai accepté l'invitation de Tatiana en précisant que je me chargeais du dessert et que je viendrais vendredi soir, pour le réveillon. J'ai laissé le beau brun et ses fossettes charmeuses rejoindre sa famille et les jours suivants, je me suis mise à jour dans mon travail. J'ai également pris le temps de faire quelques emplettes. Le jour J, en fin d'après-midi, j'ai souhaité une excellente soirée à Patrick Sébastien et je me suis mise au volant de mon utilitaire chargé de victuailles. Je souris intérieurement, car, il y a quelques jours seulement, je me moquais ouvertement des cadeaux de dernière minute. Mais qu'il fut bon de se noyer dans la foule afin de trouver le présent parfait, celui qui remplira la ou les personnes concernées de bonheur !

Je sors de l'agglomération en ébullition et m'engage vers les montagnes enneigées, en poussant le volume sonore de mon autoradio quand l'animateur annonce avec entrain le prochain tube.

Je fais le vide et tente d'ignorer ce drôle de ressenti qui ne me quitte pas depuis mon départ. Un mélange d'excitation euphorique et d'inquiétude. Je sais que Mark m'attend avec plaisir et qu'il ne s'est pas forcé pour m'inviter à passer les fêtes avec sa famille. À sa façon de me regarder, d'être là quand j'ai besoin de lui, de m'embrasser et de me faire l'amour, je sais également qu'il éprouve une forte attirance qui va au-delà du simple flirt. Cependant, même si je m'oblige à ne penser qu'à l'instant présent et au plaisir d'être avec lui, demain m'effraie. Je suis terrifiée par son refus de l'engagement et je risque d'en pâtir sérieusement quand il mettra fin à notre relation. Parce qu'il le fera, tôt ou tard. La voix de la raison me souffle qu'il vaut mieux tôt que tard, mais mon cœur, lui, n'est pas du tout d'accord. Pour l'instant, je choisis d'écouter mes sentiments et de mettre mes idées noires au placard. C'est Noël et je compte bien savourer cette pause douceur comme il se doit !

Le trajet est bien trop long et je suis souvent tentée d'appuyer un peu plus sur l'accélérateur afin d'arriver plus vite. Mais la neige se densifie au fur et à mesure que j'approche des montagnes et la visibilité se réduit considérablement. J'espère juste que la dameuse a fait son job plus haut parce que je n'ai ni pneus neige ni chaînes… Pauvre étourdie que je suis ! Je croise les doigts, m'accroche au volant et m'époumone sur *Last Christmas* de Wham afin de tuer le temps.

J'arrive à la station illuminée sans encombre, avec soulagement et quelques gouttes de sueur sous les bras. Puis j'emprunte précautionneusement la direction du chalet des Miller, en roulant au pas, émerveillée par ce Noël blanc et féérique. Le charme du village et l'ambiance chaleureuse qui règne dans les petites ruelles suffisent pour que la magie opère. La patinoire décorée pour l'occasion se prépare à accueillir du monde, l'extérieur de la jolie chapelle a été orné de bougies photophores et son orgue de barbarie annonce une soirée exceptionnelle. De mémoire de Princesse, c'est le premier Noël que je passe à la montagne. Je pense que ce sera également un des plus irréels… Aussi quand je me dirige enfin devant l'imposante bâtisse des Miller, l'appréhension me gagne.

Cette fois-ci, pas de grande réception, de fille de Maire ou de faux-semblant. Juste moi, morte de trouille devant l'entrée, reluquant avec crainte les deux affreux lapins en LED lumineux postés de chaque côté de la porte close. Ils me scrutent également de leurs yeux en plastique. Mon index est prêt à se poser sur la sonnette quand mon téléphone se met à vibrer dans la poche de mon manteau et me fait sursauter. Je n'identifie pas le numéro qui s'affiche, mais, curieuse, je décroche.

— Mademoiselle Laurie ? Police nationale à l'appareil…

Je reconnais instantanément le timbre particulier du flic Cochon et fronce les sourcils d'inquiétude.

— Quelque chose est arrivé à ma boutique ? débité-je de but en blanc.

— Non, non, rassurez-vous. Mes gars patrouillent encore… tout est calme dans votre rue.

Toujours sur le seuil de la porte des Miller, je lâche un soupir de soulagement et m'adosse contre la porte. Le policier continue.

— Je vous appelle, car nous avons mis la main sur les responsables de votre cambriolage.

Mon cœur fait un nouveau bond dans ma poitrine et, instinctivement, je resserre mon téléphone.

— Quoi ? Déjà ? Mais… qui est-ce ?

— Nous avons interpellé une bande de gamins qui s'apprêtait à dévaliser un magasin de bonbons, quartier Perrache. Ils ont reconnu être les auteurs des faits concernant votre commerce…

Je fixe les oreilles d'un des lapins, sans vraiment les voir, et assimile la nouvelle.

— Des gamins ? Mais, pourquoi ont-ils fait ça ?

— La réponse est dans votre question. Certains sont mineurs et ne sont pas vraiment conscients de la portée de leurs actes… Je voulais juste vous en tenir informée rapidement afin que vous passiez de bonnes fêtes, malgré tout.

Je ne sais pas quoi penser. Partagée entre le soulagement de connaître enfin les responsables du carnage et un sentiment étrange d'inachevé, j'en oublie de remercier le policier.

— Est-ce qu'ils vous ont dit ce qu'ils ont fait de mon carnet de recettes ?

À l'autre bout du fil, le silence m'oblige à regarder l'écran de mon téléphone afin de vérifier que nous sommes toujours en communication.

— Eh bien, à vrai dire, j'ai une question à vous poser, répond-il enfin. Êtes-vous certaine d'avoir bien fermé votre boutique, ce soir-là ? Vous savez, une négligence est vite arrivée. Surtout quand on est victime de pression extérieure et de surcharge de travail…

Je n'aime pas ce qu'il insinue. Même s'il ne peut pas me voir, j'agite vivement la tête.

— Bien sûr que oui ! J'ai fermé ma boutique comme tous les soirs, à double tour, et j'ai tiré le rideau de fer ! Je suis sûre de moi.

Je l'entends marmonner dans le combiné.

— Hum… C'est curieux. Les gamins ont avoué le saccage de votre local, mais ils sont unanimes sur le fait que votre rideau de fer était levé et que votre porte d'entrée n'était pas fermée à clé quand ils sont arrivés.

Le sang quitte mon visage et un trouble désagréable s'empare de moi.

— Quoi ? C'est impossible !

— C'est pourtant ce qu'ils affirment.

— Et mon livre de recettes ?

— Ils n'en ont pas parlé.

— Ils mentent certainement pour minimiser les faits, répliqué-je, perdue.

— C'est fort possible. Écoutez, ils sont dans nos locaux encore quelques heures. Peut-être que la mémoire leur reviendra d'ici là ! Vous savez, pour certains, la prison délie les langues…

Je serre les lèvres. Je l'espère, car plus j'y pense, plus le doute s'installe. Ai-je bien fermé ma boutique à clé ? Où aurais-je mis mon livre si tel n'avait pas été le cas ? Je secoue la tête, refusant de m'acculer. C'est impossible. Jamais je n'aurais fait preuve d'une telle négligence. Ces gamins mentent pour se protéger, c'est certain. Je remercie le policier pour son appel, lui souhaite un joyeux Noël et raccroche, un peu perplexe.

Puis, le battant de la porte s'ouvre d'un coup, manquant me faire tomber à la renverse. Une petite masse brune, rapide comme l'éclair, se jette sur moi et s'agrippe à ma taille.

— Tu es en sécurité ici, s'écrie-t-elle le nez dans mon manteau. Je te protégerai d'Ursula.

Je souffle de soulagement. C'est exactement ce dont j'avais besoin pour rassurer mon esprit torturé. Une petite fille attachante, impatiente et visiblement ravie de me voir. Surprise et émue par l'accueil d'Anna, je lui rends son étreinte et repousse une mèche de ses cheveux derrière l'oreille.

— Ursula ?

— Bah oui, la méchante sorcière des mers !

Elle fronce les sourcils devant mon air perdu.

— Apparemment, elle t'a aussi volé la mémoire…

Je ris doucement et pointe du menton les deux lapins en LED.

— Non, ce sont Tic et Tac qui me perturbent un peu !

— Oh ! Eux ! Ne t'inquiète pas, ce sont des faux… Mamie a demandé à Papy d'acheter des rennes, mais Papy s'est trompé, il a pris des lapins. Mamie, elle n'était pas contente. Elle a crié et elle a dit à Papy de s'acheter des lunettes, alors qu'il en a déjà… Un lapin, ça n'a rien de magique !

Je pouffe devant son air sérieux et sa façon bien à elle de raconter les histoires.

— Mais, il ne faut pas sous-estimer ces animaux ! Sais-tu que les lapins peuvent être redoutables sur un bateau ?

Elle me dévisage longuement. Dans son langage, ça veut dire « continue, tu as capté mon attention ». Je me racle la gorge et emprunte un air de conspiratrice.

— Les marins en ont extrêmement peur… Paraîtrait même que ces rongeurs à l'apparence toute mignonne seraient responsables de terribles naufrages.

— Oh !

Là, vu son expression impressionnée, j'ai marqué des points. Et puis, tant que je ne raconte pas de conneries sur l'orgasme, tout va bien ! Mark se matérialise et c'est à mon tour de faire oh. Avec son sourcil strippé, ses cheveux encore humides d'une douche à laquelle j'aurais bien aimé participer, son pantalon gris souris et sa chemise blanche, on dirait James Bond après une mission classée top secret. Je deviens aussi rouge que ma robe quand il dégaine un sourire à tomber et qu'il fixe mes lèvres avec convoitise, se retenant certainement de m'embrasser devant sa fille. S'il n'y avait pas une paire d'yeux curieux, plus bas, surplombant un rictus édenté, je lui aurais déjà arraché sa chemise. Il passe derrière moi et me retire mon manteau d'un geste galant et incroyablement voluptueux. Son regard appréciateur dévale ma silhouette du haut de la tête à la pointe de mes bottines, laissant sur son passage une traînée de lave incandescente. Mon air béat s'accorde avec mes jambes fébriles.

— Tu es très attendue, souffle-t-il d'une voix rauque.

— Ah, j'ai compris ! s'exclame la fillette dont l'esprit semble encore ancré chez les marins. C'est pour ça qu'on dit, être chaud comme un lapin ?

Je me mords la lèvre jusqu'au sang quand Mark affiche une expression interloquée et examine sa fille avec des yeux suspicieux. Elle hausse les épaules, m'adresse un sourire aussi craquant que celui de son père et me tire à sa suite.

— Bon, tu viens ? On va boire un coup !

— Alors ? Comment va votre boutique ? demande Tatiana. C'est affreux ce que Mark nous a raconté !

J'accepte la coupe de champagne que me tend Jean-Jacques et le remercie d'un regard. L'attention dont fait preuve cette tribu me touche plus qu'il ne le faudrait. À peine arrivée, je suis chaleureusement accueillie, comme si je faisais partie intégrante de cette petite communauté folâtre. Moi qui n'ai jamais connu les joies d'une famille nombreuse, je suis un peu perdue. Je me racle la gorge afin de reprendre contenance et me tourne vers la maîtresse de maison.

— Ça va. Ce n'est que du matériel, ajouté-je en adressant un regard de gratitude à Mark. Et puis, j'ai la chance d'être très bien entourée.

Il me sourit humblement.

— Tu es plus solide que tu ne le crois.

Encore une fois, sa confiance en moi me perturbe. J'affiche un rictus mi-ému mi-convaincu en guise de réponse. Je n'ai jamais autant pleuré que ces derniers jours et je devine à la sensation de picotement qui pointe le bout de son nez derrière mes lentilles de contact que je ne suis pas loin de sombrer, une fois de plus, en eaux troubles.

Léna me touche doucement l'épaule.

— Mais, tu ne sais toujours pas qui a pu faire ça ?

Merci Sainte Léna pour la porte de sortie que tu me sers sur un plateau d'argent ! Je me racle à nouveau la gorge. À ce train-là, je risque de perdre ma trachée…

— Si. Je viens de l'apprendre. Les policiers ont mis la main sur une bande de jeunes qui ont confirmé avoir saccagé ma boutique. Apparemment, ils n'en sont pas à leur coup d'essai…

— Mais, c'est une bonne nouvelle ! s'exclame Mark. Crois-moi, ils ne sont pas près de recommencer !

Je souris devant son air déterminé.

— Certains sont mineurs. Je ne pense pas qu'ils soient vraiment conscients de l'énormité de leur bêtise…

— Tu tentes de leur trouver des circonstances atténuantes ?

— Non… C'est juste qu'on a tous le droit de faire des erreurs et d'avoir des moments de flottement. Et puis, je n'ai pas tellement envie d'entrer en guerre contre des enfants.

Mark ne l'entend pas de cette oreille et fronce les sourcils.

— Je ne suis pas d'accord. Ils doivent répondre de leurs actes. Pénétrer chez quelqu'un par effraction et détruire ce qui ne leur appartient pas constitue un délit grave. Jeune ou moins jeune, la loi est la loi. Il faut la respecter.

— Il n'y a peut-être pas d'effraction, ni de vol, marmonné-je, confuse. Apparemment, selon leurs dires, la porte était grande ouverte quand ils sont arrivés et ils n'ont pas vu mon livre…

Mark me dévisage sérieusement.

— Le mensonge devant les forces de l'ordre constitue aussi un délit grave, Princesse. Je suis sûr qu'une bonne pression juridique et quelques heures en cellule éclairciront les idées de certains.

Je lui souris en retour. Ses mots et sa confiance en moi me galvanisent. Mon cœur s'allège d'un poids énorme.

— Ça y est, le redoutable Maître Miller est de retour, se moque Léna.

Son mari, Pascal, affublé d'un pull à tête de renne, se marre et surenchérit.

— En tout cas, une chose est sûre, ils auraient dû s'en prendre au cabinet de Mark ! Ils se seraient fait attaquer par des dossiers rouges et bleus !

Pas certaine de tout comprendre, je fronce les sourcils et interroge Mark du regard. Ce dernier me montre son arcade abîmée du doigt avec une expression appuyée.

— Tu sais bien… L'étagère était mal fixée.

— Ah oui, les dossiers…

J'érige un sourire factice pour masquer mon malaise. Il a menti sur l'origine de sa blessure, certainement pour ne pas affoler ses parents. Peut-être aussi pour ne pas avouer qu'il s'est battu contre mon ex, pour moi… Encore une fois, son attitude prête à confusion. Tatiana interrompt mes tergiversations en levant son verre dans ma direction.

— J'espère que cette histoire se terminera bien ! En tout cas, nous sommes ravis de vous avoir avec nous, Princesse !

— Oh, merci infiniment, Tatiana…

Ma gorge se noue devant cette éclatante démonstration d'affection. Les Miller m'enveloppent de chaleur et de protection. Si on m'avait dit, il y a un an, que je serais ici, entourée de gens magnifiques, auprès d'un homme dont je suis tombée amoureuse, j'aurais certainement ri. C'est une belle revanche pour l'orpheline que je suis et je me plais à croire que, de là où ils sont, mes parents trinquent aussi.

— En plus on va s'en mettre plein la panse au dessert ! ajoute Léna avec un clin d'œil complice.

Je lâche un rire spontané, ainsi qu'un sanglot étouffé et un sourire de gratitude. Oui, je ne ressemble à rien. Heureusement, mon mascara est waterproof et personne ne semble prêter attention à mon état émotionnel. Nous faisons tinter nos verres. Puis, Tatiana apporte un gigantesque pain-surprise et nous nous installons près de la cheminée flamboyant d'un feu crépitant. Anna se cale sur les genoux de son père pendant que les jumeaux se lancent dans un récital approximatif de Noël devant le regard admiratif de leur mère et celui dubitatif de Pascal.

Ce soir, même si les garçons chantent faux, même si le pain-surprise n'est pas maison et même si le pull de Pascal me brûle les rétines, je n'échangerais ma place pour rien au monde.

CHAPITRE 34

Sous le ciel de cristal, je me sens si légère… (Yasmine)

Le repas qui s'ensuit est dans la même lignée que le début de soirée. Entre les rires des enfants, le joyeux chahut, le Château d'Yquem, les coquilles Saint-Jacques, qui cette fois-ci ne me servent pas de cache-seins, un certain regard argent et les conversations festives, j'explose de plaisir. Mes terrines norvégiennes glacées sont bien sûr accueillies comme le Messie et Pascal se moque de son beau-frère quand j'attribue le succès de la meringue à ce dernier.

— Dis donc, Miller, tu as réussi à troquer la robe noire contre le tablier de Top Chef ?

— Ne riez pas, s'insurge Tatiana. Moi, je trouve ça admirable un homme derrière les fourneaux.

— C'est surtout super sexy ! ajoute Léna en enfournant un gros morceau de meringue dans la bouche.

Je confirme. Le vêtement de cuisine, ceinturé à la taille et moulant le corps sculpté de l'avocat, vaut bien tous les strip-teases du monde.

— J'ai surtout bénéficié des conseils d'un super professeur, souffle Mark d'une voix plus grave comme s'il était connecté à mon esprit lubrique.

Je m'empourpre au-dessus de mon assiette. Quand je pense que le professeur en question a abusé de son élève la nuit qui a suivi, j'en ai presque honte. *Presque*… Je soutiens son regard malgré le feu de mes joues, jusqu'à ce qu'Anna tire sur ma robe et m'extraie du pouvoir d'attraction de son père.

— Dis, Princesse, tu m'apprendras à faire la meringue ?

Sa question prête à confusion… Non, chère demoiselle, je ne t'apprendrai pas à faire la « meringue », parce que nous les filles, nous sommes bien plus costaudes qu'un gâteau qui s'effrite. Nous sommes dignes comme des pièces montées, conquérantes comme des Paris-Brest et impétueuses comme des forêts noires. Mon esprit légèrement embrumé par le Château d'Yquem de Jean-Jacques s'efforce de reprendre le fil d'une conversation plus sérieuse. Mon rire se transforme en un sourire mystérieux.

— Eh bien, ça dépend… Dès lors que l'on passe un tablier et que l'on brandit un fouet pâtissier, il faut être déterminé, passionné et sûr de soi. Parce que la tâche est loin d'être facile. Tu peux demander à ton papa, il te le confirmera… Après moult échecs, diverses déceptions et beaucoup de ratés, il est parvenu à dompter Sire Blanc d'œuf.

Encore une fois, sans mauvais jeu de mots…

Je prie pour que personne ne voie de double sens à ce que je viens de sortir et plonge mon regard dans celui de la petite.

— Es-tu sûre d'être prête, toi aussi, à relever le défi ?

Elle hoche la tête avec conviction.

— Oui mon Capitaine ! Si papa a réussi, ça ne devrait pas être trop dur !

J'éclate de rire devant l'air résigné de Mark.

— Je te signale que je reviens de loin ! se défend-il. Je ne savais pas qu'on pouvait faire autre chose que des omelettes avec des œufs…

Évidemment, la communauté s'en donne à cœur joie. Mark a beau être un avocat opiniâtre, un remarquable boxeur et un

Dieu du sexe, il s'avère être complètement nul en cuisine… Un des jumeaux sort de table et se précipite à la fenêtre.

— Hey, les gars, il faut qu'on y aille, le spectacle va commencer !

Tatiana regarde sa montre et se lève d'un bond.

— Je ne veux pas vous presser, les enfants, mais il est temps de sortir !

Nous nous activons sous les directives de la maîtresse de maison qui nous pousse énergiquement.

— Il y a un spectacle ? demandé-je à Mark alors que nous enfilons nos manteaux dans l'entrée.

— Oui, tous les ans la station organise la féérie des lumières dans le village. Les enfants adorent y aller et je suis sûr que tu vas beaucoup aimer.

Franchement, je ne vois pas ce que je pourrais aimer de plus que ses fossettes et son regard sombre. Pascal passe entre nous pour sortir.

— C'est surtout une bonne occasion de digérer les bouchées à la reine de Tatiana !

Je pouffe devant le casseur de moment romantique au bonnet aussi moche que son pull, puis j'enfile les bottes de neige que me prête Léna et m'engouffre à l'extérieur avec toute la petite troupe. Sur le trajet qui nous mène dans le centre du village, les enfants s'en donnent à cœur joie dans la neige fraîchement tombée. Entre batailles, sauts et glissades, ils papillonnent autour de nous dans un joyeux brouhaha. Rapidement, les plus anciens se décalent de l'agitation en riant et les esprits déraillent. Léna se joint à moi pour participer activement à la défense d'Anna face aux lancers de boules de ses cousins et nous ripostons ardemment quand Mark, aidé de Pascal, me balance une palanquée de neige sur le visage. Bref, je m'éclate, je m'esclaffe et je contre-attaque.

Pascal avait raison. La digestion est active!

Les premiers claquements retentissent dans le ciel et signent notre écrasante victoire filles Vs garçons. Nous reprenons le chemin du centre.

— L'an dernier, ils ont fait fort, commente Jean-Jacques, un bras sous celui de Tatiana. Ils ont failli foutre le feu à l'école de ski avec leur connerie de feu d'artifice! J'espère que cette année, ils seront plus prudents!

Je ricane lorsque Mark secoue ses vêtements maculés de neige. L'âme revancharde, je me hisse sur la pointe des pieds et murmure, la bouche près de son oreille.

— C'est drôle, je te croyais plus compétiteur…

Il m'adresse un regard d'avertissement. Un de ces regards qui signifie, «je n'en ai pas fini avec toi». Je tremble de tout, sauf de peur. Puis, il étire ses lèvres dans un lent sourire provocateur et se penche à son tour vers moi.

— Redonne-moi un tablier et un fouet, *Miss blanc d'œuf*, je compte prendre ma revanche tout à l'heure…

Je continue à me consumer quand nous arrivons au milieu des festivités, malgré l'air frais de la montagne.

Les enfants sont increvables. Ils enchaînent patin à glace, courses de luges nocturnes et concours de bonhommes de neige. Et moi, je rêve les yeux grands ouverts devant les sculptures d'artistes éclairées, le lâcher de lanternes célestes au pied des pistes et même la traversée du père Noël tiré par de vrais rennes sous un feu d'artifice spectaculaire. Le village n'est pas seulement beau, il est juste magique et comme son nom l'indique, il est féérique.

Bientôt, les orgues de barbarie sonnent minuit et les piles des enfants finissent par se décharger. Même Anna, perchée sur les épaules robustes de son père, ne parle plus. Nous reprenons, plus calmement qu'à l'aller, le chemin du retour. Léna passe une main sous mon bras et m'adresse un timide sourire.

— Il a ri.

J'arque un sourcil devant sa mine réjouie.

— Mon frère, précise-t-elle. *Il a ri.*

Je regarde quelques mètres devant moi l'homme qui parle doucement à sa fille.

— Anna est très drôle comme gamine…

— Oui, c'est sûr ! Mais, là c'est *toi,* Princesse. *Toi*, qui le fais rire. *Toi*, qui lui greffes cet air débile sur la tronche…

Le visage de Léna est avenant. Je lui souris en retour, peu convaincue.

— Ce n'est pas moi. La période de Noël est propice à la bonne humeur…

Elle pince les lèvres et m'arrête au milieu du chemin, laissant sa famille continuer devant nous.

— Tu sais, il a tellement souffert du départ de sa femme. Son cœur est toujours là, bien caché sous une couche épaisse de fierté et de glace. Il a besoin de croire en quelque chose d'autre que son boulot et sa fille… Aussi mignonne soit-elle.

Je soulève les épaules, un peu mal à l'aise de la tournure que prend la conversation.

— Je ne suis pas sûre qu'il ait envie de la briser, sa glace. Nous sommes tellement différents. Et puis, mon cœur est cabossé… J'ai déjà donné dans l'amour à sens unique.

Son expression est statique. Elle soutient mon regard, suffisamment longtemps pour que je refasse le film de ma vie, deux fois.

— Mon frère est une tête de con.

Je souris tristement.

— Le problème, c'est que je suis amoureuse de sa tête de con.

Elle fronce les sourcils, baisse les yeux et revient vers moi.

— Je n'ai pas de conseil à te donner. Mais j'aime mon frère et je t'apprécie vraiment. Parfois, il suffit d'une bonne discussion, suivie d'une partie de jambes en l'air explosive pour que les cœurs se dégivrent.

Sur l'instant activité physique, je suis bien d'accord. Pour le reste, j'ai un doute. J'étire un rictus crispé.

— Dis comme ça, ça paraît simple…

Elle mordille nerveusement l'intérieur de sa joue et jette un coup d'œil coupable vers le petit groupe qui s'éloigne.

— Il va pourtant falloir que vous en passiez par là. Il suffit qu'il exorcise le démon de son ex-femme et qu'il tourne la page !

J'apprécie sa sollicitude. J'aime beaucoup cette fille. Simple, sans chichis et protectrice envers son frère. Néanmoins, si je suis d'un naturel plutôt positif en temps normal, je reste sceptique sur tout ce qui concerne ma vie amoureuse. À juste titre. J'ai quand même été larguée un 24 décembre. Je réalise à l'instant que la malédiction risque de se poursuivre si je mets les pieds dans le plat ce soir. Le cœur battant, je plante mon regard dans celui de Léna.

— Que s'est-il passé avec elle ?

Elle affiche un air désolé en guise de réponse.

— Ce n'est pas à moi de t'en parler… Si tu veux en savoir plus, il faut que tu le lui demandes directement.

CHAPITRE 35

C'est la belle nuit de Noël,
la neige étend son manteau
blanc…

— Il faut que je t'avoue quelque chose…

La voix grave de Mark résonne derrière moi alors que nous entrons dans la chambre d'amis. Il referme la porte sur lui et s'approche de moi. Incapable de le regarder dans les yeux, l'esprit embrouillé par tout un tas de questions, je lui tourne le dos et fixe le lit en bloquant mon souffle. Il glisse lentement un bras autour de ma taille, dégage ma nuque en rabattant mes cheveux sur mon épaule de l'autre main et effleure la peau fine de mon cou de ses lèvres chaudes. J'en frissonne de plaisir, malgré moi. Quelle curieuse façon d'avouer quelque chose ! Pétrifiée et sous l'emprise de ses baisers, je déglutis bruyamment.

— Je t'écoute…

Il s'attaque à ma clavicule. Sa bouche sensuelle caresse langoureusement ma peau. Il prend son temps, me goûte, me respire et me frôle. Je fonds sur place et ferme les yeux de volupté. Bon sang, cet homme a un pouvoir ensorcelant.

— Je me suis forcé à réciter le Code pénal entièrement dans ma tête la nuit où tu as dormi ici…

Il remonte vers mon cou.

— Juste à côté de moi…

Il s'arrête au niveau de mon oreille. Pas le lobe. Pas le lobe. Pas le… *Oh, Sainte Marie-Joseph !*

— C'était ça où je t'arrachais mon tee-shirt et je te sautais dessus.

Je penche lascivement la tête pour lui faciliter l'accès et souris de béatitude. Puis, allez savoir pourquoi, un éclair de lucidité traverse mon esprit. Je me retourne et affronte son regard fiévreux. Je n'ai qu'une envie… *Et ça n'est certainement pas dormir.* C'est surhumain, je mérite une médaille, mais je le repousse doucement du plat de la main.

— Attends… C'est ça que tu voulais m'avouer ?

Son sourire désintègre ma petite culotte. Il s'approche plus près avec un regard de prédateur qui ne laisse aucune place à l'imagination. J'admets que, l'espace d'une microseconde, je m'apprête à rendre les armes. Mais cette putain de voix de la raison refroidit mes ardeurs. Et ma propre voix glace les siennes.

— Excuse-moi, Mark. J'ai besoin de savoir… Que s'est-il passé avec la mère d'Anna ?

Son visage tout près du mien devient indéchiffrable et de seconde en seconde le chaud de son corps se transforme en froid polaire qui se répercute jusque dans le fond de ses pupilles. Je ne voulais pas en parler. Je voulais le laisser venir à moi. Mais je suis incapable de ne pas penser à ce que m'a dit Léna tout à l'heure. Elle a raison, je dois savoir avant de continuer avec lui. C'est au-dessus de mes forces, je suis trop impliquée émotionnellement pour faire comme si de rien n'était. Il recule, passe une main sur son visage blême et la laisse se perdre dans ses cheveux. Ma gorge se serre douloureusement et mon cœur se comprime dans ma poitrine. Son silence me touche bien plus que s'il réagissait avec colère.

— Je suis désolée. Je cherche juste à comprendre ce que je fais ici, insisté-je doucement.

— Tu es là parce que ma mère t'a invitée, tranche-t-il d'une voix réfrigérante.

Uppercut du gauche. En plein dans le cœur.

— OK.

Sans réfléchir, j'attrape mon sac et franchis les quelques pas qui me séparent de la porte. Il se ressaisit avant que je n'atteigne la poignée et emprisonne mon poignet dans sa main.

— Attends… Tu fais quoi, là ?

J'ai toutes les peines du monde à soutenir son regard noir et mon cœur affolé ne me facilite pas la tâche. Fait chier, je me croyais plus forte que ça.

— Je m'en vais, Mark. Je n'ai rien à faire ici, un soir de Noël. Ce n'est pas vraiment la place d'un plan cul. Tu remercieras tes parents pour leur charmante invitation et tu embrasseras Anna de ma part.

Il accuse mes mots en crispant les mâchoires et lâche mon poignet comme s'il était brûlant.

— Tu n'es pas un plan cul, Princesse. Mais, je ne souhaite pas lui donner plus d'importance qu'elle n'en a en parlant d'elle.

La tête me tourne. Les résidus de vin et de bonheur tourbillonnent sans relâche dans mon esprit, bridés par la gravité du moment. Je me déteste. Je savais que j'allais droit dans le mur et me voilà face à lui, démunie et fragile comme cette pauvre conne de meringue. Je soutiens son regard.

— Tu ne peux pas me laisser sans réponse. Si je ne suis pas juste un plan cul, j'ai le droit de savoir ce qui t'a rendu si hermétique à toute forme d'engagement.

Durant les quelques secondes qui passent, j'accuse le poids de son regard qui pèse sur moi et me cloue un peu plus dans le sol. Puis, il soupire et ferme les yeux un court instant. Ma respiration se bloque quand ensuite il enlève mon sac des mains et qu'il le pose plus loin. Je le laisse faire, parce que je suis incapable de bouger et que, maintenant, une profonde tristesse envahit le fond de ses pupilles.

— S'il te plaît, allons nous asseoir.

Sa voix est sourde, métallique, mais il a dit *s'il te plaît* et je veux savoir. Alors, je m'exécute. Je pose une fesse sur le bord du lit et, lui, prend la chaise près de la fenêtre.

— Je suis désolé.

Les épaules et le dos voûtés, les coudes plantés sur ses cuisses, je le devine lutter contre sa nature d'homme fort et fier. Il quémande l'autorisation de continuer dans mon regard. Je hoche sensiblement la tête et accepte ses excuses.

— Si tu es ici, c'est parce que j'en ai envie, souffle-t-il. Vraiment.

J'opine à nouveau, le cœur un peu moins lourd. Il suit mon mouvement des yeux et inspire longuement. Son corps parle pour lui. Il est tendu à l'extrême, comme s'il s'apprêtait à bondir de sa chaise pour partir. Je m'en veux de le mettre dans cet état. Parce que je ne supporte pas de le voir souffrir. Je suis à deux doigts de lui dire que ce n'est rien, que ce n'est pas grave et que finalement, je n'ai pas besoin de tout savoir, je le prends tel qu'il est avec son passif, sa situation et ses démons intérieurs. Mais, ma raison a le dernier mot.

Je ferme mes poings et lutte contre l'envie viscérale de le serrer contre moi. Il brise le silence d'une voix incertaine.

— Mon histoire n'est pas glorieuse, et revenir sur ce pan de ma vie m'est assez difficile. Il faut que tu saches que depuis mon divorce, je n'ai jamais autorisé aucune femme à entrer dans mon cercle familial… jusqu'à toi.

Mon pouls s'accélère alors qu'il m'adresse un faible sourire.

— Tu me fais du bien, Princesse. Tu as raison, tu as le droit de connaître cette partie de l'histoire.

Même si je redoute la suite, je respire un peu plus et mes traits se détendent. *Je lui fais du bien*… J'aime ça, ça me plaît comme définition. Je l'encourage à poursuivre par un sourire. Ses lèvres se courbent légèrement en retour.

— Quand j'ai rencontré Assia, j'étais jeune, immature et con. Plus intéressé par les potes, les filles et les fêtes universitaires que par les études…

Il rit amèrement et se passe une main lasse sur le visage.

— Assia était à l'inverse de moi, introvertie, studieuse et invisible. On était dans la même promo, à la fac, et j'ai découvert son existence seulement quand notre prof de travaux dirigés nous a collés ensemble pour une étude de cas pratique. On a passé plusieurs après-midi à bosser, tous les deux, à contrecœur. Elle me prenait pour un gamin immature échoué en droit, et moi, elle m'agaçait profondément… Mais, le jour de la présentation orale, on a cartonné. Grâce à mon bagou et à son côté perfectionniste, on a eu la meilleure note de la promo et les félicitations du professeur. J'ai eu un déclic ce jour-là, un regain de confiance en moi. Après ça, j'ai voulu viser l'excellence et je me suis rapproché d'elle, un peu par intérêt au départ, pour performer. Notre duo fonctionnait bien. Puis, je suis tombé amoureux et j'imagine que c'était réciproque. On a passé beaucoup de temps ensemble cette année-là. Que ce soit en cours, à la médiathèque, pour nos stages ou lors des audiences publiques, nous sommes vite devenus inséparables… J'ai découvert une personne sensible, dotée d'un humour cynique, d'une intelligence pertinente et d'une ambition démesurée…

Je n'ai plus tellement envie de connaître la suite. La pointe aiguisée de dame Jalousie perfore lentement chaque lambeau de mon cœur. Cependant, étant montée en grade dans l'art du masochisme, je ne moufte pas et laisse Mark revivre son histoire.

— Mais il a suffi d'un oubli de capote un soir d'été pour que se passe ce qui devait arriver. Elle est tombée enceinte. L'annonce de sa grossesse a été un choc, pour elle comme pour moi. Il est évident que nous n'étions pas prêts à être parents. Je visais la succession de mon père et Assia ambitionnait une carrière internationale.

Il s'arrête un instant et se frotte le visage. Les traits déformés par la culpabilité et la fatigue le rendent vulnérable. Il fixe le mur d'en face, comme s'il s'adressait à lui-même et poursuit d'une voix monocorde.

— Assia est issue d'une famille catholique et pratiquante. L'avortement était inenvisageable pour elle. On a donc décidé de garder l'enfant et j'ai pris mes responsabilités. Je l'ai épousée le mois suivant, je me suis fait embaucher chez un conducteur de travaux en tant qu'ouvrier tout en continuant les cours du soir, pour assurer la sécurité de ma femme et de mon foyer, sans jamais demander un seul centime à mes parents ni aux siens. La grossesse d'Assia ne s'est pas bien passée. Elle a dû stopper prématurément ses études et séjourner quelque temps à l'hôpital afin d'arriver à terme sereinement. Elle l'a très mal vécu. Et puis, Anna est née et ma vie a pris un sens nouveau. Ce petit être si fragile, si pur… j'étais conquis dès le premier regard. Mais j'étais tellement centré sur les charges mensuelles, ma fille et sur l'obtention de mon diplôme que je n'ai pas vu, qu'en fait, ma femme n'allait pas bien.

Il marque une courte pause et fronce les sourcils.

— Elle ne s'occupait pas d'Anna. Elle s'est mise à sortir compulsivement, tout en développant une jalousie morbide envers sa propre fille et contre toute femme conversant avec moi. Un soir, elle s'est énervée et est entrée dans une colère noire. Elle m'a accusé de tous les maux du monde. Que j'avais gâché sa vie, que je n'étais jamais là et que je voyais d'autres femmes… Puis, la minute d'après, elle s'est effondrée et m'a imploré de lui pardonner. Ce que j'ai fait. Parce que j'aime ma fille plus que tout et j'avais l'espoir que notre couple surmonterait cette épreuve…

CHAPITRE 36

Dehors tu vas avoir si froid,
c'est un peu à cause de moi…

— Mais, pendant qu'Anna grandissait et que je démarrais ma carrière juridique, ma femme avait un comportement de plus en plus borderline. Elle sortait tous les soirs et rentrait à chaque fois très alcoolisée. J'ai mis un mouchoir sur ses frasques et je continuais de jongler entre la crèche, mon boulot de jeune collaborateur et ses absences répétitives. Je pense que j'étais dans le déni total à cette époque, en proie à une culpabilité dévorante. J'avais réussi, pas elle. Mes parents imaginaient que tout allait bien et je m'efforçais de croire que ma femme était victime d'une simple dépression postnatale qui passerait avec le temps… Je suppose surtout que j'étais dépassé. Et puis un jour, elle est partie.

Il marque un arrêt et porte son regard absent devant lui.

— Elle m'a laissé la petite et un ridicule Post-it en guise d'au revoir.

Mon cœur résonne à tout rompre dans mes tympans. Son histoire n'a rien de glorieux, en effet. Elle est effroyable.

— J'ai tenté de la joindre plusieurs fois par le biais de sa famille… En vain. L'unique moment où elle a daigné m'adresser des nouvelles, fut pour m'envoyer les papiers du divorce et une renonciation de son autorité parentale.

Il crispe les mâchoires et serre les poings.

— J'étais dévasté, en colère, seul avec un nourrisson sur les bras qui n'avait rien demandé à personne et qui se retrouvait rejeté, sans raison valable, par sa propre mère. J'ai appris récemment qu'Assia avait été embauchée dans un cabinet de renommée internationale aux États-Unis. Finalement, elle a eu ce qu'elle a toujours désiré. Elle a quitté mari et gamine. Elle est partie, sans se retourner, sans jamais chercher à revoir sa fille.

Je blêmis. Comment est-ce possible ? Comment peut-on effacer un morceau de sa vie, renier sa propre chair et reprendre un quotidien comme si de rien n'était ? Ma mère est décédée quand j'étais enfant, je sais ce que c'est de vivre sans amour maternel. Mais le sentiment d'abandon dépasse l'entendement. Je comprends maintenant la méfiance accrue de Mark envers les femmes et son discours engagé sur la banalisation du divorce. Sa confession me touche.

Il dirige son regard vers moi. Son sourire n'atteint pas ses iris sombres.

— Anna n'a aucun souvenir de sa maman. J'ai toujours pris le parti de tout lui raconter… même si je minimise les faits et que je dépeins un tableau moins dramatique de sa mère, je ne lui cache rien.

Il inspire longuement avant de reprendre d'une voix plus forte.

— Ma fille n'a rien demandé. Elle débute sa jeune existence avec un cruel handicap… C'est très injuste. Je refuse qu'elle souffre d'un nouvel abandon. Alors je me bats tous les jours pour qu'elle ne manque de rien et qu'elle n'ait pas à revivre cette situation. Je ne laisse personne entrer dans notre vie…

La colère froide qui gronde en lui ricoche en moi et percute mon cœur. Mark se lève de son siège subitement.

Puis, il me tourne le dos, face à la fenêtre, et se perd vers l'extérieur, comme s'il avait envie de s'échapper d'ici.

— Jusqu'à toi, murmure-t-il dans un souffle.

Le ventre noué par l'émotion, je suis partagée entre le besoin viscéral de le rejoindre, de l'étreindre fortement et celui de ne rien faire d'autre que de le laisser assimiler sa confession. Le temps s'écoule et, finalement, je fais le choix de me lever. Je me poste près de lui et regarde dans la même direction, sans toutefois entrer en contact. S'il ne bouge pas, il a conscience de ma présence à ses côtés. Son corps s'est sensiblement raidi et sa respiration s'accélère. C'est bien. C'est ce que je veux. Je souhaite l'extraire de ce passé douloureux et le ramener ici, dans ce chalet, avec moi. Puisque je lui fais du bien, puisqu'il me laisse entrer dans sa vie et celle d'Anna, je désire me montrer à la hauteur de sa confiance. Il faut que je dise quelque chose d'intelligent. Quelque chose qui l'apaisera et qui ne le fera pas paniquer.

— Je suis amoureuse de toi.

Bien sûr, ça n'est pas du tout ce que je voulais dire. Encore une fois, j'ai laissé mes pensées parler avant ma bouche. Je prends conscience de mes mots en même temps que lui. Il se tourne vers moi et me dévisage avec surprise. Tel un miroir, mon visage doit refléter une incrédulité similaire à la sienne. Pour le côté *no panic*, on repassera.

— Quoi ?

Se pourrait-il que son « *quoi* » soit un « *quoi* » parce qu'il n'a pas entendu ? Et pas un « *quoi* » parce que son cerveau a besoin de temps pour digérer la bombe que je viens de lâcher ? Je suis impulsive. C'est indéniable. Mais, je suis une impulsive amoureuse. Et maintenant que c'est sorti, étrangement, je me sens délestée d'un poids trop lourd à porter pour une jeune idiote de vingt-six ans. J'avale de l'air et plante mes yeux dans les siens.

— Je suis amoureuse de toi.

Je répète au cas où il n'aurait finalement pas bien entendu et aussi, parce que ça me fait un bien fou. Son expression indéchiffrable ne m'effraie pas. Je lui souris doucement.

— Tu n'es pas obligé de répondre quoi que ce soit. Je n'attends rien en retour, je voulais juste que tu le saches, c'est tout.

Il continue de me dévisager en silence. Encore une fois, son corps parle pour lui. Même si ça me fait mal, que mon cœur se transforme en meringue et s'effrite, j'assume. Il lui faut du temps et un peu de distance pour qu'il puisse se reprendre. Mon cerveau turbine à nouveau à la recherche de quelque chose de subtil à dire.

— Je vais me laver les dents.

Je quitte la pièce le laissant en plan avec son expression figée. Je suis la reine des îles flottantes, je suis incollable sur la génoise au chocolat, mais je suis archinulle pour la répartie instantanée. Une fois devant le miroir, je perds les dernières particules de mon assurance. Mes pauvres gencives en font les frais. Je frotte mes dents nerveusement, plus longtemps que les trois minutes réglementaires, en retraçant le fil de la conversation et ce que j'aurais dû dire réellement. Il est bien évident que ce n'était pas du tout le moment de lui avouer la nature de mes sentiments. Il s'est ouvert, m'a révélé de façon émouvante sa vulnérabilité et moi, je mets les deux pieds dans le plat, le sourire en prime ! Il me faut plusieurs minutes avant de me raisonner et de me convaincre de retourner le voir. De toute façon, c'est fait, je ne peux pas revenir en arrière. Je n'ai plus qu'à assumer pleinement la chose. Alors, je m'arme de courage et entre dans la chambre, remontée à bloc.

S'il n'a pas changé de place, l'expression de son visage s'est adoucie. Je détourne mon attention sur le pot de fleurs séchées suspendu au mur et ne le laisse pas ouvrir la bouche.

— Écoute, je ne m'excuserai pas de ce que je ressens pour toi, mais je suis désolée d'avoir sorti ça de but en blanc, comme un cheveu sur la soupe, alors que tu venais de te livrer. Ton émotion me touche et si je suis incapable d'y être insensible c'est parce que je t'aime. Je suis quelqu'un d'entier, je ne fais pas les choses à moitié et il en va de même pour l'expression de mes sentiments.

Je reprends mon souffle et continue à fixer les fleurs séchées.

— Je sais que notre histoire ne durera probablement pas longtemps, que tu refuses d'exposer ta fille, voire d'aimer, mais je n'arrive pas à me résoudre à abandonner et je garde l'espoir que peut-être un jour, tu m'ouvriras ton cœur, même un peu. Je te l'ai dit, je suis une pro des situations de merde… Alors, je ne te lâcherai pas, malgré ton mariage sinistre et ton refus de l'engagement. Je serai là, pour Anna et pour toi. Je t'aiderai du mieux que je peux. Parce que finalement, si tu passes ton temps à aider les autres, qui s'occupe de toi ?

Cette fois, je trouve la force de tourner les yeux vers lui. Son visage ne reflète ni colère ni rancœur et son regard ne me paraît plus si sombre. Mais peut-être est-ce dû au faible éclairage de la chambre ou au fait que j'ai retiré mes lentilles de contact ?

— OK.

J'arque un sourcil et marque un temps de réflexion.

— OK ?

— Je veux bien que tu t'occupes de moi.

Il l'a murmuré, mais il l'a dit. Je bloque mon souffle et avance vers lui qui ne bouge toujours pas. Audacieusement ou inconsciemment, je pose ma main sur son torse. À travers son pull, les battements anarchiques de son cœur cognent rapidement contre ma paume. Il soutient mon regard.

— Je ne sais pas quoi te répondre, Princesse. Pour être honnête, je suis perdu et dépassé par cette situation… et je n'arrive pas encore à mettre des mots sur ce que je ressens pour toi.

Son contact et la douceur de sa voix réchauffent mon sang, malgré ses aveux approximatifs.

— Ce dont je suis sûr, c'est que j'aime être avec toi. Tu es une originale, tête en l'air et une idéaliste.

Ses prunelles dévient sur ma bouche et ses fossettes se dessinent doucement.

— J'adore tes sourires, tes cheveux détachés, tes yeux qui pétillent, la façon dont Anna te regarde…

Je déglutis sous l'intensité de son timbre grave.

— J'envie ta capacité à rebondir, ta légèreté et ta bienveillance…

Il prend ma main et la pose sur sa joue. Elle est râpeuse d'une barbe imminente et chaude. Mais ce qui m'enflamme le plus, c'est le regard étourdissant qu'il plonge en moi.

— Tu nous fais du bien.

Je monte sur la pointe de mes pieds et, avant d'entrer en contact avec sa bouche, je souris.

— Laisse-moi être votre meilleure thérapie, alors…

CHAPITRE 37

Je voudrais un bonhomme de neige (Anna)

Vous dire que j'ai bien dormi cette nuit-là serait vous mentir. Nous avons fait l'amour différemment de la dernière fois. Il n'y avait ni impatience, ni sauvagerie, ni précipitation… Mark a exploré chaque parcelle de mon corps avec lenteur, douceur et volupté. Et moi, j'ai sniffé comme une camée l'odeur de sa peau, je me suis délectée du goût de ses lèvres et j'ai laissé mes mains vagabonder sur son corps si parfait. C'était pas mal aussi. Non, c'était carrément dément ! Évidemment, mes sentiments pour lui ne se sont pas envolés avec mes gémissements… Si bien que, malgré ses bras chauds et son étreinte rassurante, j'ai eu du mal à trouver le sommeil. Je n'ai pas cessé de penser à lui, à sa fille et à cette femme aux ambitions démesurées et à son départ égoïste. Et puis, j'ai songé à moi aussi. Au soulagement que j'ai éprouvé quand je lui ai avoué mes sentiments, à sa réponse honnête et à notre avenir flouté. J'ai suffisamment d'amour en moi pour être patiente. De toute façon, je n'ai pas le choix, je suis trop piquée pour faire autrement. Alors, je m'accroche à l'infime espoir qu'un jour, il devienne Monsieur Princesse…

En attendant, je suis ravie que Tatiana ait baissé le thermostat de notre chambre avant que l'on investisse l'endroit. Cela m'a permis de me rhabiller dans la nuit et de ne pas virer au violet quand Anna débarque au petit matin dans la pièce, toutes voiles dehors et sans frapper. Sans se soucier du fait que je partage la couche de son père ni que ce dernier soit entièrement nu, elle se jette sur le lit en poussant un *Youhouu* enjoué.

— Y a des cadeaux partout ! Et le faux père Noël a bu tout le vin de Papy !

Alors que j'hyperventile, Mark, d'un geste réactif, replace la couette sur lui et tempère l'hyperactivité de sa fille à coups d'oreiller et de chatouilles. Pas sûre que cela fonctionne réellement. J'esquive l'impact du coude dans l'œil et assiste à une vraie scène de nirvana. Le rire de Mark, combiné à celui d'Anna, est contagieux. D'abord en retrait, je me bidonne dans mon coin. Et puis, je me prends un méchant revers d'oreiller sur le visage. Et là, je disjoncte. Je m'empare du mien et me joins à la danse. Je frappe sur la première tête que je vois, je m'esclaffe, je reçois, je me marre de plus belle et je m'étouffe dans les plumes. La figure à l'envers, le pied d'Anna sur la joue et le genou de Mark dans le dos, je suis hilare. Je pense aujourd'hui que le rire peut tuer. Je suis sur le point de rendre mon dernier souffle quand mon regard se pose sur la porte d'entrée. À travers les plumes qui virevoltent dans toute la pièce, j'aperçois Tatiana, Jean-Jacques, Léna, Pascal et même les jumeaux qui nous observent. Je tire sur mon tee-shirt et me recoiffe succinctement, sachant pertinemment que ça ne sert à rien.

— Quand vous serez… euh… prêts, nous vous attendons en bas, pour le petit déjeuner…

Si la maîtresse de maison affiche une posture autoritaire, le sourire qu'elle tente de réprimer ne passe pas inaperçu. Jean-Jacques, lui, ne cache ni son étonnement ni son rictus espiègle. Quant aux autres, ils sont morts de rire.

— T'as vu maman, y a des plumes partout ! s'écrie un des jumeaux.

— Hey, Miller, si tu veux je te prête un pyjama ?

Pascal se bidonne dans son costume de nuit vert sapin à pois rouges et esquive de peu l'oreiller que Mark lui envoie.

— Bon, allez, se marre Léna. Laissons-leur un peu d'intimité ! Viens, Anna, j'ai fait du chocolat chaud et c'est plus intéressant en bas !

Je relâche l'air de mes poumons quand la porte se referme. Mark retire une plume de mon épaule et effleure l'intérieur de ma cuisse avec. Évidemment, ma peau réagit instantanément.

— Hey… on a un peu de temps avant de descendre…

Les cheveux en vrac, le regard rieur et le geste suggestif, Maître Miller est à lui seul un appel au péché auquel je ne peux résister. Je saute à califourchon sur lui, plonge mes doigts dans sa tignasse et colle ma bouche contre son oreille.

— Ah oui ? Ça te dit un scrabble dans ma case[14] ?

Il lâche un rire rauque et sexy, glisse ses mains sous mon tee-shirt, puis s'empare de mes lèvres. Nos langues et nos soupirs se mélangent accélérant dangereusement les battements de mon cœur. Il me presse avec force contre lui dévoilant ainsi toute l'étendue de son désir pour moi. Ce qui, évidemment, gargarise mon ego et me pousse à être audacieuse. Toujours à califourchon sur lui, j'ôte mon tee-shirt dans un geste qui se veut sensuel, savoure avec délice le contact de ses grandes paumes chaudes sur ma poitrine et, sous ses prunelles d'acier, je m'offre entièrement à lui. Je suis grisée. Cet homme est à moi, tout entier. Et, en moi. Ses fossettes s'effacent au profit d'un regard incandescent qui brûle tout sur son passage. Son souffle s'accélère et ses mains

14 Référence cinématographique pour tout fan des bronzés qui se respecte…

trouvent leur place sur mes hanches. Puis, nous débutons une nouvelle danse, cette fois-ci, sous la lumière du jour. Devant la beauté sauvage et vulnérable de Mark, je lâche prise. Je me perds et me noie dans un océan de volupté. Quand la cadence s'intensifie, que nos soupirs se transforment en râles de délectation et que ses doigts s'incrustent dans mes chairs, je réalise que jamais un homme ne m'a donné autant de plaisir que lui.

D'ailleurs, je crois que je viens de trouver un mot en douze lettres qui compte triple.

Mais je ne vous le révélerai pas… Vous ne pensez tout de même pas que j'envisage *réellement* de jouer au scrabble ?

J'ai toujours préféré donner que recevoir. Me gaver des sourires radieux de la personne qui ouvre son paquet est mon plus beau cadeau. L'air excité d'Anna, quand elle découvre le petit aquarium, que j'ai déniché dans l'animalerie près de chez moi, me remplit de joie. Je me marre lorsqu'elle examine avec des yeux grands ouverts les deux poissons multicolores qui tournent en rond. J'exulte au moment où Tatiana s'émerveille devant ma recette de Bredele encadrée (oui, j'ai craqué), quand Léna me remercie pour le soin détente, quand Jean-Jacques plonge dans le guide Hachette des vins et quand Pascal rougit avec les huiles de massage. Léna me gratifie deux fois, d'ailleurs. Et puis, je fonds devant le regard rieur de Mark lorsqu'il déballe sa nouvelle machine à expresso. *Avec ça, inenvisageable de rater son café !*

Et puis vient mon tour. J'ai repoussé le moment le plus longtemps possible. Mais, maintenant que l'attention est orientée vers moi, j'affiche un sourire incertain.

— Vous n'auriez pas dû, soufflé-je, mal à l'aise.

— Mais ce n'est pas nous, c'est le père Noël, répond Léna avec un clin d'œil.

Bah voyons ! Pourtant, les enfants ne sont même plus là, trop pressés d'essayer leurs nouveaux jeux. Je jette un regard paniqué à Mark qui m'offre un sourire rassurant. Nos ébats de ce matin se reflètent encore dans le fond de ses yeux et certainement aussi dans les miens, malgré la douche et le café salvateur. Les joues en feu, j'attrape le paquet le plus plat. Plus vite j'ouvre, plus vite on passe à autre chose. Après tout, ce ne sont que quelques cadeaux… Il suffit de sourire et de prendre un air comblé et le tour est joué. Je déchire l'emballage et extrais le vêtement. Mon rictus crispé vacille quand je découvre de quoi il s'agit. Une blouse de travail. Je reconnais l'écusson qui ornait la mienne et qui a été habilement assemblé sur celle-ci. Je relève mes yeux embués vers Tatiana qui a certainement dû passer du temps dessus.

— Je suis toujours ravie de sortir ma vieille machine à coudre. Surtout quand il s'agit de donner vie à des vêtements qui ont une belle histoire à raconter. Je n'ai pas pu récupérer votre ancienne blouse, elle est bien amochée… J'espère que celle-ci vous inspirera de futures et magnifiques recettes à venir !

— Merci infiniment…

Submergée par l'émotion et la gorge brûlante, je renonce à ajouter quoi que ce soit. Je plonge dans les autres cadeaux, je m'oblige à sourire et à prononcer des mercis d'une voix étranglée. Léna m'offre un bracelet en argent, orné de petites étoiles. Pascal, une paire de chaussettes aussi vintage que ses pulls et Jean-Jacques de beaux verres à vin. Puis, comme si cela ne suffisait pas, Mark glisse un paquet sur mes genoux avec un sourire en coin.

— Parce que c'est une arme redoutable entre tes mains…

Je retiens comme je peux mes larmes et déballe le cadeau. Mon cœur se comprime lorsque je découvre le fouet de pâtissier de mon père, ressoudé, renforcé avec mon prénom gravé à la base. Je ne sais pas quand il a eu le temps de le réparer ni comment j'ai fait pour ne pas m'apercevoir de son absence, mais quand mes doigts se referment autour du manche, mon cœur explose.

Le regard que je lui adresse laisse place au doute.

— Hey… ça va ?

— Maintenant, oui.

Heureusement, Anna détourne l'attention quand elle déboule dans le salon, son chapeau de cowboy sur la tête et son sourire atypique greffé au visage. Elle sautille gaiement jusqu'à nous.

— Je suis contente, c'est encore mieux qu'un poney !

— Tu m'en vois rassuré ! ironise Mark. Tu comprends qu'il était difficile de loger l'animal dans un appartement du centre-ville… Je suis ravi que ton ranch Playmobil te plaise.

— Oh, ça ! Oui, c'est chouette ! Mais, je ne parlais pas de mon ranch !

Elle hausse les épaules et se tourne vers moi avec un air émerveillé.

— Non, papa, je suis contente parce que tu m'as ramené une vraie sirène.

CHAPITRE 38

Quand te reverrais-je ?
Pays merveilleux !
Où ceux qui s'aiment vivent à deux !
(Les bronzés font du ski,
Jean-Claude)

Avec une impression de déjà-vu, je soulève mes fesses du télésiège, m'oblige à garder mes skis parallèles et m'écrase contre le premier talus de neige. Je maudis intérieurement ma faiblesse. N'en ai-je pas eu assez la dernière fois ? Fallait-il vraiment que je rechausse ces satanées planches de malheur ? Bien sûr, l'insistance d'Anna et l'assurance de Mark n'ont pas joué en ma faveur… Je me redresse comme je peux et vise la pente avec appréhension. À la différence de l'autre fois, celle-ci est verte. *Mais c'est quand même une pente !*

Mark vient à mon secours et m'aide à me relever.

— Rappelle-moi pourquoi je fais ça ? grogné-je en tirant sur son bras.

— Mais parce que tu es une sirène, bien sûr !

— Je ne vois pas le rapport…

— Mais si… l'eau… la neige…

Et il se marre en plus ! Comme si cela ne suffisait pas, Anna dévale jusqu'à nous et arrête ses skis prestement avec un sourire de publicité. C'est injuste et totalement hallucinant, elle n'a même pas de bâtons… Et je ne parle pas des jumeaux, hauts comme trois pommes, qui se lancent tout schuss jusqu'en bas, imités par leurs parents et leurs grands-parents.

— Bon, c'est simple… La dernière fois, tu as bien pris le coup sur la fin…

Je rêve ou il retient un rire ?

— Il te suffit de suivre mes traces et de faire exactement ce que je te dis.

— Oui ! Tu vas voir, c'est hyper facile ! ajoute Anna en s'élançant. Tu plies les genoux, tu prends un peu de vitesse et tu tournes ! Puis tu…

Je n'entends plus rien puisqu'elle est déjà trop loin. Elle stoppe net en contrebas et m'offre un second sourire de pub. OK. Je vais crever. Je m'oriente vers Mark et le fusille du regard en pointant la pente de ma moufle.

— Franchement, tu me crois suffisamment folle pour descendre *ça* ! Et arrête de rire, ce n'est pas drôle !

Évidemment il n'en fait rien, son torse s'agite de petits soubresauts. En bas de la piste, autour d'un chocolat chaud, j'aurais trouvé ce son mélodieux et grisant, mais ici, à côté du panneau au rond vert, j'ai envie de lui planter le bâton au milieu du front et de le voir agoniser dans son propre sang.

— Oui, tu es complètement barge, Princesse, reprend-il avec un large sourire. Alors, crois-moi, cette piste, ce n'est rien. Et puis, il se pourrait que…

Il récupère un peu son sérieux et place ses skis face à la pente.

— Non, c'est même certain…

Il se penche en avant, me lance un clin d'œil à la James Bond et s'élance avec souplesse.

— C'est certain… *de quoi* ? crié-je en me laissant glisser derrière lui.

Il effectue un premier virage, ralentit, s'assure que je le suis et repart doucement avec un sourire énigmatique.

— Non, mais attends-moi ! Je n'ai pas entendu… c'est certain *de quoi* ?

Oh putain, je skie ! Je viens de tourner sans m'en rendre compte et surtout sans tomber ! Je crâne devant Anna quand j'arrive à son niveau.

— Hey, t'as vu, la pro ? J'ai fait un virage sans manger de neige !

Elle se place à mes côtés et me tend son poing. J'affiche un sourire aussi crispé que le reste de ma carcasse qui continue à glisser sur les traces de son père.

— Ah non ! Je ne bouge ni mon bras ni la position de mon corps ! On *checke* en bas, hein ?

— OK ! Le premier arrivé au panneau a gagné !

Elle s'élance, gracile, souple et très rapide. *Ah ouais.*

— Tu t'arrêtes à la balise ! lance Mark quand elle le dépasse à son tour.

— Vas-y, crié-je paniquée à l'attention de Mark. Rejoins-la, vite !

— Ne t'inquiète pas, elle est née sur des skis. Et puis, mes parents l'attendent plus bas.

J'effectue un second virage plus brouillon que le premier, mais par miracle je reste debout.

— Je ne comprends toujours pas pourquoi tu as autant insisté pour que je rechausse des skis.

— C'est important de ne pas stagner sur un échec, Princesse. Les sensations de glisse sont uniques, c'est dommage de ne pas persévérer un peu plus… Plie les genoux !

Je crois que j'ai pigé le truc. Je bois les paroles de Mark qui prennent soudain un sens. Je cloue le bec à ma voix qui crie au suicide, répartis le poids de mon corps, utilise la vitesse, fais attention à la direction de mes skis et je tourne.

Hiiihaaa ! Nouvelle victoire de canard ! Princesse est dans la place !

Je ne manque pas le sourire satisfait de Mark et continue à suivre ses traces, de plus en plus promptement, avec un peu plus d'assurance. J'affiche un air béat alors que la vitesse me grise. Je prends même le temps de regarder autour de moi. C'est vrai que la vue est splendide. Rapidement, et bien trop tôt, nous arrivons en bas de la piste. Malheureusement, je n'ai pas appris à m'arrêter autrement qu'en tombant et, encore une fois, je ne déroge pas à la règle. Je me vautre dans le mur de poudreuse, près du petit groupe hilare qui n'en rate pas une miette.

— Le premier qui rit reçoit mon bâton dans la figure !

Nan, je n'ai pas dit ça… J'ai trop de neige dans la bouche.

La matinée riche en émotions et en sports extrêmes nous a ouvert l'appétit. Et il faut avouer que la dinde aux marrons de Tatiana est particulièrement réussie. Je suis censée les quitter après manger, mais je n'en ai pas envie. Je me sens bien là, auprès de Mark, d'Anna et de toute la petite troupe. Mais le compte à rebours qui me sépare de mon départ semble s'accélérer d'heure en heure. Le repas touche à sa fin et alors que Mark s'absente coucher sa fille qui ne tient plus debout, Jean-Jacques me propose de l'accompagner dans la véranda, autour d'un café.

— Vous reviendrez nous voir, n'est-ce pas ?

Si Mark a hérité de la couleur particulière des yeux de sa mère, son aura autoritaire, il la tient de son père. Un peu intimidée d'être prise en aparté par cet ancien juriste, je souris doucement.

— J'aimerais beaucoup. J'ai passé un merveilleux Noël grâce à vous et à votre famille.

Il me tend une tasse et s'assied dans le fauteuil en osier, à côté de moi, face à un paysage de carte postale. De lourds nuages gris menaçants surplombent les montagnes et annoncent l'arrivée imminente de la neige. Jean-Jacques remue longtemps la cuillère dans sa tasse et finit par briser le silence d'une voix vibrante d'émotion.

— Est-ce que… Mark vous a parlé de sa situation ?

Au loin, un skieur audacieux s'élance sur une piste certainement noire. Je le regarde sans vraiment le voir. Ma gorge se serre.

— Oui. Il m'a tout raconté.

Je pensais que le dire à voix haute serait plus difficile. Il marque un silence lourd de sens. Je tourne la tête vers lui qui ne quitte pas la montagne des yeux. Son profil sévère et son regard empli de regrets me nouent le ventre. Je sais ce qu'il cherche à faire. J'ai eu un père comme lui, autrefois. Un papa soucieux du bien-être et de la sécurité de son enfant. Un père rempli d'amour. Son menton tremble sensiblement quand il reprend.

— Mark est un garçon trop exigeant envers lui-même, mais il a un cœur énorme…

— Vous n'avez pas besoin de me convaincre que votre fils est une belle personne, le coupé-je d'un bloc. Je le sais déjà. Et, je pense qu'il tient de vous sur beaucoup de points. Notamment sur le manque certain de communication.

Surpris, il se racle la gorge.

— Que voulez-vous dire ?

Je lui souris sincèrement.

— Vous devriez confier ce qui vous pèse à votre fils, Jean-Jacques. Lui avouer que vous l'aimez comme il est. Avec ses défauts, ses qualités et ses échecs. Lui dire qu'il n'est pas fautif du départ de sa femme, comme vous n'êtes pas responsable de ses choix de vie. C'est Noël… N'est-ce pas le moment idéal pour ouvrir son cœur ?

C'est bien ce que j'ai fait, moi. Ses yeux s'embuent. Ou peut-être que ce sont les miens. Je crois que je suis aussi tombée amoureuse de la famille Miller. Il pose sa main sur mon bras dans un geste maladroit et le serre tendrement.

— Mark a beaucoup de chance. Où étiez-vous depuis tout ce temps, jeune fille ?

— J'étais en hibernation à l'intérieur d'un drôle de chat atteint de flatulences intempestives.

J'ai déjà dit ça, je sais. Mais, personne n'est obligé de le répéter, si ? Et puis, l'atmosphère est trop lourde d'émotion pour moi pour que je parte à la recherche d'une autre réplique marrante.

— J'ai travaillé en tant que serveuse dans un restaurant qui s'appelait *Le chat qui pète et qui sourit*, justifié-je sous le regard interrogatif de Jean-Jacques.

Pendant qu'il rit, je lui explique le concept.

— J'étais déguisée en Ariel, la Petite Sirène, obligée de porter un diadème de trois kilos et un legging vert à écailles !

L'atmosphère est plus légère et j'en suis ravie. Elle est brisée par l'arrivée de Mark qui nous dévisage tour à tour.

— J'ai manqué quelque chose ?

— Pas du tout ! Nous échangions quelques secrets de recettes…

Mark arque un sourcil et son père m'adresse un demi-sourire de connivence. Je porte la tasse à ma bouche en vérifiant que le skieur fou n'est pas resté coincé dans un arbre.

— Anna voulait que tu lui racontes une histoire avant que tu ne repartes.

Je manque de m'étouffer avec le liquide brûlant.

— Euh… moi ?

Il hoche la tête et dévoile ses fossettes rieuses.

— Oui, elle a déjà choisi le bouquin et t'attend dans sa chambre.

CHAPITRE 39

On n'va nulle part en battant des nageoires, il faut des jambes pour sauter et danser (Ariel)

J'ai appris un truc : les hippocampes ne sont pas hermaphrodites. Je l'ai toujours cru ! La femelle pond et dépose les œufs dans la poche ventrale du mâle. Charge à lui de les fertiliser et de les porter jusqu'à leur terme. Bref, ce sont les hommes qui mettent bas. Encore une fois, Anna me mouche et me cloue au tapis. Encore une fois, je l'aime un peu plus. J'en informe Mark, une fois l'histoire terminée. Enfin, histoire est un bien grand mot si on s'en réfère au livre qui m'a servi de support pour endormir la petite… *La vie secrète des animaux de la mer* n'a rien d'un conte pour enfants et encore moins d'un recueil de poésies. Les personnages principaux portent le nom d'esturgeon d'Europe, de phoque moine, de dauphin d'Irrawaddy et l'antagoniste premier n'est autre que l'Homme…

— C'est ce qui fait le charme de ma fille, se marre-t-il en soulevant mon sac pour le ranger dans mon coffre. Elle croit encore aux contes de fées et aux sirènes, mais elle est capable de tenir un discours engagé sur la biodiversité de notre écosystème.

Il referme la portière et se tourne vers moi.

— Tu sais que tu es une privilégiée ?

— Ah bon, pourquoi ?

— Elle ne laisse personne toucher à ses précieux livres.

J'arque un sourcil.

— Même pas toi ?

Il secoue la tête négativement et hausse les épaules.

— Le mois dernier, j'ai eu droit à une semaine de bouderie parce j'ai eu le malheur de les ranger dans sa bibliothèque.

— Il faudrait peut-être lui dire que je ne suis pas une vraie sirène.

Il marque un mouvement de recul, horrifié.

— *Quoi ?* Mais… tu n'es pas une vraie sirène ?

Je ris, même si je n'ai pas du tout envie de quitter ce petit paradis. Je crois que je suis définitivement réconciliée avec la magie de Noël. Ses fossettes se creusent et sa main se perd sur ma joue. Ce geste d'affection revient souvent et je pense que j'en deviens addict.

— Tu es sûre de vouloir partir maintenant, ils annoncent de la neige, murmure-t-il l'air inquiet.

Je savoure le contact tendre de sa paume sur ma joue.

— Ne t'en fais pas, Pascal m'a prêté ses chaînes et je vais rouler doucement. Et puis, j'ai le monde à nourrir ! ajouté-je en brandissant mon poing en l'air. Ma pâte à choux ne va pas se faire toute seule !

Retour de fossettes.

— OK. On se voit sur Lyon dès que je rentre, alors.

J'approuve. Je n'ai aucune envie de m'extraire de la chaleur de sa main ni de l'emprise de son regard. Mais je ne me sens pas le droit de lui imposer ma présence trop longtemps. Il a besoin de passer des moments privilégiés avec sa fille et de prendre un peu de recul sur notre couple. Et moi, je dois penser un peu à moi afin de ne pas y laisser trop de plumes…

Je n'ai pas peur de son histoire. Je dirais même que maintenant que je connais la faille kryptonienne de Mark Miller, j'en suis encore plus amoureuse. Hier soir, il s'est révélé vulnérable et fragile, tellement loin de l'homme empli d'assurance et d'aura charismatique que j'ai coutume de côtoyer. Comme quoi, même les superhéros ont des faiblesses…

Il fait taire mes pensées philosophiques quand il se penche pour m'embrasser. Mon pouls repart dans ses exercices de style. Je ne m'habituerai jamais aux baisers de Mark Miller… *Aussi légers qu'un sorbet glacé, aussi croquants qu'un morceau de chocolat noir, aussi fondants qu'un cœur coulant…*

Il est ma muse. Une nouvelle recette germe dans ma tête et, déjà, la liste des ingrédients s'inscrit dans un recoin de mon cerveau. Je grimpe dans mon utilitaire le sourire aux lèvres et démarre. Au moment d'enclencher la marche arrière, j'ouvre ma vitre.

— Au fait ? Que voulais-tu me dire en haut de la piste tout à l'heure ?

Son regard s'assombrit, pourtant ses fossettes perdurent. Il recule, les mains dans les poches de son jean et l'air étrange.

— C'est la technique de la diversion… Tu ne connais pas ?

— Euh… non ?

— C'est simple, tu balances une information capitale, séduisante par l'émotion qui capte l'attention par son caractère mystérieux et tu amènes tranquillement le sujet à te suivre là où tu veux l'emmener.

Je n'ai pas tout saisi.

— Attends… C'est moi le sujet ?

Son sourire triomphant me répond. J'en perds le mien. Alors si j'ai bien compris je suis le sujet d'une technique de diversion… Youpi. Cela dit, sa stratégie a bien fonctionné puisque j'ai réussi à dévaler la piste debout.

— Mais, c'était quoi l'information capitale et séduisante par l'émotion ?

Il arrête de reculer, mais continue de sourire. *Oh punaise, qu'est-ce qu'il est beau quand même…*

— Je ne vais certainement pas te l'avouer maintenant ! Ton initiation au ski est loin d'être terminée !

Je me moque et enclenche la marche arrière.

— Dis plutôt que tu n'as rien ! Tu viens de te faire griller, Miller ! Ta technique ne fonctionnera plus sur moi ! Il va falloir que tu trouves autre chose la prochaine fois…

C'est son regard pétillant que je garde en tête quand je passe la première.

Le trajet est chaotique. Comme si elle voulait me retenir, la montagne me montre son côté obscur. L'épaisseur des nuages, la neige qui tombe en abondance et l'arrivée du crépuscule réduisent ma visibilité. Je roule au pas, les essuie-glaces en mode hyperactifs et mes feux comme seuls alliés. Même l'autoradio fait grève ! Il grésille et me stresse plus qu'autre chose. Je l'éteins d'une main impatiente et reporte mon attention sur la route. Je mets deux fois plus de temps pour arriver jusqu'au centre-ville, si bien que lorsque enfin je coupe le moteur, je lâche un soupir de soulagement. Il neige moins à Lyon, mais suffisamment pour ne pas voir grand-chose à moins d'un mètre. J'enfile mon blouson avant de descendre et saute de l'utilitaire en rabattant ma capuche sur la tête. La rue est déserte en ce jour férié. C'est normal, les gens raisonnables digèrent la dinde en famille devant un bon film de Noël et une boîte de chocolats. Qui est assez cinglé pour bosser un 25 décembre ? Peut-être une pâtissière, mi-sirène mi-folasse, désireuse de se remettre d'un yoyo émotionnel trop intense dans de la frangipane…

Je sors les clés de ma poche et ouvre le lourd rideau de fer. Puis, je m'engouffre à l'intérieur. Je pianote un petit message à Mark pour l'informer que je suis bien arrivée. Sa réponse fuse dans la foulée.

Mark :
[OK, me voilà rassuré. Si tu as besoin de conseils pour bien réussir tes œufs en neige, n'hésite pas…
Je t'embrasse.]

J'affiche un air niais et me mets sans tarder au travail. Même si je paie un peu mon retard, je ne regrette rien. Cette pause m'a fait un bien fou et l'inspiration revient puissance mille quand mes doigts se referment sur le manche de mon fouet pâtissier.

CHAPITRE 40

Le prince charmant a foutu le camp avec la belle au bois dormant (Téléphone)

Les deux jours suivants sont rythmés par le bruit des casseroles, les commandes pour la Saint-Sylvestre et les livraisons. Astrid étant en congés, je suis bien occupée. Je n'ai pas beaucoup de moments pour moi. Tout juste celui d'avaler mes repas sur le pouce et d'aller aux toilettes. Les pauses sont proscrites ! Je n'ai pas non plus le loisir de cogiter sur le fait que Mark ne m'a plus donné de nouvelles depuis son dernier texto. Pas faute de regarder régulièrement l'écran de mon téléphone… Je me suis dit que je lui laisserais du temps et de la distance, alors c'est ce que je fais. Et puis, il est hors de question de m'apitoyer sur mon sort ni de m'interroger, car sonne le joyeux tintement d'une nouvelle commande.

14 H 53
Vous avez une nouvelle commande :
Muffins à la Myrtille : quantité 150
Gâteau d'anniversaire licorne : quantité 5
Layer cake trois chocolats : quantité 5
Sucettes surprises : 150

Le chat qui pète et qui sourit : Bonjour, Princesse, c'est Lionel (tu sais, l'homme qui porte le plastron mieux que personne…). Mon cuistot est parti, je suis dans la merde.

Mange-moi : Lionel ! Quelle surprise ! Tu as frappé à la bonne porte, les chérubins auront leur goûter en temps et en heure demain !

La vache. Je crois qu'il va me falloir une double dose d'huile de coude pour assurer. Je ne m'éternise pas sur la commande de mon ex-patron ni sur le fait que son cuistot s'est fait la malle, j'établis la liste des ingrédients et me lance dans la préparation de la pâte à muffins. Lionel a beau être un prince de pacotille, un macho et un rustre avec ses employés, le concept de son restaurant cartonne. Le nombre des réservations est, chaque jour, aussi long que mon bras. C'est une occasion en or pour me faire de la publicité auprès de ses clients. S'il faut que j'y passe la nuit, je le ferai.

Ainsi, les heures défilent. Tel un chef d'orchestre, je plonge à corps perdu dans la pâtisserie, mon fouet bat la mesure et je joue des partitions avec le four. Je tente même une nouvelle recette à base de farine de châtaigne. Plus légers, plus digestes et moins sucrés, je suis certaine que mes derniers muffins aux éclats croustillants de nougatine plairont aux enfants. Le défi est osé, mais lorsque je me gare à 11 heures le lendemain, devant le *Chat qui pète* et qui sourit, avec mes victuailles et des cernes de dix kilomètres de long, je ne cache pas mon air de conquérante. Encore plus quand Lionel, mi-étonné, mi-impressionné, me propose un contrat de collaboration pour les évènements exceptionnels.

— Franchement, je n'y croyais pas, siffle-t-il en lorgnant les boîtes. C'est propre, ça donne envie et je suis sûr que c'est bon !

Je souris largement.

— Évidemment que c'est bon ! Tu en doutais ?

— À vrai dire, non. Les muffins du gars que j'ai embauché ne valent pas les tiens…

Je n'en reviens pas, Lionel vient de faire un compliment !

— Et puis, ajoute-t-il avec un sourire penaud, je n'ai pas encore déniché d'Ariel qui porte aussi bien les Saint-Jacques que toi.

Wow, deuxième éloge ! Pincez-moi, je rêve.

— J'espère que tu trouveras ton bonheur parmi les candidates, Lionel, parce que je ne compte pas revenir.

— J'ai bien compris, se marre-t-il. Et puis ta performance musicale de l'autre jour m'a convaincu que ta place n'était certainement pas parmi les choristes de mon restaurant, mais plutôt en cuisine. En tout cas, merci pour ta réactivité. Tu as sauvé les anniversaires des gamins !

— Mais à vot' service ! Si vous me cherchez, prenez la *deuxième étoile à droite et tout droit jusqu'au matin*[15] !

Je souris encore quand je me gare devant chez moi.

Je suis tellement fière que je décide de mettre mes résolutions de côté et je compose le numéro de Mark. Il décroche au bout de la troisième sonnerie.

— Princesse…

Sa voix familière et grave me ramène à des souvenirs interdits aux mineurs. Qu'elle m'a manqué ! Trois jours sans

15 Nouveau défi ! Trouver cette citation sans aide extérieure ! Allez, elle est facile… Un petit indice : petit homme facétieux au sourire malicieux, modèle intemporel de nos petits garçons…

nouvelles de lui, c'est une éternité… Je masque la déception qu'il ne m'ait pas rappelée et emprunte un ton enjoué.

— Tu vas bien ? Je te dérange ?

— Oui… non… Écoute, je suis occupé.

Je déglutis sous la froideur de sa voix et sa façon un peu brutale de me congédier. Je me sens légèrement con, là.

— OK. Je vais te laisser, alors.

— Tu souhaitais me dire quelque chose ?

Oui, te dire que tu me manquais, que j'aurais aimé te serrer dans mes bras et t'annoncer de vive voix que mon projet fou se concrétise sérieusement.

— Non, rien de spécial. Je voulais juste prendre de vos nouvelles, à tous les deux. Mais, apparemment, je tombe au mauvais moment…

Mon ventre se noue. Même si je suis exténuée et un peu vexée, je ne pleurerai pas aujourd'hui. J'ai signé un super contrat de collaboration et ma boutique grandit chaque jour davantage.

— Tout va bien. Anna est contente d'avoir retrouvé sa chambre.

Ma gorge se serre de désillusion. *Ils sont rentrés ? Depuis quand ?* La frustration et l'incompréhension me gagnent progressivement. Je jette un coup d'œil dépité à la petite boîte de muffins à la châtaigne que j'ai mise de côté, au cas où j'aurais vu Anna dans les jours à venir, et qui me nargue maintenant sournoisement.

— Princesse, reprend-il plus bas. Je suis en rendez-vous client, je ne peux pas te parler, là…

Je surjoue l'entrain afin de masquer la pointe de déception qui me tord le bide. *Ne pas le brusquer. Lui laisser du temps et de l'espace. Allez, Princesse, tu peux le faire.*

— Oh, oui… Pardon de te déranger, Mark. Je te laisse, je suis mal garée… À bientôt !

Je raccroche un peu trop rapidement, pressée d'abréger ce moment gênant. Je ne lui en veux même pas. C'est moi la coupable dans l'histoire. Je m'étais juré de ne pas ressembler à ces filles qui se laissent bouffer par leurs émotions et qui attendent impatiemment l'appel du concerné. Je m'étais aussi promis de rayer les mièvreries de couple de ma vie. Aujourd'hui, je fais encore les frais de l'amour à sens unique.

Trop éreintée par les récents évènements et trop fatiguée émotionnellement pour cogiter, je fais le choix d'y réfléchir à tête reposée. Après tout, la nuit porte conseil et apaise les idées noires. Je déplace ma carcasse comme un zombie jusqu'à mon appartement, me perds sous une douche brûlante, boulotte la moitié de la boîte de muffins et m'écroule sur mon lit. J'accuse mes deux dernières nuits blanches et finis par m'endormir au bout de deux secondes, dans le monde de Disney, version gore. C'est horrible. Blanche-Neige se fait bouffer le visage par de l'acide sulfurique vicieusement injecté dans la pomme, Cendrillon se coupe le pied à la hache pour retirer la chaussure de vair et la Belle au bois dormant prend les traits de la sorcière Assia, la femme de Mark, que je n'ai jamais vue et que j'imagine copie conforme de Monica Bellucci. Bah oui, elle est forcément canon, sinon, ce n'est pas drôle. Cette dernière se met à hurler d'une voix si aiguë que mon corps entier se couvre de chair de poule. Le cri perdure des lustres, plusieurs fois, et finit par me réveiller en sursaut. Je marque un temps avant de constater que le braillement strident n'est autre que la sonnette de mon appartement.

Je me frotte le visage et regarde l'heure. Il est 19 heures et j'ai dormi plus de trois heures. Le carillon me rappelle à nouveau à l'ordre et m'arrache un autre sursaut. Je me lève difficilement, détends mes jambes ankylosées et me traîne péniblement jusqu'à la porte d'entrée. Nauséeuse et encore sous l'emprise de mon mauvais rêve, j'ouvre le battant sans prendre la peine de regarder dans le judas.

Malheureusement pour moi, je n'ai pas le temps d'identifier mon visiteur du soir. Je me prends les pieds dans l'une de mes UGG, mouline des bras et tombe lourdement sur le sol. Dans ma chute, je me cogne la tête contre le rebord de ma table et replonge instantanément dans un sommeil sans rêve ni cauchemars cette fois.

CHAPITRE 41

Manteau de fourrure VS *legging à écailles*

— Ouvre les yeux, maintenant !

Je suis morte. Coincée dans la salle d'attente des limbes de l'Enfer, prête à passer sur le grill. C'est sûr, je ne suis pas au Paradis. Je n'ai pas vu le grand tunnel ni la lumière divine dont tout le monde parle et mon corps ne semble pas s'être désolidarisé de mon âme, puisque l'arrière de ma tête hurle au supplice.

— Réveille-toi, bon sang !

Si ça se trouve, je suis bloquée dans un univers parallèle entre la vie et la mort, condamnée à errer sans fin et sans but pour l'éternité. Condamnée également à être secouée comme un prunier.

Je pousse un râle de protestation au moment où une autre secousse m'oblige à ouvrir les paupières. La douleur de mon crâne est atroce, mais ce n'est rien en comparaison de la honte qui me saisit quand je réalise que je ne suis pas dans une salle d'attente mortuaire, mais allongée de tout mon long sur le sol de mon entrée. Étourdie, je cligne des yeux plusieurs fois afin de reconnecter l'image et le son. Puis, je m'assieds difficilement et passe une main derrière ma tête. Ce geste m'arrache un râle de douleur. J'ai une sacrée bosse.

— La Belle au bois dormant a fait le plein ? Qu'est-ce que tu peux être bordélique aussi ! Tu m'excuseras, mais tu es trop lourde. Je n'ai pas très envie de me luxer une épaule en te traînant jusqu'à ton lit…

Un drôle de malaise me saisit pendant que mes sens superposent la voix à la silhouette familière qui me toise de haut et qui continue à me parler en discontinu. Lise, vêtue d'une robe du soir rouge carmin, me percute d'un regard sombre et amplifié d'un coup de mascara certainement push-up. Mais…

— Tu vas au bal ?

… sont les premiers mots qui jaillissent de ma bouche. Le visage de mon ex-belle-mère se tord d'un sourire hautain.

— Si l'on veut… J'ai un rendez-vous galant.

Pourquoi je ne suis pas étonnée ? J'étire un rictus crispé et grimace de douleur. Merde, ça fait un mal de chien ! Je m'adosse contre le mur. La tête me tourne, je m'oblige à me concentrer sur le moment présent pour ne pas tomber à nouveau dans les pommes.

— J'imagine que ton rendez-vous galant ne t'emmène pas au McDo…

Ma tortionnaire m'adresse un regard assassin avant de m'enjamber sur ses talons aiguilles et de partir vers ma cuisine. J'ai tapé pile-poil là où ça fait mal… Dans sa robe haute couture et très élégante, elle vise haut cette fois-ci. Je suis certaine que son rencard a été sélectionné via la taille de son portefeuille.

— Tu te crois drôle ? assène-t-elle d'une voix sèche. Tu sais bien que je ne mange pas de viande et encore moins de friture.

Je serre les dents et ne la quitte pas des yeux tandis qu'elle se lave maladivement les mains. Bien que je ne comprenne pas vraiment la raison de sa visite, un mauvais pressentiment germe dans ma tête.

— Comment as-tu trouvé mon adresse ?

Elle attrape le torchon près de l'évier et s'essuie les mains.

— Un de mes ex était hacker-cambrioleur.

Je fronce les sourcils, perplexe. C'est très étrange de la voir ici et j'ai du mal à la reconnaître. C'est comme chercher l'intitulé précis d'un ingrédient, l'avoir sur le bout de la langue, mais ne pas parvenir à mettre un nom dessus. Je connais Lise depuis quelques années maintenant. J'ai eu droit à plusieurs facettes de sa personnalité : Lise, l'amoureuse transie de mon père, Lise, la belle-mère copine, Lise, la voleuse de mari, et récemment, Lise la menace. Aujourd'hui, je découvre une autre Lise… Assise dans l'entrée de mon minuscule studio et pour l'instant, incapable de me mettre debout, je prends conscience de sa folie machiavélique. Peu à peu, les chaînons manquants de mon histoire s'imbriquent les uns dans les autres. Ma gorge s'assèche.

— Alors, c'est toi. C'est toi qui es entrée par effraction dans ma boutique, juste avant que les délinquants n'arrivent ?

Son rictus condescendant répond pour elle. Elle se tourne à nouveau vers l'évier, remplit un verre d'eau et s'approche de moi dans une démarche féline et gracieuse.

— Je n'ai jamais voulu que ton business soit saccagé, se contente-t-elle de commenter froidement. Comme je n'ai jamais voulu te faire de mal.

Elle me tend le verre.

— Bois.

Je soutiens son regard en ignorant l'eau et l'ordre. Même si je ne suis pas certaine de la fiabilité de mes jambes, je reste fière. Je prends appui sur le mur et me lève lentement afin d'être à son niveau. Bon, un niveau de 15 centimètres d'écart de talons, mais au moins, je ne suis plus au sol. Elle soupire d'exaspération et pose le verre sur la console de l'entrée. Puis, elle me détaille de haut en bas.

— Pourquoi as-tu balancé à Thomas que j'étais enceinte ?

Je plisse les yeux.

— Et pourquoi, toi, tu ne l'as pas fait ? Tu sais comme on annonce un heureux évènement avec le nounours en peluche enrubanné et le Champomy ?

Elle sourit méchamment et hausse les épaules.

— À ton avis…

L'échange est électrique, mais je ne lâche pas. Elle est chez moi, avec son air condescendant et son plan machiavélique. Il est hors de question qu'elle prenne l'ascendant sur moi ou que je lui laisse le bénéfice du doute. Je suis une femme forte, épanouie et indépendante, malgré l'allure hirsute que je dois renvoyer à cet instant précis. Au bout de quelques secondes, elle se détourne de moi et se dirige vers la baie vitrée de mon petit salon. C'est le bordel. Mon canapé-lit témoigne encore de mon récent sommeil agité et la boîte de muffins éventrée gît sur la petite table à côté. Lise ne semble pas remarquer que je tente laborieusement de me déplacer. Perdue dans ses pensées, les bras croisés, elle observe le marché de Noël illuminer le quartier.

— De toute façon, ça n'a pas d'importance. Je n'ai pas gardé l'enfant, annonce-t-elle comme si elle déclarait qu'elle avait envie de pisser. Et Thomas m'a quittée.

Je frémis en l'entendant parler, sans aucune trace d'émotion. Je prends appui sur le dossier de mon fauteuil.

— Tant mieux s'il a ouvert les yeux… Il serait peut-être temps que tu arrêtes de voler l'argent et les mecs des autres.

Elle se retourne brusquement et pointe son index manucuré vers moi.

— Je n'ai rien volé. Ce n'est pas de ma faute si tu n'es pas arrivée à garder ton idiot de mari dans ton lit. Quant à cet héritage, en tant qu'épouse légitime de ton père, il me revient de droit.

La colère me submerge. Mes doigts se resserrent sur le dossier.

— Mais de quoi parles-tu ? Tu ne t'es jamais intéressée à son métier ! Papa a passé sa vie derrière les fourneaux, il m'a enseigné sa passion et m'a transmis un réel savoir-faire… Je suis sa fille, son héritage m'appartient désormais. Tu salis sa mémoire en agissant de la sorte ! Je te rappelle que tu es censée l'avoir aimé !

— Justement ! Je lui ai tout donné ! Ma jeunesse, mon temps et mon attention… Et lui, qu'a-t-il fait pour moi ? Rien. Il ne m'a laissé que mes yeux pour pleurer et une belle-fille bien trop conne pour comprendre ma détresse !

Alors que les mots de Lise dégoulinent de suffisance, je m'agrippe pour ne pas m'écrouler à nouveau.

— Qu'est-ce que tu veux, Lise ? articulé-je d'une voix blanche.

Son rire me glace le sang et son regard me perfore le bide.

— Tout le monde n'est pas né avec une cuillère en argent dans la bouche, Princy.

Elle me fixe sans aucune expression sur le visage. Cette femme n'a pas d'âme. Elle n'a jamais aimé mon père, comme elle n'a jamais aimé personne d'autre que sa propre personne. Avec sa tenue de gala, ses artifices et son regard vide, on dirait une folle échappée d'un asile.

— Je suis désolée, finit-elle par lâcher d'une voix dénuée d'émotion. Je n'ai rien contre toi, mais j'ai besoin de cet argent. Tu n'as aucune idée de ce que c'est que de vivre dans la rue. D'enchaîner foyer d'accueil sur foyer d'accueil et éducateurs vicieux sur adolescents en rut. Je n'ai pas eu l'enfance dorée dont tu as bénéficié. Si l'amour d'un seul homme t'a nourrie, celui des autres m'a détruite.

CHAPITRE 42

Allons, tu as peur que je t'empoisonne ? Regarde, je coupe la pomme en deux, mange la moitié rouge, je mangerai l'autre (la sorcière)

J'ai envie de vomir.

Cette histoire dépasse l'entendement. Lise a morflé dans sa jeunesse et, visiblement, elle n'a pas fait que des rencontres joyeuses. Son profil de mante religieuse se dessine lentement dans ma tête et explique beaucoup de choses. Sa rancœur envers les hommes et l'appât du gain survolent la notion même de vengeance.

Je pourrais m'attendrir sur elle, sur son passé difficile. Je pourrais éprouver de la compassion. Néanmoins, elle a jeté son dévolu sur l'être qui comptait le plus pour moi. Elle n'aura rien de moi. Ni empathie ni argent.

Je redresse les épaules et soutiens son regard sans ciller. Mon silence explicite allume une lueur mauvaise au fond de ses pupilles. Elle pince les lèvres, puis extrait une photo de son sac qu'elle jette sur le canapé-lit qui nous sépare. Sur le cliché, je reconnais instantanément la reliure dorée de mon livre de recettes entre les mains manucurées d'une Lise au sourire mauvais. Face à son arrogance, je serre les dents de frustration et refoule les larmes qui menacent de sortir à nouveau.

— Je ne suis pas venue ici pour papoter ni prendre le thé, assène-t-elle sèchement. Et puis, je suis attendue. Je te propose un marché : ton livre contre ton fonds de commerce. J'ai déjà un acheteur intéressé.

Je lâche un rire désabusé devant le culot dont elle fait preuve.

Elle a tout calculé. Tout prévu. Tout orchestré.

J'ai naïvement cru que les vipères perfides n'existaient que dans les mauvais contes de fées. Le visage victorieux et démoniaque de ma belle-mère me prouve aujourd'hui mon erreur.

Ma vie ne ressemble en rien à une histoire pour enfants et les sorcières évoluent bel et bien autour de nous. Preuve en est, celle qui me toise de haut et qui ne semble même pas regretter un seul de ses actes.

— Tu es maléfique.

Son sourire n'atteint pas ses yeux sombres.

— Merci. Je prends ça pour un compliment.

Elle fouille de nouveau dans son sac et pose une feuille manuscrite à côté du cliché de mon livre.

— Tu vas signer en bas.

— Qu'est-ce que c'est ?

— Une donation de ton vivant qui me lègue l'intégralité de ton commerce.

J'accuse le coup. Elle m'aurait poignardée dans l'estomac, ça aurait été pareil. Alors, c'est donc ça… Elle me fait du chantage. Prête à tout pour arriver à ses fins, elle est entrée dans ma boutique, a volé mon livre dans le but de me soumettre à ses exigences de femme machiavélique. Assoiffée d'argent, sans peur ni honte, elle a tout prémédité, tout planifié dans les moindres détails. Je frémis devant l'affreux ultimatum qu'elle me lance. Elle est au courant que ce livre est l'essence même de mon rêve. Il est mon histoire. La vraie succession de mon père. Elle sait qu'en me le subtilisant, elle touche une partie sensible. Mon cœur se comprime d'impuissance et de colère.

— Je vois que tu as pensé à tout.

Elle élargit son rictus victorieux.

— Tu commences à me connaître, c'est bien. Je ne laisse rien au hasard ni à l'à-peu-près. Tu devrais en prendre de la graine. Je t'ai toujours trouvée trop impulsive et désorganisée. Ça te perdra un jour…

Alors qu'elle crache son venin et qu'elle continue à parler, une vague de tristesse m'envahit. À cet instant, je me visualise en train d'inscrire mes dernières expériences culinaires en dessous de celles de mon père. Je revois son écriture, fine, penchée à côté de la mienne arrondie et irrégulière. Un mix de nous deux. Ce livre, c'était une jolie façon de me souvenir de lui. Je n'aurais jamais sauté le pas d'ouvrir ma boutique si je n'avais pas eu ses précieux conseils écrits. La boule au ventre, je m'efforce de garder un pied dans la réalité. Mon esprit me porte vers ce petit local aux souvenirs heureux et à ces nombreuses heures passées à pâtisser.

Ce ne sont pas ces objets ni ce livre qui te lient à ton père. Son héritage, le vrai, est en toi.

Les mots de Mark me reviennent en mémoire. Il a su me toucher de plein fouet alors que j'avais le moral à zéro et que je pensais ne jamais pouvoir me relever. Il a raison. Ce carnet appartient au passé. Mon père est dans mon cœur et ses recettes sont à jamais gravées en moi. Je dois faire un choix. Je ne laisserai pas Lise voler ce pour quoi je me bats depuis des mois. Je ne l'autoriserai pas à s'approprier mon futur.

— Je me fiche de tes conseils, lâché-je, enfin. Tu peux garder le livre, le vendre ou le brûler. Tu n'auras jamais un seul centime de la famille Laurie. Pour ta gouverne, je ne suis pas née avec une cuillère d'argent dans la bouche. Je l'ai utilisée, cette cuillère, pour transformer la passion de mon père en or. J'ai remonté mes manches et travaillé d'arrache-pied, sans relâche. Mais ça, ça ne rentre pas dans ton langage limité de bimbo mesquine et superficielle.

Même si mon discours ne plaide pas en ma faveur, j'ai aussi l'immense plaisir de voir son sourire se désintégrer.

Elle lisse sa robe d'un geste nerveux et se met à arpenter la pièce de long en large. Le claquement sec de ses talons résonne dans mon appartement. Avec un peu de chance, ma voisine octogénaire aura enfilé ses prothèses auditives et tambourinera sous peu chez moi.

— Tu ne devrais pas le prendre comme ça, s'agace-t-elle. Je t'offre une porte de sortie, mais tu es bien trop stupide pour saisir cette perche.

— Tu parles d'une perche ! Me voler mon argent et me laisser sur la paille ? Je préfère mourir que de te voir toucher ne serait-ce qu'un centime de *Mange-moi.*

Elle lâche un rire sarcastique et plante son regard aliéné dans le mien.

— Tu es aussi ridicule que le nom de ta boutique. Tu te prends pour une pâtissière hors pair et irremplaçable alors que tu n'es rien !

Au passage, elle attrape le muffin survivant de la boîte éventrée, celui que je n'ai pas mangé hier. Elle l'examine, dubitative.

— Même tes gâteaux ne ressemblent à rien, commente-t-elle.

Il fut une époque où Lise avait une réelle emprise sur moi. Quand elle était mariée à mon père, même si le courant ne passait pas entre nous, elle m'impressionnait par son charisme et son assurance. Ses mots me touchaient et atteignaient mon amour propre. Aujourd'hui, ils ne me font ni chaud ni froid.

La sociopathe croque dans ma pâtisserie et mâchonne mécaniquement. Elle est peut-être très belle, mais le temps joue en sa défaveur et elle le sait. En témoignent les petites ridules qui auréolent le coin de ses yeux, la commissure de ses lèvres et le dessus de ses mains… Bientôt, les hommes ne se plieront plus au moindre de ses caprices et ce jour-là, elle sera désarmée.

Soudain, une nouvelle émotion fait chanceler son masque. L'hésitation.

Elle perd le contrôle de la situation.

Son plan ne fonctionne pas.

Elle me croyait assez stupide pour accepter son odieux chantage, mais j'ai changé. J'ai grandi, mûri et pris confiance en moi. Je ne suis plus sa victime, mais son adversaire. La situation lui échappe.

D'un geste méprisant, elle balance le reste du muffin au sol.

— C'est même pas bon, ton truc !

Rien d'étonnant, Lise n'a jamais rien ingéré d'autre que des probiotiques sous forme liquide. Elle n'a aucun palais.

Je reprends de l'assurance, je contourne lentement le canapé-lit et me poste devant elle.

— Tu sais que mes pâtisseries sont excellentes, sinon pourquoi tu te serais introduite dans mon local pour voler le livre de famille ?

Elle ne réagit pas. Je continue et la pointe du doigt.

— Tu as peut-être dupé mon père, mon mec et ton monde, mais pas moi. Je ne céderai pas. Tu ne m'effraies pas, Lise. Quand je te regarde aujourd'hui, je n'éprouve que de la pitié.

Je me gargarise de son silence et de son immobilité. Portée dans mon élan, je lui assène le coup de grâce.

— Tu es pathétique. Tu te dis forte et indépendante, mais en fait tu t'épanouis aux crochets des hommes, incapable de décrocher un job et de vivre par tes propres moyens. L'argent que tu vises n'est pas le tien. Tu ne le mérites pas !

Le rouge lui monte aux joues et son regard s'arrondit. Je rentre dans la brèche pour l'enfoncer encore un peu plus. Je n'ai plus rien à perdre et il faut reconnaître que me lâcher me fait un bien fou !

— Tu sais quoi ? Pour être tout à fait honnête, je trouve que tu as pris du menton…

OK, c'est un coup bas. Mais vu la tête qu'elle fait, c'est franchement jouissif ! Si je le pouvais, j'immortaliserais le cliché et l'intitulerais #PrincesseVsLiseVictoireParKO.

— T'as mis quoi dans ton gâteau ? coupe-t-elle subitement.

Je fronce les sourcils, vexée que mes mots et ma rébellion n'aient pas plus d'impact que ça.

— Pardon ?

— T'as mis quoi dans ton putain de gâteau ?! hurle-t-elle en se touchant le visage.

Je recule un peu face à son agressivité soudaine.

— Hey, mais calme-toi ! C'est une toute nouvelle recette. Elle n'est pas encore commercialisée. Il faut que je lui trouve un nom…

— M'en fous ! Y a quoi dedans !

Elle est complètement folle ! Je ne l'ai jamais vue dans un état pareil… Je lève les sourcils d'étonnement et déblatère les ingrédients d'un bloc.

— C'est un muffin à base de farine de châtaigne, parsemé d'éclats croustillants de nougati…

— La châtaigne ?! s'écrie-t-elle, affolée. Oh non… Je suis allergique à la châtaigne !

Je reste sans voix et ma mâchoire se décroche quand je comprends que Lise est en train de se transformer en direct live en l'un de mes bonshommes de pain d'épice. Sans forme, rigide et bouffi. Désormais à genoux devant moi, elle suffoque, cherche son air et vire au rouge. Puis, elle me tend la main dans une complainte suppliante.

— Je t'en prie, aide-moi… je veux fa crever comme fa…

CHAPITRE 43

Chaque personne qu'on s'autorise à aimer est quelqu'un qu'on prend le risque de perdre (Grey's Anatomy)

L'air frais du petit matin me fait du bien. Assise sur un muret devant la porte des urgences, j'inspire profondément et ferme les yeux. Je suis exténuée, un peu sonnée, un peu perdue, mais soulagée. Allez comprendre… j'ai poireauté plus de huit heures en salle d'attente, au milieu des familles d'autres malades, à me soucier du sort de mon ancienne belle-mère. Malgré tout ce qu'elle m'a fait subir, malgré son attitude déplorable et ses actes condamnables, je n'ai jamais souhaité sa mort.

— Mademoiselle Emantire va être auditionnée une fois rétablie puis elle sera mise en garde à vue avant que le procureur décide de son sort. Les charges contre elle sont relativement denses… Fraude, tentative d'escroquerie, association de malfaiteurs et abus de faiblesse sur personne vulnérable. Son casier judiciaire n'étant pas vierge, elle sera sans aucun doute incarcérée à la Maison d'arrêt pour femmes de Lyon-Corbas.

Je relève lentement la tête vers le policier Cochon-Lucchini. L'espace d'un instant, j'ai oublié que je l'avais appelé après que Lise a été prise en charge et qu'il se tenait, à présent, à côté de moi. Grâce à ma conduite sportive et à la solidité des suspensions de ma camionnette, nous sommes arrivées à temps. Et en vie ! Lise est sortie d'affaires. Le flic me sourit gentiment.

— Dans son malheur, elle a eu beaucoup de chance de vous avoir près d'elle…

— Je ne sais pas si c'est une chance. Elle a failli mourir étouffée par ma faute.

— C'est un moindre mal, un prêté pour un rendu, marmonne-t-il dans sa barbe. Finalement, il y a une justice.

Je hausse les épaules, soudainement lasse.

— Que va-t-il lui arriver maintenant ?

— Eh bien, au regard de votre récent cambriolage, de ses aveux et de son chantage, vous ne risquez pas de la revoir de sitôt…

Je hoche la tête et serre les poings sur mes genoux. Thomas a accepté de témoigner en ma faveur. Son dernier texto me confirme qu'il passera au commissariat faire sa déposition. Même s'il m'a profondément blessée, j'ai pardonné les erreurs de mon ex-mari. Après tout, comme moi, il n'a été qu'un pion sur l'échiquier de Lise…

Il est évident que mon ex-belle-mère s'apprête à passer quelque temps derrière les barreaux. C'est triste quand on y pense. Elle, qui ne jure que par les vêtements de luxe, va être forcée de porter une tenue banale, sans marques prestigieuses…

Le policier me regarde d'un air compatissant.

— Il faudrait que vous veniez au commissariat signer votre déposition.

— Je le ferai, merci.

Une ambulance arrive en trombe devant les portes et, déjà, plusieurs blouses blanches accourent vers le véhicule.

Inconsciemment, je cherche du regard le docteur Shepherd[16]. Je crois que je visionne trop la télévision. Je crois aussi que je suis complètement décalquée et que mes médicaments me font divaguer.

— Comment va votre tête ?

Je grimace en effleurant ma bosse, cachée sous mes cheveux.

— Ça va. Je n'ai pas de traumatisme, juste une belle bosse et un mal de crâne carabiné.

— Voulez-vous qu'une voiture de police vous dépose chez vous ?

Le policier me ramène à la vie réelle. Je secoue la tête par la négative et me lève.

— Merci. Je suis garée sur le parking.

J'ai besoin de faire le point et de digérer l'épisode Lise. Ça fait beaucoup d'aventures d'un coup pour moi. J'ai du mal à imaginer que toute cette histoire est finie et que cette femme perfide ne viendra plus m'importuner. Le policier me sourit et s'éloigne vers sa voiture. Je resserre les pans de mon manteau, observe un court instant l'agitation autour de moi et rejoins ma camionnette.

Mon véhicule me conduit jusque dans mon repaire. Ma boutique, mon chez-moi. Le seul endroit où je me sens bien et en sécurité malgré les récents évènements et les quelques résidus de peinture rouge qui maculent encore certains murs. J'enfile ma blouse de travail puis, avec des gestes mécaniques et répétitifs, je m'attelle à la confection de nouveaux gâteaux. Pour une fois, je ne mets ni musique, ni ne m'attarde sur les

16 Bon allez, il apparaît deux fois alors je vous donne l'info, pour celles qui ne situent toujours pas… Derek Christopher Shepherd, surnommé parfois Dr Mamour, est un chirurgien de fiction mis en scène dans la série télévisée américaine Grey's Anatomy et interprété par l'acteur Patrick Dempsey.

nouvelles commandes, ni ne relève la tête vers l'extérieur. Je pâtisse, point. C'est mon plus bel exutoire, ma thérapie. Je pense à mon père. Ce matin, il est avec moi. Il guide mes gestes, me murmure des encouragements, des conseils et des mots d'amour. Mes coups de fouet s'accordent avec les battements de mon cœur. Je l'imagine près de moi, installé sur l'un des tabourets hauts de Sonia, les coudes sur le plan de travail et le regard rieur. Je noie mon sourire dans mes larmes. Je sombre dans une étrange mélancolie, remplie de nostalgie, de regrets et de vide. Malgré la présence abstraite de mon père, je ne me suis jamais sentie aussi seule qu'en cet instant. Cela ressemble à un adieu. Je le laisse partir, à travers mes gestes anarchiques. Je mélange la pâte, sans répit, avec mon fouet réparé. Drôle de rituel.

Et puis, étrangement, le regard émeraude de mon père change de couleur. Il devient anthracite. Ses cheveux grisonnants s'assombrissent et sa blouse de pâtissier se transforme en costume noir.

Je refuse de cligner des yeux avant que cette vision ne s'évapore et je me repais du visage de Mark. Visiblement, mon rituel fonctionne, la sensation de vide s'estompe. Bien que ces traits soient tirés et que des cernes sombres soulignent l'acier de ses iris, j'ai le droit à un étalage de fossettes en bonne et due forme. Mon cœur explose à l'instar de mes larmes qui redoublent d'intensité.

Mon père est parti et Mark est là.

C'est un rêve ? Un mirage ? J'hallucine ou je perds la boule ?

CHAPITRE 44

*Car si le visage est le miroir de l'âme,
les yeux en sont les interprètes (Cicéron)*

— Hey, ça va aller, murmure Mark d'une voix grave et rassurante. S'il te plaît, arrête-toi.

Une de ses mains se pose sur mon poignet toujours en mouvement et l'autre enveloppe ma joue. Mes gestes ralentissent. Je suis perdue entre mon mirage et la réalité.

— Qu'est-ce que tu fais là ? demandé-je, mon élocution incertaine.

Ses doigts glissent dans mes cheveux et concrétisent sa présence. Il est bien ici, dans ma boutique, face à moi et je ne l'ai même pas entendu entrer.

— J'ai eu un coup de fil du commissariat.

Les derniers évènements jaillissent violemment dans ma tête et tout se bouscule. La panique revient.

— La police… ils ont arrêté Lise, bafouillé-je entre deux hoquets. Elle a volé mon livre… Elle est venue chez moi…

— Je sais, coupe-t-il en m'obligeant à poser mon fouet pâtissier. Ça va aller, Princesse. Tu as le droit de craquer…

Il m'attire contre lui et je le laisse faire. Paradoxalement, alors qu'il m'étreint, je lâche prise. Je pleure tout mon soûl, plus vulnérable que jamais. J'extériorise mon chagrin et dévoile ma peine. Oui, j'abandonne tout au creux de son épaule et libère le chaos de mon esprit. Son parfum, sa présence et son contact apaisent peu à peu mes tourments.

Contre son torse, lovée dans la chaleur de ses bras, je régule ma respiration et me cale sur la sienne. La crise passée, l'instant s'étire sans que nous bougions ni l'un ni l'autre. Je ferme les yeux et m'imprègne de lui, savourant ce moment hors du temps.

Je n'ai besoin de rien d'autre.

Il embrasse le sommet de mon crâne et resserre son étreinte.

— Je suis désolé, murmure-t-il dans mes cheveux. Je suis désolé de ne pas avoir été présent quand c'est arrivé.

J'enfouis, un peu plus, mon visage contre son torse afin d'éviter son regard. Je refuse qu'il lise en moi. Je ne veux pas qu'il devine mon état fébrile. Je ne souhaite voir ni compassion ni pitié dans le fond de ses pupilles.

— Ce n'est rien, réponds-je simplement. Tu as d'autres préoccupations… Et puis, elle est venue sans prévenir.

— Regarde-moi.

J'en suis incapable. Tandis que je m'accroche à lui comme une moule le ferait sur son rocher, il desserre son étreinte, enveloppe mes joues de ses grandes paumes chaudes et relève doucement mon visage vers lui. Malgré tout, je continue à baisser les paupières, pas prête à me mettre à nu. Pathétique.

— Princesse, s'il te plaît… Regarde-moi.

On dit que les yeux sont le miroir de l'âme… Ils ne peuvent pas mentir et encore moins dissimuler la vérité. Il a volé mon cœur. Je ne suis plus apte à le laisser partir et j'ai tellement besoin de lui. Il va le découvrir à mes dépens. Je chemine lentement le long de son cou, de sa bouche auréolée d'une barbe naissante, de son nez droit et fin, puis je plonge dans son monde anthracite. Hypnotisée par l'intensité et la gravité de son regard, je ne suis plus en capacité d'effectuer le moindre mouvement ni de cacher mes émotions. Mon cœur bat la chamade et mon souffle se coupe.

— Ne fais pas ça. Ne m'écarte pas de ta vie, affirme-t-il sans ciller. Il y a quelque chose que je voudrais te dire…

Je ne respire plus, perdue sur son expression indéchiffrable, suspendue à sa voix et dans l'attente du coup de massue. Instinctivement, sûrement par peur d'être rejetée et de m'écrouler, je m'accroche à ses avant-bras.

— J'ai envie de croire en nous, lâche-t-il dans un souffle.

Mon cœur loupe un battement et une douce chaleur se répand dans le creux de mon ventre. Mes doigts s'agrippent à lui et l'oxygène remplit à nouveau mes poumons.

— Je voulais t'en parler, en haut des pistes, l'autre jour, débite-t-il d'un bloc. Mais le couillon que je suis a préféré faire diversion. Me confier sur le désastre de mon mariage m'a fait du bien et m'a permis de réfléchir durant ces quelques jours. J'ai aussi eu une discussion houleuse, quoique intéressante, avec ma frangine… Je voulais venir te voir, dès mon retour. Mais une affaire urgente s'est greffée au milieu… Et puis, quand le policier m'a téléphoné pour m'informer de ce qu'il s'était passé, j'ai réalisé que la vie était trop courte et que mon sens des priorités n'était pas le bon. J'ai perdu assez de temps comme ça…

Il marque un arrêt et déglutit.

— Je veux que tu fasses partie de ma vie. *De nos vies.* Je ne sais pas où je vais, je n'ai aucune idée de ce que je fais et je pense que je m'y prends comme un manche. Ce n'est peut-être pas le bon moment pour te le dire ni l'endroit, mais je voulais que tu le saches…

Je bugge sur son sourire authentique. Je ne le laisse pas continuer. Mes lèvres fondent sur les siennes et capturent la fin de son discours. Il m’enserre à nouveau dans ses bras et répond à ma fougue par un baiser sincère et une danse chancelante.

— Merci, murmuré-je contre sa bouche.

— Merci de quoi ?

— Merci de m’ouvrir ton cœur.

Il se recule légèrement et me dévisage tendrement.

— On a fait les choses à l’envers, tous les deux. Je voudrais que l’on reparte sur de bonnes bases, enfin… si toi aussi tu le souhaites. Accepterais-tu de venir dîner à la maison samedi soir ?

Mon sourire ébranlé répond au sien.

Mark Miller vient, en l’espace de cinq minutes, de me dire qu’il croyait en nous et me propose un vrai rencard, le soir du réveillon du jour de l’an. J’ai fait le plein d’émotions pour au moins un an.

Évidemment, j’accepte sans hésiter, trop heureuse de son invitation et de la perspective d’avenir qui se dessine pour nous deux. Le cœur plus léger et le rose aux joues, je récupère mon fouet dès son départ et débute un nouveau livre de recettes.

Il est grand temps de construire ma propre histoire.

CHAPITRE 45

En r'tard, en r'tard,
j'ai rendez-vous que'que part
(Lapin blanc)

Chaque soir depuis mon agression, Sonia et Astrid ont pris l'habitude de s'incruster chez moi, le temps que je reprenne mes marques. Si leur prétexte principal est de passer un moment entre filles, leur présence me fait énormément de bien. La décoratrice s'octroie même quelques folies sur l'embellissement de mon appartement et je dois dire que c'est plutôt pas mal. Mes chaises et ma table sont customisées à sa sauce. Elle orne mes murs blancs de stickers, envahit mon canapé de coussins multicolores, installe des rideaux aux teintes chaudes et ajoute quelques plantes grasses qui complètent les nombreux bouquets de Mark. Ce n'est pas grand-chose, pourtant j'ai l'impression d'avoir un nouveau logement et que l'épisode Lise n'a jamais existé…

Malgré ce récent évènement, grâce au soutien des commerçants de la rue, de mes amis et de Mark, je reprends peu à peu confiance en moi. Mon carnet de commandes bien rempli à l'approche du Nouvel An me permet aussi de plonger à corps perdu dans le travail et de ne pas trop pleurer mon précieux livre à jamais perdu. Anna, avec l'accord de son père, vient me rendre visite à la boutique tous les après-midi et Lionel fait à nouveau appel à mes services. Il se gargarise ouvertement de sa nouvelle fournisseuse officielle de *Croc'Lise*. Oui, j'ai finalement trouvé un nom pour mes derniers chefs-d'œuvre à base de farine de châtaigne. Ne me jugez pas, c'est ma petite vengeance qui se mange froide, accompagnée d'un coulis de fruits rouges et de pistaches grillées à sec.

Ce samedi matin, au commissariat, alors que je signe ma déposition, le flic Cochon m'informe des dernières nouvelles.

— Votre ancienne belle-mère vient d'être transférée en hôpital psychiatrique. Au vu de ses antécédents, elle ne sortira pas de sitôt !

Je suis soulagée. Thomas m'a envoyé un message en m'expliquant qu'il comptait partir, s'éloigner de la France et de tous ces mauvais souvenirs. J'espère qu'il trouvera la paix et, pourquoi pas, quelqu'un de bien…

— Et concernant les gamins qui ont saccagé ma boutique ?

— Eh bien, comme vous n'avez pas souhaité porter plainte contre eux, leur peine est réduite à quelques heures de travaux d'intérêt général. Il est fort possible d'ailleurs que quelques-uns d'entre eux viennent repeindre les murs de votre enseigne… J'y veillerai personnellement !

Je souris. Après tout, ce ne sont que de jeunes adultes, à peine sortis de l'enfance… Il leur faut juste une bonne étoile pour les extraire de l'ombre et les guider vers le soleil. Et j'ai trouvé un allié. Je l'aime bien, ce policier. Un peu pompeux, mais attachant.

— Je les y attends sans problème, réponds-je en rebouchant mon stylo. Et puis, s'ils sont motivés, ils peuvent toujours me donner un petit coup de main derrière les fourneaux. Sait-on jamais, peut-être que l'un d'entre eux trouvera une vocation dans le monde culinaire…

Il rit.

— Votre ami a raison ! Vous êtes une éternelle optimiste !

L'évocation de Mark fait bondir mon cœur. En sortant du commissariat, je lui téléphone.

— Alors comme ça, je suis une éternelle optimiste ? commencé-je, en souriant.

— Oh ça oui ! se marre-t-il à l'autre bout de la ligne. Vouloir convertir des petits durs à cuire à la pâtisserie, c'est tout sauf réaliste !

— Pourquoi pas ?

— Princesse… ces gamins sont nés dans la rue. La plupart d'entre eux sont livrés à eux-mêmes. Le monde du travail tel que tu le connais leur est complètement abstrait.

— Et alors ? Ils sont jeunes ! Tout est possible. Et puis, le fait de prendre des coups durs, dès l'enfance, n'empêche pas d'avoir un but ou un rêve auquel s'accrocher ! J'en suis le parfait exemple… Il faut juste que quelqu'un leur ouvre les yeux et les encourage, sans les juger.

— J'admire ta grandeur d'âme et ta façon de mettre en exergue les qualités des autres, mais je te rappelle qu'ils l'ont saccagé, ton rêve…

— Peut-être. Mais je me suis relevée, grâce à toi et au soutien de mes amis.

— Même si je ne partage pas ton avis, je vois où tu veux en venir. Tu es une belle personne, Princesse.

Je rougis devant sa déclaration. Si Sonia était près de moi, elle se moquerait et dirait encore que je clignote.

— C'est toujours OK pour ce soir ? m'interroge-t-il.

Je ne retiens ni mon sourire ni la douce chaleur qui se répand dans mes veines.

— Humm… *Ce soir ?*

— Très drôle. J'inaugure ma cuisine pour toi, je te signale, et Anna veille au grain.

Mon cœur frétille d'impatience.

— J'espère que tu n'as pas d'exigences particulières sur l'esthétique du plat, complète-t-il, embarrassé.

— Si le cuistot est canon et la petite maîtresse de maison marrante, alors il se pourrait que je réévalue ma critique gastronomique.

Je raccroche sur son rire grave et prends la direction de *Mange-moi*. J'ai un nouveau dessert à réaliser.

19 H 05.

Devant le miroir de ma salle de bains, je fais l'état des lieux.

Ma petite robe émeraude est sexy sans être vulgaire, mon maquillage est relativement bien dosé et j'ai laissé mes cheveux tranquilles. Malgré mes efforts, la nervosité me gagne et ma peau en témoigne. *Fichues rougeurs.*

Mon téléphone se met à tinter. C'est Mark.

Mark :
[Rassure-moi, on avait bien dit 19 heures, chez moi ?]

La patience n'est toujours pas son fort… Je pianote rapidement en chaussant mes boots.

Moi :

[J'arrive, Pb de plaques rouges.]

Oui, j'ai compris que ça ne servait à rien de mentir. Puis j'enfile mon manteau, saisis mon sac et claque la porte. Vingt minutes plus tard, les mollets en feu, je sonne chez mon rencard. Le battant s'ouvre sur un sourire édenté, surplombé d'une petite fille à l'air mystérieux.

— C'est quoi le mot de passe ?

Je ne réfléchis pas longtemps.

— *Higitus Figitus Zomba Kazom*[17] *!*

Elle me dévisage sérieusement et hausse les épaules.

— Pas du tout. C'est « j'ai faim, mais on va encore manger Picard parce que papa a raté le risotto ».

Ah oui, j'en étais loin !

— C'est bon, Anna ! s'offusque son père en ouvrant la porte en grand. Il n'est pas raté, il est parfait…

Je bugge sur les fossettes charmeuses, le pantalon noir, la chemise blanche remontée sur ses avant-bras (*ses avant-bras, les meufs !)* et sur le tablier de cuisine ceinturé à la taille. Ils s'effacent pour me laisser entrer et je m'exécute, soudainement gênée de pénétrer dans leur intimité. L'appartement est immense, haut de plafond et intégralement sur parquet. La décoration est simple, épurée et, s'il n'y avait pas cette drôle d'odeur flottant dans l'air et un bordel sans nom dans la cuisine, je trouverais l'endroit propre et ordonné. En homme galant et attentionné, il m'ôte mon manteau et dépose un léger baiser sur mes lèvres.

— C'est quoi cette histoire de plaques rouges ?

Je pointe mon visage du doigt et affiche un rictus crispé.

17 Formule magique de Merlin l'enchanteur

— C'est ça !

Il me dévisage sérieusement et arque un sourcil interrogatif. *Je crois définitivement que les hommes et les femmes ne voient pas les choses de la même manière…*

— Tu es magnifique, ajoute-t-il dans un sourire craquant.

Je fonds sur place.

— Tu veux visiter ma chambre ? demande Anna en tirant sur mon bras.

— J'adorerais !

J'abandonne mon sac dans le vestibule, retire mes boots, laisse le dessert à Mark et suis les traces d'Anna. Je ne sais pas trop à quoi m'attendre en entrant dans son univers, mais je suis agréablement surprise de trouver une chambre de petite fille. Malgré la bibliothèque conséquente, une maison de poupée trône au centre de la pièce, son lit à baldaquin ressemble à une vraie couchette de princesse et l'aquarium que je lui ai offert préside sur son bureau.

— Je leur ai donné un nom, indique Anna alors que je m'émerveille devant les deux poissons colorés.

— Ah oui ?

— Oui. Je les ai appelés Crédibilité et Efficacité.

Je me marre.

— C'est original, j'adore !

Elle me fixe longuement. Je ne sais pas trop ce que lui a raconté Mark au sujet de notre relation, même si nos échanges sont simples, j'appréhende un peu sa réaction.

— Est-ce que ta méchante belle-mère a été arrêtée ?

Ah oui, en fait il lui a tout dit. Je m'assieds sur son lit, à côté d'elle.

— Oui. Elle se fait soigner. Elle ne pourra plus me faire de mal ni à personne d'ailleurs !

— C’est bien.

Elle marque un temps de réflexion, puis se penche, ouvre le tiroir de sa table de nuit et me tend une image.

— C’est maman.

Je détaille le papier et fronce les sourcils. C’est un dessin d’enfant. Il représente un dauphin, si j’en crois l’inclinaison de l’aileron. Mon cœur se serre devant le visage sérieux de la petite. Elle a beau avoir un Q.I. supérieur à la normale, son innocence et sa sensibilité sont bien celles d’une enfant de cinq ans. Je lui souris doucement.

— Tu as ses yeux.

Elle hoche vivement la tête et étudie le dessin.

— Oui. Mais par contre, je n’ai pas ses cheveux.

Je suis partagée entre l’envie de rire et celle de la serrer dans mes bras. Même si l’amour de son père et de ses grands-parents est bien prégnant, elle manque cruellement d’affection maternelle. Je sais ce que c’est, j’ai grandi sans maman moi aussi… Je pense qu’Anna a fait le choix de la reléguer dans un coin de son esprit et de la symboliser par un dauphin, animal libre et sauvage. C’est comme cela qu’elle voit sa mère et je trouve ça très touchant. Finalement, c’est elle qui prend les devants. Elle pose sa tête sur mon épaule. Nous restons un petit moment ainsi, perdues et connectées sur la feuille de papier.

— Je suis contente que papa soit venu te chercher, souffle-t-elle du bout des lèvres.

CHAPITRE 46

Enfin, mon amour est venu…
mes jours solitaires sont terminés.
Et la vie est comme une chanson
(Etta James – At Last)

Le risotto aux truffes est le meilleur risotto que j'aie jamais mangé de toute ma vie. Non, pas par son goût ni sa texture… Mais par la passion de son créateur et l'amour qui règne dans cet appartement. L'ambiance est simple, légère et naturelle. Et puis, si Mark est un cuisinier déplorable, il se révèle être un très bon danseur. Je le vérifie à mes dépens quand je le défie dans un rock endiablé, enfin si tant est que bouger dans une robe ultraserrée est possible. Entre le plat et le dessert, il me fait tourner et met mon souffle à rude épreuve sous les applaudissements enjoués d'Anna. En fait, à part en cuisine, il est juste parfait. Encore plus quand il me dévore des yeux comme il le fait à cet instant. Je récupère un semblant de rationalité et annonce formellement mon dessert, spécialement conçu pour ce soir.

— Je vous présente… *mon petit paradis.*

Cette recette a pris naissance grâce aux baisers de Mark. Doux, forts, sauvages et surprenants. J'étais tentée de l'appeler *je-suis-en-transe-dès-qu'il-m'embrasse*, mais j'ai finalement choisi une version plus romantique et surtout plus commerciale. Devant les billes gourmandes, je verse ma sauce au caramel tiède sur la coupole au chocolat. Celle-ci se met à fondre et révèle la surprise chocolat-vanille. Bon, je suis fière de moi, je le reconnais. Et puis, voir les petits yeux d'Anna briller de gourmandise est la meilleure des récompenses. Comme prévu, mon dessert ne fait pas un pli.

Faut dire aussi qu'on avait un peu faim…

Mark jette un regard vers la pendule et se tourne vers sa fille.

— Il grand temps d'aller au lit, maintenant !

— Dis plutôt que tu veux te débarrasser de moi pour jouer au jeu de sept familles avec Princesse !

— C'est tout à fait ça, oui, se marre-t-il en la soulevant sur ses épaules.

Les cris de protestation de la fillette se transforment en fou rire après que Mark l'a emmenée dans sa chambre. En attendant que passe ce moment père-fille, je termine tranquillement mon verre de vin. Au bout de quelques minutes, Mark réapparaît, l'air contrit et un sourire adorable.

— Bon… Elle voudrait que tu lui lises une histoire.

Je lui rends son sourire et lui dépose un baiser au coin des lèvres.

Hippocampes, écrevisses et poulpes de mer, préparez-vous !

Je suis surprise par son choix. Je m'attendais à un livre zéro déchets ou la vie brimée des crevettes… Je fixe la couverture avec un œil dubitatif. Cendrillon ? La dernière Cendrillon que j'ai croisée était une vraie connasse. Elle se tapait le prince-charmant-patron et se prenait pour la reine mère des princesses. Anna me regarde d'un air tellement grave qu'un instant je me demande si elle ne va pas me réciter le Code pénal de son père par cœur. Je lui souris maladroitement et pose une fesse sur le bord de son lit. Puis, j'ouvre le livre et attaque l'intro d'une voix rocailleuse et incertaine.

— *Il était une fois, dans un pays lointain, un gentilhomme qui avait une fille…*

— Est-ce que tu vas te transformer en belle-mère ?

… Nous y voilà. J'inspecte le visage sérieux de la petite fille qui m'apparaît, encore une fois, beaucoup plus jeune que ce qu'elle veut bien montrer. Elle ressemblerait presque, à s'y méprendre, à une enfant de cinq ans, effrayée de voir débarquer une autre femme dans le quotidien de son papa et donc du sien. Je ne suis pas douée pour ça. Et puis, y a comme un trou de cinq ans entre nous. Je n'ai jamais donné la vie et jusqu'ici, l'enfant, je croyais que c'était moi. J'ai la sensation que l'on m'assigne un rôle dont je n'ai pas encore lu le script. Pour couronner le tout, je suis très mauvaise en improvisation. Je déglutis, légèrement vaseuse, et referme le bouquin. De toute façon, ça n'est pas mon préféré. L'histoire d'une femme qui fait passer ses envies et désirs après ceux des autres… ça n'est pas tellement le genre de message qu'on aime entendre, nous les filles. Je marque un temps avant de répondre. La vision de la belle-mère n'est pas très glorieuse dans les contes pour enfants ni dans la vraie vie d'ailleurs ! La mienne a cherché à me ruiner… Je fais le choix de parler avec mon cœur.

— J'aime beaucoup ton papa…

Elle ne réagit pas vraiment, mais je sais qu'elle intègre ces nouvelles données.

— Et je t'aime beaucoup, toi, confessé-je.

Le silence de la pièce est lourd et le regard d'Anna, plein d'attentes.

— À vrai dire, je n'ai pas très envie d'être la belle-mère voleuse de mec et de boucles d'oreilles… Et je ne sais pas comment on fait pour être une maman de remplacement.

D'ailleurs, je ne sais même pas comment on fait pour être une maman tout court, puisque je n'en ai pas eu moi non plus.

Sa petite moue émue me tord le bide et ma voix se met à faire des trémolos. Je suis censée être l'adulte dans l'histoire et me voilà en train craquer comme une fillette.

— Est-ce que je ne pourrais pas être simplement ton amie ?

Les deux secondes qui s'écoulent sont les plus longues de toute ma vie. Puis, elle m'offre le plus beau, le plus rayonnant des sourires. Mon cœur explose.

— Tu crois qu'il y a des écoles pour apprendre à être une maman ?

Je réfléchis.

— Hummm… Je ne sais pas, à vrai dire… Mais, s'il y en avait, ça serait bien triste si tu veux mon avis !

— Pourquoi ?

Je hausse les épaules avec évidence.

— Eh bien, parce qu'on s'ennuierait sérieusement ! Tous les enfants se ressembleraient. Ils auraient la même coiffure, des vêtements identiques, sans plis, jamais de taches… Il n'y aurait pas de gros mots…

— C'est trop bien les gros mots, merde !

Je m'esclaffe.

— C'est clair, bordel ! Mais, c'est encore plus marrant de les dire en rotant !

Elle plaque la main devant sa bouche et pouffe avec moi. C'est plutôt chouette, en fait.

— Je suis contente que tu ne sois pas allée à l'école des mamans, reprend-elle plus sérieusement.

Je lui souris doucement.

— Je te l'ai dit, je ne sais pas si ça existe…

— Moi, je pense que si. La maman de Fiona y est allée, elle. C'est sûr !

Le souvenir de la grande blonde condescendante le jour de l'anniversaire de sa fille me revient. Je me rappelle également le regard lubrique qu'elle a adressé à Mark et la façon hautaine dont elle s'est comportée avec Anna. Je hoche vivement la tête.

— Ouais, elle a eu mention très bien, d'ailleurs ! sifflé-je entre mes dents.

— Tu crois qu'il y a aussi une école des papas ?

— Peut-être… pourquoi ?

— Papa, il a séché les cours. Il dit plein de gros mots !

Je me marre. Je ne l'ai jamais entendu prononcer de grossièreté, cela dit… À mon sens, Mark n'a pas besoin d'école, il est un très bon père.

— Ton papa t'adore. Il ferait n'importe quoi pour toi.

— N'importe quoi ?

Je hoche la tête.

— Tu crois qu'il voudrait bien t'adopter ?

J'éclate de rire.

— Tu sais on n'adopte pas les adultes. Si on souhaite qu'ils fassent partie de nos vies, il faut les aimer, tout simplement.

— Oh, mais il t'aime !

Je me marre devant son air convaincu.

— Comment tu le sais ?

— Il me l'a dit.

Mon rire meurt dans le fond de ma gorge.

— Ah oui ? Mais il t'a dit quoi ?

— Je lui ai dit que j'étais amoureux de toi.

Je me raidis au timbre grave et familier qui retentit sur le seuil de la porte. La silhouette de Mark mange toute l'embrasure. Les bras croisés et l'air amusé, il nous observe.

— Hey, mais c'est une conversation privée je te signale, s'insurge Anna.

Il lève les deux mains en guise d'excuses et sourit, provocateur.

— Pardon, mesdames. Mais, il est grand temps que tu dormes, traîtresse ! Et puis, si ça ne te dérange pas, j'aimerais bien, moi aussi, profiter de notre invitée !

J'embrasse la petite joue moelleuse d'Anna, lui promets de lui raconter une histoire de princesse badass la prochaine fois et sors de sa chambre. Mark me rejoint dans le salon peu de temps après. Avec un regard sombre et un sourire mystérieux, il m'entraîne au milieu de la pièce et m'enlace tendrement. J'ai beau avoir la peau qui rougit et un air niais, je ne me suis jamais sentie aussi unique qu'en cet instant. *At last* résonne dans l'appartement et dans chaque veine de mon corps. La chanson s'accorde avec la lueur de désir qui voile son regard et les battements lourds de mon cœur.

— Bon alors, il va falloir commencer à remplir les papiers d'adoption…

Je ris doucement. Enfin, j'imagine que je ris et que je danse contre lui, parce qu'en fait je n'ai plus aucune conscience de mon corps. Je suis entièrement focalisée sur lui, sur ses yeux, sur ses fossettes et sur ses mains posées sur ma taille.

— Je t'aime, Princesse.

Mon cœur tambourine fortement dans ma poitrine. Un courant d'air me fait frissonner. Ou peut-être est-ce son souffle chaud… Sans attendre de retour de ma part, il penche la tête et, délicatement, effleure du bout des lèvres la peau fine de mon cou. Il remonte le long de ma mâchoire et pose sa bouche sur la mienne. *Il a encore le goût sucré du caramel…*

Il a le goût de mon petit paradis.

I found a thrill to rest my cheek to
J'ai trouvé un frisson pour reposer mes joues,
A thrill that I have never known
Un frisson que je n'avais jamais connu.
Oh, yeah when you smile, you smile
Oh oui, quand tu souris, tu souris…
Oh, and then the spell was cast
Oh, et ensuite la magie était lancée,
And here we are in heaven
Et ici nous sommes au Paradis,
For you are mine
Et tu es à moi…
At last[18]
Enfin…

18 At last d'Etta James

ÉPILOGUE

Et ils vécurent…

24 DÉCEMBRE, UN AN PLUS TARD.

— Nom d'un chien, ça caille !

Le vent d'est me brûle les joues et fait danser les pompons de mon écharpe. Je charge les courses dans mon utilitaire et m'infiltre à l'avant sans perdre de temps. Je suis gelée, malgré l'épaisseur de mon manteau et la fourrure de mes après-ski. Néanmoins, je souris. La neige, la station illuminée et l'euphorie ambiante sont exactement ce dont j'avais besoin pour Noël. J'ai hâte d'être à ce soir. Cette pause festive me fera du bien. *Nous* fera du bien.

— Tu savais que les vélociraptors faisaient en réalité la taille d'un gros canard ?

Je tourne la clé de contact et jette un regard vers ma passagère, engoncée dans sa combinaison de ski.

— Alors, Steven Spielberg nous aurait bernés ?

Elle me sourit. Si ses dents d'adulte lui confèrent un air sérieux, ses yeux brillent malicieusement.

— Carrément ! Mais ils restent quand même super rapides et super méchants.

Je souffle de la vapeur blanche et enclenche la marche arrière. Quel menteur, ce Spielberg, je n'en reviens pas !

— Ah ouais ! C'est sûr, c'est plus flippant pour le spectateur de voir un prédateur effrayant et massif plutôt qu'un petit truc tout mignon qui rase le sol… Surtout quand on sait qu'un bon coup de batte de baseball suffirait à l'envoyer valdinguer dans les buissons !

Anna hoche la tête avec conviction et referme son bouquin. Vous l'avez compris, elle est dans sa période dinosaures et ce n'est pas pour me déplaire, j'apprends plein de trucs !

Je prends la direction du chalet pendant qu'elle monte le son de l'autoradio. Nous bougeons en rythme nos épaules sur *Santa Claus Is Coming To Town* chanté par Louane et hurlons le refrain en anglais yaourt. C'est magique… Ma copilote chante ultrafaux et je percute que je suis capable de descendre très loin dans les graves.

Nous arrivons très vite devant le chalet et alors qu'Anna sautille jusqu'à l'intérieur, un grand brun à l'allure sportive et au regard acier me rejoint afin de m'aider à décharger les courses.

— Tu aurais dû me réveiller avant de partir au supermarché, je t'aurais accompagnée !

Je le fais taire d'un baiser.

— Ah non ! Je te veux en forme pour ce soir…

Il étire ses lèvres d'un sourire espiègle.

— Madame aurait-elle un projet bien précis derrière la tête ?

Je retiens mon rire derrière un air sérieux.

— Tout à fait, j'ai promis à tes parents de cuisiner pour le réveillon et je compte sur tes doigts agiles pour me seconder !

Il se marre et m'encercle dans ses bras puissants.

— OK, cheffe… Tout ce que tu veux, cheffe… À tes risques et périls, cheffe…

J'adore quand il m'appelle cheffe. Encore plus lorsqu'il le susurre d'une voix rauque et sexy dans le creux de mon oreille.

Je suis ravie qu'il ait pu récupérer un peu. Ses derniers mois ont été particulièrement intenses. Entre l'agrandissement de son cabinet et l'éducation d'Anna, je suis fière de monsieur Miller.

Pascal vient nous rejoindre dans la cuisine, alors que nous rangeons les courses. Je cligne des yeux plusieurs fois devant son pull d'homme-lutin.

— Léna m'envoie en reconnaissance, commence-t-il avec un rictus crispé. As-tu pensé aux cornichons ?

Je lui tends un bocal taille XXL avec un sourire de gagnante.

— C'était le dernier. J'ai dû faire un Shifumi contre le mari d'une autre femme enceinte dans le rayon épicerie.

Il me regarde, horrifié.

— Oh, merci Princesse ! Heureusement que tu l'as ramené… Je n'imagine pas l'enfer auquel j'aurais eu droit… Je te dois la reconnaissance éternelle !

Je souris, mais j'ai menti. La vérité c'est que j'ai perdu au Shifumi. Les ciseaux coupent la feuille… C'est une vérité universelle qu'il est difficile de contester. Et puis, comme la mauvaise perdante que je suis, j'ai envoyé Ninja-Anna récupérer ledit trésor dans son chariot… Oui je sais, je suis diabolique. Mais, bon, c'est pour le futur bébé de Léna et aussi pour passer un réveillon paisible. J'allumerai un cierge dans la petite chapelle, ce soir, pour le pauvre mari revenu bredouille.

Mon téléphone se met à vibrer dans la poche arrière de mon jean. C'est Léa, ma nouvelle recrue. Je décroche instantanément et m'éloigne des hommes qui terminent de ranger les courses.

— Ne me dis pas que le four a lâché, soufflé-je d'une voix blanche.

— Si. Et ce n'est pas tout. La chambre froide a explosé, les bûches glacées sont fichues et la commande de Lionel n'a pas pu être honorée.

— Très drôle.

À l'autre bout du fil, ma collègue facétieuse se marre franchement.

— Nan, rien de tout ça, rassure-toi ! Je voulais juste te demander ce que tu pensais d'un dessert végan avec seulement des agrumes frais, confits et pochés ?

Je fronce les sourcils. Léa, 21 ans, titulaire d'un CAP pâtisserie option Cake design, adepte de l'équitation et fan de Stanley Kubrick, ne jure que par la diversification alimentaire et le mélange des saveurs. Je n'ai rien contre, mais franchement, une tarte Tatin bien traditionnelle ou une mousse au chocolat avec juste du chocolat et des œufs, c'est intemporel, universel et, surtout, excellent.

— On en déjà parlé, Léa, je fais partie de la team sucre.

— Oui, je sais ! Mais, selon moi, son utilisation excessive dénature les produits.

— Insinuerais-tu que j'aie la main lourde sur le saccharose ?

— Ce n'est pas ce que je dis. Je voulais juste te proposer une pâtisserie qui s'adresserait à un public végan. Et puis, le choix d'en enlever un peu ou de le réduire s'inscrit aussi dans une démarche de fraîcheur. Écoute, j'ai eu une idée de recette. Que penses-tu de rôtir un ananas au parfum de pin de montagne et de le servir avec des pignons de cèdre et une boule de glace à la vanille ?

J'en bave d'avance.

— Sur le papier, c'est plutôt alléchant !

Je ne veux pas brider l'imagination fertile de mon apprentie. Je suis pour l'expression de l'art dans toutes ses formes et je dois reconnaître que la sienne est sans conteste excellente. Depuis que j'ai ouvert les portes de ma boutique au public, au printemps dernier, les tables ne désemplissent pas et *Mange-moi* s'est bâti une solide réputation. Si bien que je me suis autorisée à embaucher, en plus de Léa, un livreur à temps plein et une vendeuse. Et c'est sans oublier Astrid qui m'assure une communication exceptionnelle et tient à jour mes comptes d'une main de fer. Néanmoins, si je suis une férue de travail, je suis persuadée que sans une vie personnelle épanouie, l'humain n'est pas fait pour tenir dans la durée. *Encore des idées d'idéaliste optimiste et bien-pensante me direz-vous*… Depuis que j'ai emménagé chez Mark, j'en prends grandement conscience. Ces derniers mois de colocation ont juste confirmé nos sentiments et le fait que nous formions un superbe trio. Aux côtés de Mark, je me sens conquérante, prête à assumer pleinement nos magnifiques projets de vie, tout en m'épanouissant professionnellement.

— Léa, tu ne crois pas que nous pourrions en discuter à mon retour ?

— Oui, oui, bien sûr. Je ne voulais pas te déranger…

— Mais, tu ne me déranges pas, voyons ! Je suis toujours ravie d'échanger avec une autre passionnée. C'est juste que tu devrais rentrer chez toi et profiter des fêtes de fin d'année. Mathéo a terminé sa tournée de livraisons, Salomé a fermé la boutique et l'avion d'Astrid vient de décoller pour la Russie. Prends ton après-midi, Léa. Zappe Patrick Sébastien et accepte l'invitation de ce fameux client sexy…

Son silence est explicite. Depuis le temps qu'elle nous bassine avec cet homme mystérieux ! Maintenant qu'il lui propose de passer le réveillon avec lui, elle me parle d'ananas rôti.

— Tu crois ?

— J'en suis sûre ! Pour ne pas plagier une certaine décoratrice d'intérieur, lâche prise et envoie-toi en l'air avec Mister fessiers d'enfer ! Et tiens, apporte-lui des cerises cristallisées, ça marche à tous les coups…

Si Sonia était là, elle le répéterait en chuchotant. Mais, je suis persuadée que, depuis sa suite nuptiale, Liam ne la fait pas murmurer. Je raccroche avec ma collègue en lui souhaitant un très bon Noël et en espérant sincèrement qu'elle accepte l'invitation de ce fameux client.

— Un souci ?

Associées à cette voix grave, des mains douces et fermes apparaissent dans mon champ de vision, puis des bras possessifs viennent encercler ma taille, un torse puissant se plaque contre mon dos et un souffle chaud caresse la peau de mon cou. J'adore quand il fait ça. Je ne m'en lasse pas. Avec la sensation familière de me trouver dans l'endroit le plus sécurisé du monde, je ronronne de plaisir. Il pourrait bien y avoir un tsunami, un raz-de-marée, une avalanche ou la résurrection de Patrick Swayze, personne ne réussira à m'extirper de là.

Je cherche quelque chose d'intelligent à dire, quelque chose qui ne troublerait pas la sérénité du moment…

— Oui, un gros. On va manquer de cornichons.

Il se raidit dans mon dos. Un temps indéfini de flottement lui permet d'assimiler la petite bombe que je viens de lâcher pendant que moi, je me finis à coups de pioche. Eh oui, je suis toujours la reine de la répartie instantanée. Je me retourne pour lui faire face et me mords la joue, m'insultant mentalement. J'ai pourtant acheté le nounours enrubanné et le Champomy pour lui annoncer l'heureux évènement en bonne et due forme, mais encore une fois, ma langue n'a pas attendu la permission de mon cerveau pour agir. Ce petit bout de nous, que nous désirons tant depuis ces derniers mois et qui revendique doucement sa place au creux de mon ventre, greffe un sourire ému sur le visage de Mark. Il m'embrasse tendrement, puis plante son regard charbon dans le mien.

— Ne t'en fais pas. J'irai braver le blizzard et conquérir tous les rayons épicerie du monde pour te ramener des cornichons.

C'est la plus belle déclaration d'amour que l'on m'ait faite. J'attrape sa main sans tarder et l'entraîne à l'étage.

— Laisse tomber les cornichons, Super Mark, j'ai une autre mission plus urgente pour toi.

- ☑ Faire de ma passion, mon job
- ☑ Gâter les gens qui me sont proches
- ☑ Craquer totalement et éperdument pour l'héroïque Mark Miller
- ☑ Aimer Anna, chaque jour un peu plus, et lui offrir un compagnon de vie
- ☑ Croire et militer activement pour la magie de Noël
- ☑ Vivre heureuse

FIN

CHAPITRE BONUS

Bonjour, je m'appelle Dory (Dory)

MARK

QUELQUES MOIS PLUS TARD, QUELQUE PART SUR TERRE.

— *Mon pote ?*

Je suis un homme cuit. Terrassé par un regard rieur, un sourire à tomber et des gazouillis qui me perforent le cœur à chaque fois qu'ils me sont destinés… Les consignes du pédiatre sont claires : il faut changer l'alimentation de ma fille. Il lui faut un lait infantile avec une formule plus amidonnée ce qui aidera à calmer les troubles digestifs du bébé. Après des heures de recherches, un tableur Excel comparatif et la tournée des pharmacies du quartier, j'ai enfin trouvé le Graal. Celui qui, je l'espère, me permettra de conserver a minima une chemise propre pour aller bosser et qui soulagera ma petite poupée de trois mois. Le lait Nidal premier âge antirégurgitation enrichi en Oméga 3…

— *Poto !*

Je suis sur un nuage. Je rêve déjà de nuits complètes, de vêtements qui ne sentent plus le lait régurgité et du joli sourire de mon petit ange repu…

— Hey, man ! Si tu m'entends, bouge les doigts !

Hein ? Un drôle de frisson remonte le long de mon dos tandis qu'une chaleur moite recouvre ma main droite. Pourquoi fait-il si froid ? Pourquoi fait-il si sombre ? Et surtout, pourquoi ça sent l'ail flambé au whisky premier prix ? Une vive pression sur ma paume fait taire mes tergiversations et me ramène vers cette voix agaçante qui me donne maintenant des ordres et… attendez… non, mais sérieusement… qui vient de me gifler !

— C'est bien ! Allez, mon gars, montre-moi tes mirettes ! Ouvre les yeux, pépère !

Pépère ? Deuxième baffe. Je vois rouge. Ou plutôt, je vois tout court. Tel le dernier morceau d'un puzzle que l'on emboîte dans une œuvre de 750 pièces, je superpose en moins de deux secondes le son, l'odeur et l'image. Un visage grimé par le temps et un manque évident de douches, un nez rosi par le froid et l'alcool, une barbe grisâtre avec des résidus que je refuse d'identifier et une haleine à réveiller un mort. Ce que je ne suis évidemment pas puisque, presque instantanément, une vive douleur se manifeste derrière mon crâne ainsi qu'une autre, localisée au niveau du coccyx. Je grimace en tentant de me redresser.

— P'tain j'ai cru que t'étais passé de l'autre côté ! postillonne le drôle de personnage au-dessus de moi.

— Mais… je suis tombé ? demandé-je d'une voix pâteuse en constatant que je suis allongé sur une plaque givrée en plein milieu du trottoir.

— T'as fait un vol plané, mec, même ce trouduc de Tom Cruise ne t'arrive pas à la cheville en matière de cascades ! Ça a fait « squeeze », « aïe » et « poc » ! C'était incroyable !

L'homme me mime la scène tandis que je me frotte l'arrière de la tête. Il n'y a pas de sang, c'est déjà ça. OK. Je suis tombé comme une merde sur le trottoir en pleine nuit et mon sauveur, qui parle et dont je ne pige strictement rien, se révèle être le clodo du coin. Il vise avec sérieux ma carcasse courbaturée qui peine à bouger.

— À mon avis, tu devrais voir un doc. Si ça se trouve, tu fais une hémorragie interne… j'ai un pote qui a eu ça l'an dernier en se prenant les pieds dans une marche, et bah depuis, il ne prononce plus les consonnes. C'est super emmerdant…

— Merci ! le coupé-je brusquement. Mais ça va aller… Je vais rentrer chez moi… j'étais… euh… je suis…

Je fronce les sourcils. Chez moi ? Mais… qu'est-ce que je fiche ici, à plus de vingt-trois heures, dans une tenue certainement enfilée à la va-vite et que je ne reconnais pas vraiment ? Jean brut, sweat à capuche doublé et vieilles baskets de sport… J'ai dû sacrément m'assommer pour oublier mes derniers moments ! Un souvenir fugace, mais précis me revient en mémoire. Le soulagement m'envahit et mon visage s'éclaire. Mais oui ! Je suis parti chercher du lait infantile pour ma fille qui n'arrive pas à garder ses biberons et régurgite tout ce qu'elle boit. Heureux de retrouver mes esprits, je tente de me relever. Le sol est glacé. Mon cul aussi. Le clodo vient m'aider. Malgré l'odeur qu'il dégage et ses gestes un peu brusques, je suis enfin sur mes pieds. Les jambes raides, le bas du dos en vrac et la tête dans un étau, je le remercie chaleureusement.

— De rien, mon pote ! C'est moi qui te remercie ! Tu as refait ma soirée !

Et il s'en va, tel un mirage dans la nuit, s'engouffrant dans le premier bus qui s'arrête, le sourire goguenard et l'œil malicieux. Je récupère mes esprits en m'époussetant le pantalon. *Drôle de personnage*… Le car redémarre. Je porte mes mains sur les poches arrière de mon jean. Le véhicule tourne au coin de la rue. Mon cœur manque un loupé. Mon portefeuille et mon téléphone ne sont plus là. Et mon sac de courses non plus.

— J'aurais dû m'en douter, maugréé-je en pestant contre mon bienfaiteur pickpocket.

Je m'occuperai de lui plus tard. Tout de suite, je n'ai qu'une envie. Celle de rentrer chez moi au chaud et de retrouver mes femmes. Je prends, d'une allure décidée, mais prudente, le chemin de mon appartement. Je tente de me souvenir pourquoi je me suis autant éloigné de mon logement ce soir. Qu'est-ce que je fiche dans le deuxième arrondissement alors que j'habite à la Croix Rousse ? Mon esprit cartésien me rassure. J'ai sûrement dû faire un crochet au cabinet… Mais impossible de me rappeler pourquoi… Et puis, je n'ai aucune raison de revenir bosser à cette heure avancée de la soirée. J'accélère le pas. *Je n'aime pas les laisser toutes seules trop longtemps.* Je mets plus de trente minutes à rejoindre mon domicile. Je termine presque en courant, malgré les courbatures de mon dos et ce putain de mal de crâne qui ne me quitte pas. Face à mon immeuble, je marque une pause pour reprendre mon souffle. J'ai l'impression d'être dans un monde parallèle. Les murs sont toujours là, mais je ne reconnais plus rien. La nuit confère de drôles de couleurs à l'environnement. Je tape le digicode, qui lui n'a pas déserté mon esprit, et entre dans le bâtiment. Je ne m'attarde pas sur le porche de la concierge repeint ni sur les poubelles qui semblent avoir été déplacées et me précipite dans les escaliers. Trois étages plus tard, une respiration erratique et une tête qui menace d'exploser, je toque doucement à la porte. Une étrange odeur flotte dans l'air on dirait… du curry ? Le cœur au bord des lèvres, je cogne à nouveau un peu plus fort.

— C'est moi ! soufflé-je contre le battant en priant pour que la petite ne se réveille pas. C'est Mark !

Des bruits de pas et un subtil frottement retentissent de l'autre côté. Je hausse la voix afin de m'identifier auprès de ma femme qui se tient sûrement à l'opposé.

— Je suis désolé, j'ai eu un léger problème… Rien de grave je te rassure ! Mais si tu pouvais me laisser entrer ça serait sym…

La porte s'ouvre. La lumière m'éblouit et le sang déserte mon visage.

— … pa.

— Si vous ne partez pas tout de suite j'appelle la police !

Je cligne des yeux plusieurs fois, vise le numéro sur le dessus de mon nom et reviens sur les personnes qui se tiennent devant moi. Un couple d'origine chinoise, sans âge, en vêtements de nuit. La dame minuscule, tout de rose pâle vêtue, s'agrippe au bras de son mari. Ce dernier, pas tellement plus grand, aux prunelles revêches et au pyjama rayé, brandit une batte de baseball en guise d'arme de défense.

Instinctivement, je lève les mains en signe de réédition.

— Qu'est-ce que vous faites chez moi ? demandé-je de but en blanc. Et où est ma famille ?

Les deux personnes échangent un regard circonspect et l'homme prend la parole.

— On ne sait pas de quoi tu parles, junky ! Dégage avant que je t'assomme !

J'arque un sourcil devant la batte qu'il agite fébrilement sous mon nez. *Tout petit bonhomme*… Puis, j'imagine mes femmes séquestrées à l'intérieur et la colère domine. Je serre les poings et fais un pas, menaçant, faisant fi de l'arme en carton-pâte.

— Vous êtes chez moi, tonné-je en guise d'avertissement. Si vous leur avez fait du mal, je vous jure que vous ne verrez pas la lumière du jour. Elles sont toutes ma vie, je n'ai rien à perdre. Alors, maintenant écartez-vous.

Ils se regardent à nouveau d'un drôle d'air et la dame prend la parole, d'un timbre chevrotant.

— Monsieur, je pense qu'il y a un malentendu… lisez bien le nom sur la sonnette.

Je tique sur la sincérité qui dessine ses traits. C'est ridicule. Pourtant, une petite voix m'ordonne de le faire. Avec agacement et une soudaine appréhension, je m'exécute.

Famille Shang

CHAPITRE BONUS

Buvons du thé, encore du thé en nous souhaitant, mon cher…
(Le lièvre de Mars)

MARK

La tête entre les mains, assis sur un canapé d'angle à motifs nénuphars (qui n'est pas le mien), au milieu d'un mobilier en bois massif (que je ne reconnais pas) et dans un salon à la tapisserie rouge (que jamais je n'aurais choisie), je tente de canaliser les émotions qui se bousculent dans mon cerveau bouillant.

Je suis face à l'impossible. Tandis qu'une tasse de thé se matérialise devant moi, mon esprit rationnel s'efforce de trouver une logique à tout ce cirque. Je me suis peut-être trompé d'immeuble ? De rue ?

— Nous sommes bien au troisième étage de l'appartement 2bis de la rue d'Ivry ?

Madame Shang hoche la tête. J'évalue la configuration du logement qui, malgré la quantité phénoménale de breloques à mon sens inutiles, ressemble au mien. La chambre à droite, la cuisine ouverte à gauche, la salle de bains au fond… Le peu de couleur qu'il me restait déserte mon visage quand mon regard s'attarde sur le sol. Un parquet flottant *intenso Artens Desing*, acheté chez Leroy Merlin, et que j'ai moi-même posé.

— Mais… vous avez emménagé quand ? demandé-je d'une voix blanche sans quitter le stratifié des yeux.

— Ça doit faire cinq ou six ans… L'agence immobilière nous a dit que l'ancien locataire avait perdu sa femme.

— Il avait un petit garçon, complète son mari. Ou une fille, je ne me souviens plus ! Vous savez, la mémoire…

Ils rient de concert, à dix mille lieues du bordel qu'ils sèment dans mon esprit.

— Je ne comprends rien…

Madame Shang s'installe près de moi et pose sa main sur mon poignet, avec sollicitude. La douceur de son regard m'apaise un peu.

— Essayez de vous rappeler, mon p'tit…

Je hoche la tête comme un gamin docile et me concentre sur hier.

— Je me revois assis à cet endroit même, sur mon fauteuil club, mon enfant dans les bras…

Un sourire flotte sur mes lèvres au souvenir de ses traits fins et de ses joues rebondies.

— Ma petite puce…

Mon cœur se serre et mon bide se comprime d'un mauvais présage. Je fronce les sourcils. Le visage d'Assia s'impose à moi. Ses yeux verts me percutent… Non. Ils sont plus foncés. Noirs et pleins de larmes. L'image s'efface. Je secoue la tête de dépit. *C'est quoi ce bordel ?*

— Vous savez au moins qui vous êtes ?

Je hausse les épaules avec évidence.

— Bien sûr ! Je suis Mark Miller, avocat spécialiste du divorce. Je bosse dans le cabinet de mon père, à côté de la place Bellecour. Je suis marié. Ma femme s'appelle Assia. Nous venons d'avoir une fille. Anna. Et jusqu'à présent, je pensais que nous vivions ici, dans cet appartement.

— À mon avis, vous avez perdu la mémoire, conclut monsieur Shang, les sourcils en l'air et les bras croisés. Vous devriez vous rendre à l'hôpital, les conséquences d'un coup à la tête peuvent être catastrophiques. C'est arrivé à mon cousin, pas plus tard que la semaine dernière… Il s'est mangé un poteau dans la rue parce qu'il ne regardait pas devant lui… Eh bien, depuis, il marche en crabe !

— Ça va aller, le coupé-je, agacé. Il faut que je retrouve avant tout ma femme et ma fille… mais je n'ai plus mon téléphone et à cette heure-ci, le cabinet est fermé…

La main de madame Shang se serre sur mon bras, attirant ainsi mon attention perdue dans mes réflexions.

— S'il y a bien un numéro que l'on n'oublie pas, c'est celui de ses parents.

Mon esprit s'éclaire et mon sourire engendre celui de mes hôtes.

— Mais bien sûr ! Vous avez raison, je connais leur numéro de téléphone fixe par cœur !

Monsieur Shang me tend son portable avec un clin d'œil complice. Mon organe central bat à tout rompre lorsque je compose les dix chiffres.

Au bout de la deuxième sonnerie, une voix familière et parsemée d'angoisse répond.

— Allô ?

— Maman ? C'est moi, Mark.

— MARK ? C'est bien toi ? C'est Maaaaaaark[19] !!! Mark ? C'est Léna ! Mais bordel, où es-tu ? On est tous morts d'inquiétude ! Maman est sous Xanax, papa est parti faire le tour des hôpitaux et Princesse est en chemin avec les filles !

J'éloigne un instant le téléphone de mon oreille. Si ma sœur continue à hurler dans le combiné, je vais finir par devenir sourd en plus d'être amnésique.

— Léna ! coupé-je en haussant le ton. Je vais bien !

— Mais où es-tu, bon sang !

Je marque un temps devant le couple suspendu à mes lèvres.

---

19 Léna Miller concurrence Leïla Bekhti dans le flambeau …

— Euh… je n'en sais rien. Je suis tombé dans la rue, un drôle de type m'a volé mon smartphone et je me suis rendu chez moi… Sauf que ce n'est plus vraiment chez moi. C'est complètement dingue ! Je n'ai aucune idée de l'endroit où Assia et Anna se trouvent et je suis mort d'inquiétude pour elles !

Un long silence s'installe à l'autre bout du téléphone. Je regarde furtivement l'écran afin de vérifier que la ligne n'a pas été coupée et reviens à la conversation.

— Léna ? Tu es toujours là ?

— Oui.

— Tu as entendu ?

— Oui.

— Léna ?

— Écoute, Mark… Dis-moi où tu es exactement…

Légèrement intrigué par son changement d'humeur, je lui communique l'adresse. Sa voix aiguë me vrille le tympan.

— C'est une blague ?!

— J'ai l'air de plaisanter ?

Je soupire et me pince l'arête du nez.

— Je t'avoue que je suis complètement perdu… Est-ce que quelqu'un peut m'expliquer ce qu'il m'arrive ?

— OK. Tu ne bouges pas. J'arrive.

Une heure trente, trois tasses de thé et un bol de riz au curry plus tard, la sonnette retentit. Mes hôtes, aussi charmants qu'excités par mes mésaventures, s'empressent d'ouvrir à ma sœur. Tandis qu'elle se précipite dans mes bras, je remarque qu'elle s'est coupé les cheveux et qu'elle a pris du poids. Évidemment, je garde ce dernier point pour moi, j'ai envie de vivre.

— T'as une sale gueule !

J'encaisse sa remarque amicale sans broncher parce que d'un, il y a d'autres sujets plus vitaux à traiter et de deux, c'est certainement vrai.

— Ravi de te voir moi aussi !

— Bon, tu m'expliques ce que tu fiches ici ?

J'accepte une nouvelle tasse de thé et nous faisons une place à ma sœur sur l'immense canapé à motifs nénuphars. Je lui relate brièvement ma chute, mon réveil, le vol de mes affaires et mon incompréhension totale lorsque j'ai découvert ces gens, très charmants précisé-je à leur attention, dans cet appartement. Léna m'écoute religieusement avec l'air d'une littéraire qui tente de résoudre une équation à deux inconnues.

— OK, finit-elle par dire. Il y a comme un petit problème de temps et d'espace dans ton histoire.

Je fronce les sourcils, l'incitant à continuer. Elle pose sa tasse sur la table basse et prend mes mains. Je me raidis. J'ai peur d'entendre la suite, mais tel un camé en manque d'héro, je suis suspendu à ses lèvres.

— Assia est partie. Elle t'a quitté, Mark.

Mon cœur s'arrête de battre et l'environnement se trouble. Je crispe mes doigts sur ceux de Léna.

— Quoi ? Comment ça *quitté* ?! Et où est Anna ?

— Mark ! Calme-toi… Écoute-moi ! Anna va bien… C'est une magnifique petite fille…

Elle serre ma main et sourit doucement.

— … de sept ans.

Encore une fois mon esprit rationnel tente de trouver une explication plausible à cette histoire. Ma sœur me joue un tour. Elle plaisante forcément… mais les fines ridules qui ornent le coin de ses yeux, les petits cheveux blancs qui parsèment ses tempes et sa mine sérieuse compromettent la théorie bancale de la blague. Mes épaules s'affaissent d'un coup et un drôle de couinement s'élève dans l'air. Il vient de madame Shang qui, contrairement à moi, vit un moment génial.

— Ne me dis pas que j'ai zappé sept ans de ma vie !

— C’est mieux que de marcher en crabe, intervient monsieur Shang.

Nous ne relevons pas ni ma sœur ni moi, choqués par cette révélation.

CHAPITRE BONUS

Un jour ma princesse viendra…

MARK

— Écoute, peut-être qu'en te racontant les grosses lignes de ces sept dernières années, la mémoire te reviendra ?

J'opine, abasourdi par la violence du moment.

— Pourquoi, Assia est partie ?

— Tu ne te rappelles vraiment pas ?

Je ferme les yeux brièvement, me souvenant de sa grossesse difficile, de ses crises de jalousie et de ses absences répétitives. Je devrais être ravagé. Mais bizarrement, je ne le suis pas. C'est comme si j'étais spectateur d'une scène dramatique mal interprétée. Je plante mon regard dans celui de ma sœur.

— Je veux tout savoir. Ne m'épargne pas.

Elle hoche la tête et mordille sa lèvre inférieure.

— Tu as été adopté.

— Léna !

Elle éclate de rire, mais se reprend instantanément devant mon air sérieux.

— OK, excuse-moi. Mais, c'était quand même super drôle…

— Léna…

— OK ! Elle n'est pas partie à cause de toi, Mark. Mais parce qu'elle n'était pas capable d'assumer son rôle de mère et d'épouse. Crois-moi, entre vous, ça ressemblait à tout sauf à de l'amour. Elle t'a rendu service finalement. Ces derniers temps, jamais je ne t'ai vu aussi épanoui.

— Et Anna ?

Elle étire ses lèvres et me rassure.

— Elle est merveilleuse. À l'image de ton éducation. Une petite fille heureuse de vivre, très intelligente et entre de très bonnes mains en ce moment même.

Je lui retourne un faible sourire, le cœur en miettes de n'avoir aucun souvenir récent de mon enfant.

— Tu as repris le cabinet de papa qui est parti s'installer avec maman dans leur maison secondaire, le chalet, continue doucement ma sœur. Tu as déménagé d'ici et tu as acheté un bel et grand appartement dans le deuxième arrondissement, près de ton travail, dans lequel tu vis toujours. Tu répètes souvent que le divorce ne connaît pas la crise, ce qui dans ton cas s'est avéré lucratif. Tu t'es associé avec Maître Sélène Mac Doty, une avocate aux dents longues et que je n'aimerais pas avoir comme ennemie. Tu as aussi investi dans l'immobilier en achetant des locaux commerciaux et en les louant à des professionnels.

Elle marque un temps et m'observe étrangement. Je lève les sourcils d'incompréhension suite à son silence.

— Et ? l'incité-je à continuer

— Et donc, les affaires marchent bien !

— J'ai bien saisi, Léna, mais quoi d'autre ?

Elle se pince les lèvres, jette un regard furtif vers nos deux spectateurs auxquels il ne manque plus que du pop-corn, puis se gratte la tête. Je m'impatiente.

— Léna ?

Elle farfouille dans son sac et en extrait son téléphone.

— Je peux savoir qui tu appelles ?

— Je veux juste te montrer quelque chose, répond-elle en me tendant son smartphone.

Je découvre une photo qui me représente, en un peu plus vieux, enlaçant de très près une jeune femme, loin d'être mon genre, et dont le sourire est plus effrayant qu'autre chose.

— C'est… qui ?

— Tu ne la reconnais pas ?

Je détaille plus attentivement ses traits. Elle porte une robe verte, plutôt décolletée et près du corps, qui met en avant de jolies courbes, je le conçois. Ses yeux couleur émeraude dévorent amoureusement mon air niais, sa bouche pulpeuse dévoile des dents un peu trop blanches, ses cheveux aussi roux que fournis cascadent jusque dans le creux de ses reins.

Reins recouverts par une main possessive. La mienne.

Je secoue la tête, le regard rivé sur l'écran de téléphone, cherchant un quelconque détail qui pourrait me faire revenir en arrière.

— Elle s'appelle Princesse.

J'arque un sourcil. Drôle de prénom. Mais à bien y penser, je ne suis qu'à moitié étonné… Cette femme n'a pas l'air très nette. Elle a l'air… spéciale.

— C'est ta compagne depuis presque deux ans, enchaîne Léna.

Impossible. Frustré et impuissant face à des souvenirs inexistants, je passe une main lasse sur ma nuque. Je suis claqué.

— C'est également la mère de ta deuxième fille, Morgane.

De mieux en mieux ! Tandis que ma mâchoire se décroche, elle swipe sur son smartphone laissant apparaître le cliché suivant. J'ai droit au bouquet final du feu d'artifice qu'est ma vie. Un bébé roux, pris en photo d'un peu trop près, avec des joues aussi rouges que la tapisserie des Shang.

— Bon, tu m'excuseras, mais les jumeaux ont joué avec mon téléphone et je n'arrive plus à retirer ces satanés filtres de couleur… Mais, sache que vous formez une magnifique famille tous les quatre. Princesse et Anna sont nées pour s'entendre et votre petite fée est trop choupinou, n'est-ce pas ?

— Oh, qu'elle est belle ! minaude madame Shang par-dessus mon épaule droite.

— Elle a vos yeux, confirme son mari sur ma gauche.

Le doigt de Léna balaie à nouveau l'écran. L'image suivante nous représente tous les quatre, posant près d'un feu de cheminée. La même jeune femme, le même bébé aux joues cramoisies, moi en version happy end et ma petite Anna dont je ne reconnais que le sourire et qui porte des boucles d'oreilles ridicules, identiques à celles de la femme. Des coquilles Saint-Jacques.

— C'est un cauchemar, murmuré-je presque pour moi-même.

— Princesse est en bas, Mark. Avec les petites qui dorment dans la voiture et Pascal. J'ai dû batailler pour monter en premier, mais connaissant Princesse, elle doit refaire le film de sa vie deux fois en attendant mon signal pour te rejoindre !

Une sueur froide recouvre mes tempes et tout le thé ingurgité jusqu'à présent menace de faire le trajet dans le sens inverse. Mes yeux s'arrondissent de stupeur et d'appréhension.

— Qu… Quoi ! Non, mais… je ne sais pas… ne me laisse pas tout seul avec elle !

— Tu déconnes ? Elle est morte d'angoisse ! Tu étais censé revenir avec du lait infantile et vous deviez prendre la route pour nous rejoindre au chalet. Imagine les heures d'attente qu'elle a dû affronter seule ! T'as 32 balais, frangin ! Tu es un avocat redoutable, tu es père et surtout… tu es un homme, merde !

Elle a raison. Mais là, j'ai surtout envie de me planquer derrière le sofa monstrueux des Shang. Évidemment, je ne le montre pas. Je prends sur moi, inspire un bon coup et hoche la tête. *Je suis un homme.*

Léna appelle Princesse. Monsieur Shang pense m'encourager en me frappant l'épaule de son petit poing. Madame Shang remet de l'eau à bouillir.

Je vais le faire.

Je peux le faire.

Ça ne va pas le faire du tout.

Quand la porte d'entrée s'ouvre, je suis au bord de la tachycardie, même si je m'efforce de conserver un masque implacable. La première chose que j'aperçois, c'est le dessus de sa tête, le reste étant dissimulé derrière Léna qui revient vers moi, dans le salon. Des cheveux auburn, moins contrastés que sur les photos, relevés en un drôle de chignon certainement fait à la va-vite. Mon cœur bat à tout rompre. Et puis, tout s'enchaîne. Tout dérape. Léna s'écarte et une masse se précipite sur moi dans un cri étranglé. Pas le temps de réagir. Elle m'enlace avec force et fourre son visage contre mon torse en psalmodiant des mots incompréhensibles. Les bras ballants et le souffle coupé, je suis incapable de bouger tant le choc est rude. J'étouffe. Elle me serre trop fort. D'un geste incertain, je pose mes mains sur ses épaules et tente de la repousser. En vain. Elle s'accroche comme une sangsue et inonde mon sweat de larmes. Je jette un regard désespéré à ma sœur qui reste en retrait avec les Shang et qui m'encourage d'un signe de tête.

— Pardon, commencé-je d'une voix rocailleuse. Je suis vraiment désolé, mais… vous me marchez sur les pieds…

Je crois qu'elle ne m'entend pas d'en bas, puisqu'elle ne bouge pas d'un pouce. Mon menton effleure son chignon et une odeur familière me monte au nez. Je me revois gosse en train de boulotter en cachette les cerises fraîchement ramassées dans l'arbre fruitier de mes parents. *Le moment est agréable.* Puis, l'instant d'après, je me projette adulte, dans un appartement très petit, sur un canapé-lit, dans un état d'excitation intense dévorant autre chose que des cerises. *Ce moment est très agréable.* Ces ressentis flirtent dangereusement avec la réalité et me troublent. Mes doigts se crispent sur les épaules de la femme lovée contre moi. Elle réagit et relève la tête. Ses yeux baignés de larmes plongent dans les miens. L'univers se teinte alors d'un vert profond qui embrase chaque fibre de mon être et réveille la totalité de mes organes vitaux. Mon cœur se met à battre en discontinu tandis que la bobine de mes sept dernières années déroule le chapitre manquant de mon existence.

Comment ai-je pu oublier ? Cette peau d'une douceur inouïe, ce visage angélique, cette bouche à damner un saint que je préfère nettement voir sourire, ce petit nez fin qui ne cesse de renifler, ces longs cils fournis qui n'arrivent pas à contenir les larmes qu'elle verse pour moi. Ses yeux brillant de passion qui, même maintenant, m'élèvent au rang de super héros. Comment ai-je pu oublier que je l'aime comme un dingue ? Que depuis qu'elle est entrée dans ma vie elle l'a complètement renversée ? Que l'on passe nos nuits à faire l'amour et nos soirées à se raconter nos journées ? Que je suis foutrement heureux depuis elle ? Elle, ses folies, ses sourires, ses petits seins et son cul bombé… Elle, qui m'a offert le plus beau des cadeaux… une famille pour Anna.

Un soupir s'échappe de ma bouche ourlée d'un rictus ému. Je réalise que je retenais ma respiration depuis tout ce temps et laisse mes derniers doutes s'envoler. Mes bras enlacent sa taille et la serrent plus étroitement contre moi, nos regards se noient l'un dans l'autre et, tandis que nos lèvres entrent en contact, la dernière pièce du puzzle de ma vie se met en place. Je sais. Je sais qui je suis. Je sais qui est cette femme que j'embrasse à en perdre la raison.

Elle est celle qui m'a prouvé que l'amour méritait que l'on se batte et qui a mis KO mes certitudes d'homme cabossé. Elle est ma plus belle rencontre.

Elle est ma princesse.

FIN

Mon petit paradis
@Princesse

Ingrédients :
250 g de chocolat pâtissier
200 g de beurre
150 g de sucre
3 œufs
Sel
1/2 c. à c. de levure
150 g de farine
Glace à la vanille
Sauce caramel
Framboises et myrtilles (pour la décoration)
Un ballon de baudruche par personne

Aux fourneaux !

Faites fondre le chocolat pâtissier au bain-marie. Gonflez les ballons (pas trop gros), nettoyez-les bien et trempez-les, environ jusqu'aux 3/4 dans le chocolat fondu. Laissez le chocolat durcir sur les ballons pendant au moins une heure.

Dans un saladier, battez le sucre et les œufs jusqu'à ce qu'ils montent un peu. Ajoutez une pincée de sel, la levure et la farine et mélangez bien au fouet ou au batteur.

Versez le beurre et le chocolat fondus dans le mélange et remuez bien pour homogénéiser le tout. Versez la préparation dans un plat à gâteaux sur du papier sulfurisé et enfournez pour 25 minutes à 175 °C.

Après la cuisson, aidez-vous d'un verre pour découper des ronds dans le moelleux que vous placez sur des assiettes. Décorez le gâteau au chocolat de framboises et de myrtilles, puis placez une boule de glace à la vanille sur chacun des moelleux.

À l'aide d'une aiguille, explosez les ballons et placez la coupole en chocolat au-dessus du moelleux, comme pour faire un œuf surprise.

Servez ainsi sur la table et au moment de déguster, versez une sauce caramel tiède : les coupoles au chocolat vont fondre et révéler la surprise chocolat-vanille.

Derniers conseils de la cheffe Princesse : abusez du chocolat, faites l'amour, gardez le sourire et surtout… croyez en vous !

Remerciements

Si j'ai bien fait mon job et que tu lis ces dernières lignes, alors je peux retourner dans ma forêt magique en paix et chanter gaiment avec mes amis les animaux...

Tu l'as compris, si je suis une fan inconditionnelle de Disney, de contes et de légendes, je suis également une fervente adepte de l'autodérision. La période de Noël a longtemps été associée aux films Disney que je visionnais avec mes frangines, quelques jours avant le réveillon. Aujourd'hui je suis devenue maman. Ce sont donc mes enfants que je soule à coup de *lalalala* enjoués, de discours engagés et du traditionnel dessin animé de Noël…

Bref.

Je tenais à remercier ma bonne fée, Sarah, d'avoir offert à Princesse un second souffle. Merci pour ta confiance. Merci fée Marie pour son coup de polish efficace et redoutable ! Fée Juliette pour cette magnifique couverture, fidèle à ce que j'avais imaginé. Fée Pauline pour ton ultime (et ô combien indispensable) relecture finale. J'ai adoré tes coups de folie en marge. Merci à la famille Black Ink, à toutes les fées qui ont sublimé ce récit avec passion et bienveillance.

Merci à toi, lectrice, lecteur, d'avoir pris le temps de lire l'histoire de Princesse, mon héroïne épicurienne au cœur guimauve que je laisse entre tes mains désormais. J'espère t'avoir donné des envies de sucre et de chocolat !

Dernière chose… Si le prince charmant n'existe pas, le père Noël, si !

Alors…

Ho ho ho ! JOYEUX NOËL !

Vanessa.

Imprimé en France
par Imprimerie de la Sèvre
(79000 Niort)